Wilhelmine von Hillern

Die Geier-Wally

Eine Geschichte aus den Tiroler Alpen

Wilhelmine von Hillern

Die Geier-Wally

Eine Geschichte aus den Tiroler Alpen

ISBN/EAN: 9783944349480

Auflage: 1

Erscheinungsjahr: 2013

Erscheinungsort: Bremen, Deutschland

Die Geier-Wally.

Eine Geschichte aus den Tyroler Alpen

von

Wilhelmine von Hillern,
geb. Birch.

Fünfte Auflage.

Berlin.
Verlag von Gebrüder Paetel.
1883.

Herrn Berthold Auerbach.

Gestatten Sie mir, Ihnen eine Frucht darzubringen, die auf Ihrem eigenen Felde wuchs. Sie haben mit starker Hand den schweren Boden deutschen Bauernlebens poetisch urbar gemacht. Wenn nun auch wir Andern auf dem durch Sie bestellten Feld ernten, so ist es die erste Pflicht, Ihrer dankbar zu gedenken und dem die Ehre zu geben, dem sie gebührt!

Freiburg i. B., April 1875.

Die Verfasserin.

Inhalt.

―――

―――

Tief unten durch's Oeß-Thal zog ein fremder Wanderer. Oben in Adlershöhe über ihm am schwindelnden Abhang stand eine Mädchengestalt, von der Tiefe heraufgesehen nicht größer als eine Alpenrose, aber doch scharf sich abzeichnend vom lichtblauen Himmel und den leuchtenden Eisspitzen der Ferner. Fest und ruhig stand sie da, wie auch der Höhenwind an ihr riß und zerrte, und schaute nieder schwindellos in die Tiefe, wo die Ache brausend durch die Schlucht stürzte und ein schräger Sonnenstrahl in ihrem feinen Sprühregen schimmernde Prismen an die Felswand malte. Auch sie sah winzig klein den Wanderer und seinen Führer dahinziehen über den schmalen Steg, der in Thurmeshöhe über die Ache führte und von da oben einem Strohhalm glich. Sie hörte nicht, was die Beiden sprachen, denn aus dieser Tiefe drang kein Laut herauf, als das donnernde Brausen des Wassers. Sie wurde nicht gewahr, daß der Führer, ein schmucker Gems- jäger, drohend den Arm erhob, zu ihr hinaufdeutete und zu dem Fremden sagte: „Das is g'wiß die Geier-Wally, die dort oben steht, denn auf den schmalen Vorsprung, so nah an 'n Abgrund traut sich kei andres Madel; schauen's, ma meint, der Wind müßt' sie 'runterwehen, aber die thut immer 's Gegentheil von dem, was jeder vernünftige Christ- mensch thut."

Jetzt traten sie in einen dunkeln, feuchtkalten Fichtenwald ein. Noch einmal blieb der Führer stehen und schaute hinauf mit Falkenblick, wo das Mädchen stand, und das Dörfchen sich lieblich hin- breitete auf der schmalen Bergplatte im vollen Glanz der Morgensonne, die noch kaum verstohlen herein- schielen durfte in die enge, grabesdüstre Schlucht da unten. „Schau' nur nit so trotzig 'runter, da 'nauf giebt's an noch 'n Weg!" murmelte er und verschwand mit dem Fremden. Wie zum Hohn auf die Drohung stieß das Mädchen einen Jauchzer aus, so gellend von allen Wänden wiederhallend, daß ein beflügeltes Echo den Ton bis in die tiefe Stille des Fichten- waldes hineintrug, geisterhaft verklingend wie der herausfordernde Ruf der den Gemsjägern feindlichen Feen des Oetzthals.

„Ja schrei nur — I will Dir's scho austreiben!" drohte er wieder, und sich stark hintenüber legend,

das Genick mit beiden Händen stemmend, schmetterte
er hell und grell wie ein Posthorn ein Spott= und
Trutz=Liedel an der Bergwand empor.

„Ob sie's hört?"

„Warum nennst Du das Mädchen dort oben
die Geier=Wally?" fragte der Fremde unten im dun=
keln, feuchtrauschenden Wald.

„Herr, weil sie als Kind scho a Geiernest aus=
g'nommen und mit dem alten Geier g'hakelt hat,"
sagte der Tyroler. „'s is das schönste und stärkste
Madel in ganz Tyrol und furchtbar reich, und die
Buab'n lassen sich von ihr heimjagen, daß es a
wahre Schand' is. Keiner hat die Schneid', daß
er ihr amal 'n Meister zeigen thät! Spröd' sei sie
wie a wilde Katz' und so stark, daß die Buaben be=
haupten, 's könn' sie Keiner zwinge — wenn ihr
einer z' nah kommt, schlagt s' ihn nieder. No —
wann J emal 'nauf käm', J wollt' sie zwinge, oder
J riß mer selber 'n Gamsbart und d' Feder vom
Huat!"

„Warum hast Du nicht schon Dein Glück bei
ihr versucht, wenn sie doch so reich ist und schön?"
fragte der Fremde.

„Ach wissen S', J mag so Madeln nit — die
halbe Buaben sind. Freilt kann sie nix dafür: der
Alte — Stromminger — heißt er — ist gar a
schüecher, böser Mensch. Er war vor Zeiten der
beste Hackler und Kobler im Gebirg und des geht

ihm heut noch nach. Das Mabel hat er lasterhaft
viel g'schlagen und aufzog'n wie Buab'n; kein Muater
hat's nit g'habt, weil's so a groß's stark's Kind war,
daß es die Frau kaum auf d' Welt bringen könnt
hat und glei g'storben is. Da is das Mabel halt
au so wild und g'waltthätig word'n." — So er=
zählte der Tyroler unten in der Schlucht dem Frem=
den, und er hatte sich nicht getäuscht. Die Mädchen=
gestalt, die dort oben über dem Abgrund ragte,
war die Walburga Strominingerin, des gewaltigen
„Höchstbauern" Kind, auch Geier=Wally genannt,
und er sprach wahr, sie verdiente diesen Namen.
Schrankenlos war ihr Muth und ihre Kraft, als
hätte sie Adlersfittige, schroff und unzugänglich ihr
Sinn, wie die scharfkantigen Felsspitzen, an denen
die Geier nisten und die Wolken des Himmels zer=
reißen.

Wo es was Gefährliches zu vollbringen gab,
da war von Kindheit auf die Wally dabei gewesen
und hatte die Buben beschämt. Schon als Kind
war sie wild und ungestüm wie die jungen Stiere
des Vaters, die sie bändigte. Als sie kaum vierzehn
Jahre alt war, hatte ein Bauer an einer schroffen
Felswand das Nest eines Lämmergeiers mit einem
Jungen entdeckt, aber Keiner im Dorf mochte es
wagen, das Nest auszunehmen. Da erklärte der
Höchstbauer zum Hohn für die mannhafte Jugend
des Orts, er werde es seine Walburga thun lassen.

Und richtig, die Wally war dazu bereit zum Entsetzen der Weiber und zum Verdruß der „Buab'n". „Höchstbauer, das heißt Gott versuchen," sagten die Männer. Aber der Stromminger mußte seinen Spaß haben, alle Welt mußte es erfahren, daß das Stromminger'sche Geschlecht bis auf Kind und Kindeskind herab seines Gleichen suche.

„Ihr sollt's sehen, daß ein Mabel vom Stromminger mehr is, als zehn Buaben von Euch!" rief er lachend den Bauern zu, die zusammenströmten, um das Unglaubliche mit anzusehen. Viele dauerte das schöne, stattliche junge Blut, das einer boshaften Prahlerei des Vaters vielleicht zum Opfer fallen würde. Aber sehen wollten sie's doch Alle. Da die Felsenwand fast lothrecht gerade war, an der das Nest hing, und kein menschlicher Fuß sie betreten konnte, wurde Wally ein Strick um den Leib gebunden. Vier Männer, zuvörderst ihr Vater, hielten ihn zwar, aber den Zuschauern war es doch grausig zu sehen, wie das beherzte Kind, nur mit einem Messer bewaffnet, bis an den Rand des Plateau's vortrat und sich nun mit einem raschen Sprung in die Tiefe hinabließ. Wenn der Knoten des Seiles aufging, wenn der Geier sie zerfleischte, oder wenn sie sich beim Heraufziehen an einem unbemerkten Vorsprung den Schädel einstieß? Es war ein gottsträfliches Beginnen vom Stromminger, so das Leben des eigenen Kindes auszusetzen. Indessen durch=

schiffte die Wally unerschrocken das Luftmeer bis zur
Mitte des Abgrundes, wo sie mit Jubel den kleinen
Geier begrüßte, der dem fremdartigen Besuch die
flaumigen Federn entgegensträubte und piepsend den
unförmigen Schnabel gegen sie aufriß. Ohne langes
Besinnen packte sie mit der Linken den jungen Vogel,
der nun ein jämmerliches Geschrei anhob, und nahm
ihn unter den Arm. Da rauschte es durch die Lüfte,
und in demselben Augenblick ward es dunkel um sie
her und wie ein Sturm und Hagelwetter schlug und
brauste es ihr um den Kopf. Ihr einziger Gedanke
war: „die Augen, rette die Augen!" und das Gesicht dicht an die Felswand drückend, focht sie mit
dem Messer in ihrer Rechten blindlings gegen das
wüthende Thier, das mit dem scharfen Schnabel,
mit Klauen und Fittigen auf sie eindrang. Indessen
zogen oben die Männer rasch an. Noch eine Weile
dauerte während der Auffahrt der Kampf in der
Luft — da plötzlich neigte sich der Geier und schoß
in die Tiefe, Wally's Messer mußte ihn verwundet
haben. Wally aber kam mit dem Kleinen im Arm,
das sie um keinen Preis losgelassen hätte, blutend
und mit vom Fels zerschundenem Gesicht oben an.

„Aber Wally," schrieen ihr die Leute entgegen,
„warum hast denn das Junge nit fahren g'laff't,
dann wärst ja den Geier losg'west!" „O," sagte
sie einfach, „das arm' Dierl kann ja noch nit fliegen,

wenn I's losg'laff't hätt', wär's in den Abgrund
g'stürzt und hätt' sich zu Tod g'fallen."

Hier war es zum erften und einzigen Mal in
ihrem ganzen Leben, daß der Vater ihr einen Kuß
gab; nicht weil ihn das großmüthige Mitleid Wally's
mit dem hülflosen Thier gerührt hätte, sondern weil
fie ein Heldenstück verübt hatte, das dem erlauchten
Roblergeschlecht der Stromminger Ehre machte.

Das war das Mädchen, das da draußen stand
auf dem kaum fußbreiten Felsvorsprung und träume=
risch hinabsah in den Abgrund, über dem sie schwebte,
denn es kam manchmal wunderfam über sie bei all
ihrem Ungestüm, daß es stille in ihr ward und sie
wehmüthig vor sich hinschaute, als sähe sie etwas,
wonach sie sich sehnte und was sie doch nicht er=
reichen konnte. Es war ein Bild, das sich immer
gleich blieb, sie mochte es sehen in grauer Morgen=
dämmerung oder in goldener Mittagsgluth, im Abend=
roth oder im bleichen Mondlicht, und es ging mit
ihr seit einem Jahr überall, wo sie ging und stand,
hinab in's Thal und hinauf auf die Berge und wenn
sie so allein draußen war und ihre großen, wild=
scheuen Gemsen=Augen hinüberschweiften zu dem weiß=
leuchtenden Gletschermeer, oder hinunter in die schat=
tige Schlucht, wo die Ache donnerte, dann suchten
sie den, welchem das Bild glich, und wenn dann
und wann ein Wanderer da unten winzig klein vor=
überglitt, so dachte sie, das könnte er sein, und eine

seltsame Freude kam über sie bei dem Gedanken, daß
sie ihn gesehen, wenn sie auch nichts erkennen konnte,
als eine menschliche Gestalt, nicht größer als ein be=
wegliches Figürchen im Guckkasten. Und als jetzt
die beiden Wanderer vorüberzogen, von denen der
Fremde sie bewunderte, der Tyroler ihr drohte, da
dachte sie wieder, er sei's. Da ward ihr's so eng
in der Brust, sie öffnete die Lippen, und wie eine
befreite Lerche schwang sich die Freude in einem
schmetternden Jodler daraus empor. Und wie der
Jäger unten im stillen Wald ein verschwindendes
Echo davon gehört, so erreichte auch sie ein Wieder=
hall seiner Antwort, und sie lauschte dem verwehten
Klang mit trunkenem Ohr — es konnte ja seine
Stimme sein! Und über das wilde, trotzige Gesicht
verbreitete sich der rosige Widerschein eines warm auf=
wallenden Gefühls. Sie hatte ja nicht gehört, daß das
Lied ein Spott= und Trutzlied war. Hätte sie's ge=
hört, sie hätte wohl die nervige Faust geballt und
die Kraft ihres Armes geprüft, und über ihr Gesicht
wären finstere Schatten gezogen, daß es erbleicht
wäre wie die Gletscher nach Sonnenuntergang. Und
sie setzte sich nieder auf den Stein, der sie trug, und
schaukelte mit den Füßen, die nun frei über dem
Abgrund hingen, stützte den schlanken Kopf in die
Hände und ließ Alles an ihrer Seele vorüberziehen,
wie das so wunderbar gewesen, als sie ihn zum
ersten Mal gesehen.

———

I.

Der Bärenjoseph.

Es war um Pfingsten, gerade vor einem Jahr,
da führte sie ihr Vater zur Firmelung nach Sölben;
dorthin kam der Bischof alle zwei Jahre, weil bis
Sölben ein Fahrweg ging. Sie schämte sich ein
wenig, weil sie schon sechzehn Jahre und so groß
war. Der Vater hatte sie nicht früher firmeln
lassen wollen, er hatte gemeint, dann ginge gleich
das Liebeln und Brautwerben los — und dazu
wär's noch lang' Zeit! Nun hatte sie Angst, die
Andern würden sie auslachen. Aber Niemand achtete
auf sie. Das ganze Dorf war in Aufregung, als
sie hinkamen, denn es hieß, der Joseph Hagenbach
von Sölben habe den Bären erlegt, der sich drüben
im Vintschgau gezeigt und dem die Buben aus allen
Ortschaften vergebens nachgestellt. Da sei denn der
Joseph aufgebrochen und hinüber gegangen und letzten
Freitag habe er ihn schon gehabt. Der Schnalserbot
hatte früh die Nachricht gebracht und der Joseph
werde ihm bald nachkommen. Die Söldener Bauern,
die vor der Kirche warteten, waren gar stolz, daß
es ein Söldener war, der das Wagestück vollbracht,
und sprachen von nichts Anderem als von dem Joseph, der ganz unstreitig der stärkste und sauberste
Bua im ganzen Gebirg war, und ein Schütz, wie's

keinen zweiten gab. Die Madeln hörten bewunde=
rungsvoll zu, was für Heldenstücke von dem Joseph
erzählt wurden, wie ihm kein Berg zu steil und kein
Weg zu weit, keine Kluft zu breit und keine Gefahr
zu groß sei. Und als eine bleiche, kränklich aus=
sehende Frau über den Rasen daherschritt, stürzten
Alle auf sie zu und wünschten ihr Glück, daß ihr
Sohn so viel Ehre eingelegt habe.

„Des is Einer, Dei Joseph," sagten die Män=
ner wohlmeinend, „an dem kann sich Jeder a Bei=
spiel nehme!" „Wenn des Dei Mann seliger noch
erlebt hätt', wie hätt' der sich g'freut!" sagten die
Weiber.

„Nein, ma sollt's nit glauben," rief Einer artig,
„ma sollt's nit glauben, daß der Prachtskerl Dei
Sohn is — wann man Dich so anschaut."

Die Frau lächelte geschmeichelt: „Ja, 's is a
stattlicher Bursch und a braver Sohn, wie's kein'n
Bessern geben kann. Aber ös könnt's glauben, J
komm' schon gar aus die Aengsten um den Waghals
nit 'raus, 's is kei Tag, wo J nit denk', heut brin=
gen s' mir'n mit zerschlagene Glieder heim! Des is
a Kreuz!"

Jetzt erschien die hohe Geistlichkeit auf dem
Platz und machte dem Gespräch ein Ende. Die
Leute drängten mit den weißbeschürzten, bunt=
bekränzten Firmelkindern in die kleine Kirche, und
die heilige Handlung begann.

Aber Wally konnte die ganze Zeit an nichts
Anderes als an den Bärentödter Joseph denken und
an alle Wunderdinge, die er sollte verrichtet haben
— und wie prächtig das sei, wenn Einer so stark
und beherzt sei und in so großem Ansehen bei allen
Leuten stehe, daß ihm Keiner was anhaben könne.
— Wenn er nur noch kam, so lange sie in Sölden
war, daß sie ihn doch auch sehen könnte; sie brannte
ordentlich darauf!

Endlich war die heilige Handlung vorüber und
die Kinder empfingen den Segen; da erscholl draußen
auf dem Platze vor der Kirche wildes Hurrahgeschrei.
„Er hat ihn, er hat den Bären!" Kaum daß der
Geistliche noch den Segensspruch beenden konnte,
stürzte Alles hinaus und umringte jubelnd einen
jungen Gemsjäger, der, geleitet von einer Schaar
stattlicher Bursche aus dem Schnalserthal und dem
Vintschgau, über den Rasen schritt. Aber wie statt-
lich auch die Schnalser und Vintschgauer waren,
Keiner kam ihm gleich. Er überragte sie alle an
Größe und so sauber war er, so bildsauber! Es
war fast, als leuchte er schon von Weitem. Er sah
aus wie der Sct. Georg in der Kirche. Ueber der
Schulter trug er ein Bärenfell, dessen grimme Tatzen
auf seiner breiten Brust herumbaumelten. Er ging
so stolz einher wie der Kaiser, und that immer nur
einen Schritt, bis die Andern zwei thaten, aber er
war ihnen doch voraus. Und sie machten ein Auf=

hebens mit ihm, als wäre er wirklich der Kaiser,
der sich in einen Gemsjäger verkleidet habe. Der
Eine trug ihm die Flinte, der Andere den Tschopen
und Alle hatten Räusche und schrien und johlten,
nur er war nüchtern und ruhig. Er ging gar be-
scheiden auf die Geistlichen zu, die aus der Kirche
ihm entgegentraten, und zog den bekränzten Hut vor
ihnen ab. Der fremde Bischof machte das Zeichen
des Kreuzes über ihn und sagte: „Der Herr war
stark in Dir, mein Sohn! Du hast mit Seiner
Hülfe vollbracht, was keinem gelungen. Die Menschen müssen Dir danken — Du aber danke dem
Herrn!"

Alle Weiber weinten vor Rührung und auch
Wally wurden die Augen naß; es war, als käme
jetzt erst die Andacht über sie, die sie in der Kirche
versäumt, als sie den stattlichen Jäger das stolze
Haupt unter der segnenden Hand des Priesters beugen sah. Darauf zog sich die Geistlichkeit zurück.
Joseph's erste Frage war aber nun: „Wo is denn
mei Muater? Is sie nit da?"

„Doch!" antwortete diese und fiel dem Sohn
in die Arme: „Da bin J scho!"

Joseph drückte sie fest an sich und sagte: „Schau,
Müaterl, um Dich hätt' mir's leid 'than, wenn J
nimmer wiederkommen wär', — Du lieb's Müaterl,
Du hätt'st ja nit g'wußt, was D' anfangen sollst

ohne mich, und J wär' au nit gern g'storben, ohne
daß J Dir noch a Bußel geb'n hätt'!"

Ah, das war so schön, wie er das sagte; Wally
hatte ein ganz eigenes Gefühl, ein Gefühl, als beneide sie die Mutter, die so gut in der liebevollen
Umarmung des Sohnes ruhte und sich so zärtlich
an die mächtige Gestalt schmiegte. Aller Augen
ruhten mit Wohlgefallen auf der Gruppe — Wally
war es dabei ganz unbeschreiblich um's Herz!

„Aber jetzt erzähl', wie's gangen is!" drangen
die Bauern in ihn.

„Ja, ja, J will's erzählen," lachte er und warf
das Bärenfell zur Erde, daß Alle es besehen konnten. Und sie bildeten einen Kreis um ihn und der
Wirth ließ ein Faß vom Besten auf den Platz
schleppen und anzapfen, denn nach der Kirche mußte
getrunken werden und bei so einer Extra-Gelegenheit
erst recht, und die kleine Wirthsstube hätte ja nicht
die ungewöhnliche Zahl Menschen alle gefaßt. Die
Männer und Weiber drängten sich natürlich um den
Erzähler und die G'firmten stiegen auf Bänke und
Bäume, um über sie hinwegzusehen. Wally war die
allererste auf einer Fichte und konnte ihm gerade
in's Gesicht sehen, die Andern aber neideten ihr den
Platz, und weil sie sich ihn nicht nehmen ließ, gab
es Streit und Lärm. Da schaute der Sanct Georg
herauf zu ihnen und seine funkelnden Augen trafen
gerade Wally's Gesicht und blieben eine Weile

lächelnd darauf haften. Da war es Wally, als
stiege ihr alles Blut zu Kopf, und sie erschrak so
heftig, daß sie ihr Herz schlagen hörte bis in die
Ohren hinein. In ihrem ganzen Leben war sie
nicht so erschrocken, und sie wußte nicht einmal
warum! Sie hörte nur halb, was Joseph erzählte,
es sauste ihr in den Ohren, sie konnte nichts denken
als: „Wenn er wieder heraufschaute?!" Und sie
wußte nicht, wünschte sie's oder fürchtete sie's? Als
es aber während des Erzählens doch noch einmal
geschah — da blickte sie schnell weg und schämte
sich, als sei sie auf etwas Unrechtem ertappt worden.
War es denn ein Unrecht, daß sie ihn so angesehen
hatte? Es mußte wohl so sein. Und sie konnte es
doch nicht lassen, obgleich sie beständig zitterte, er
könnte es merken. Aber er merkte es nicht, was
kümmerte ihn das „Firmelkind" da oben auf dem
Baume. Er hatte es ein paarmal angeschaut, wie
man auch nach einem Eichkätzchen sieht, weiter nichts.
Das sagte sie sich selbst und ein wunderliches Weh
beschlich sie dabei. So, wie heute, war ihr noch nie
zu Muthe gewesen, — sie war nur froh, daß sie
unterwegs keinen Wein getrunken, sie hätte sonst gemeint, sie sei berauscht. Sie spielte in ihrer Bangig-
keit mit ihrem Rosenkranz. Es war ein schöner
neuer, mit rothen Korallen, mit einem echtsilbernen
Kreuz von getriebener Arbeit. Sie hatte ihn zur
Firmelung von ihrem Vater bekommen. Da plötz-

lich), wie sie ihn so drehte und wickelte, zerriß die
Schnur und wie Blutstropfen rieselten die rothen
Perlen vom Baume nieder. „Des is a schlechtes
Zeichen," raunte ihr eine innere Stimme zu; „die
Luckard hat's nit gern, wenn was reißt, während
ma an was denkt!"

„An was denkt!" — Ja, an was dachte sie
denn? Sie sann darüber nach — sie konnte es
nicht finden. Sie hatte eigentlich an nichts Be-
stimmtes gedacht. Warum that es ihr nur so leid,
daß gerade in dem Augenblicke die Schnur zerriß?
Es war ihr, als wäre plötzlich die Sonne bleich geworden und ein kalter Wind striche über sie hin.
Aber doch regte sich kein Halm, und die eisstarrende
Welt in der Runde glänzte in strahlendem Licht.

Ein Wolkenschatten war vorübergezogen — ob
in ihr — außer ihr? Was wußte sie? Joseph
hatte indessen sein Abenteuer mit dem Bären aus-
erzählt und den Beutel mit den vierzig Gulden
herumgezeigt, die von der tyroler Regierung als
Schußgeld für einen Bären ausbezahlt werden, und
es war des Lobens und Händeschüttelns kein Ende.
Nur Wally's Vater hielt sich mürrisch fern. Es
ärgerte ihn, wenn Einer ein großes Heldenstück voll-
brachte, es sollte Niemand stark sein in der Welt,
als er und seine Tochter. Durch dreißig Jahre
hatte er unbestritten für den stärksten Mann im Gebirg gegolten, und nun konnte er es nicht ertragen,

daß er alt wurde und dem jungen Nachwuchs den Platz räumen mußte. Als aber gar Einer in seiner Freude zu Joseph sagte, es sei ja kein Wunder, daß er so ein G'waltskerl geworden — er habe das von seinem Vater, der sei auch der beste Schütz und der beste Raufer in der ganzen Gegend gewesen, — da hielt sich der Alte nicht mehr und fuhr mit einem donnernden „Oho — begrabt's Ein'n nur nit scho, ehvor ma todt is!" dazwischen.

Alle wichen auseinander vor der drohenden Stimme und sagten fast erschrocken: „Der Stromminger!"

„Ja, der Stromminger is au noch da und hat nie nix davon g'wußt, daß der Hagenbach der beste Raufer war! Mit 'm Maul ja — aber mit sonst nix!"

Da drehte sich Joseph um, wie eine angeschossene Wildkatze, und schaute Stromminger mit funkelnden Augen an: „Wer sagt, daß mei Vater a Maulheld war?"

„I sag's, der Höchstbauer von der Sonneplatten, und I weiß, was I red', denn I hab ihn am maler Zehne hing'legt, wie 'n Sack."

„Des is nit wahr!" schrie Joseph. „I laß' mir mein' Vatern nit anschwärzen!"

„Joseph, sei still, 's is der Höchstbauer, mit dem mußt nit anbinden," flüsterten ihm die Leute zu.

„Was, Höchstbauer hin und Höchstbauer her

— und wenn unſer Herrgott vom Himmel runter
käm' und wollt' mir mein' Vatern ſchlecht machen
— J thät's nit leiden. J weiß ſcho, der Stromminger und mei Vater hab'n 's immer mit anand'
g'habt, weil mei Vater der Einzige war, der's mit
'm Stromminger aufnehme könnt hat. Und er hat
den Stromminger g'rad ſo oft g'worfen, wie der
ihn!"

„Nit wahr is 's!" ſchrie Stromminger. „Dei
Vater war a Tropf gegen mich. Wenn Einer von
Euch Alten Ehr' im Leib hat, ſoll er's ſagen —
und wenn Du's nachher noch nit glaubſt, ſo will J
Dir's einbläuen!" Joſeph war bei dem Wort
„Tropf" wie raſend auf Stromminger zugeſprungen:
„Du, nimm das Wort z'ruck oder" —

„Jeſus Maria," kreiſchten die Weiber, „laß ab,
Joſeph", begütigte die Mutter, „'s is an alter
Mann, an dem darfſt Dich nit vergreifen!"

„Oho!" ſchrie Stromminger, roth vor Zorn.
„Wollt 's mich zu'n alten Tobbel machen? So
altersſchwach is der Stromminger noch nit, daß er's
nit noch aufnehmen könnt' mit ſo 'n Gelbſchnabel!
Geh nur her — J will Dir's ſcho zeigen, daß J
noch Mark in die Knochen hab', Dich fürcht' J noch
lang' nit und wenn D' noch zehn Bären g'jagt
hätt'ſt."

Und wie ein wüthender Stier drang der ſtäm-
mige Mann auf den jungen Jäger ein, daß dieſer

unwillkürlich zurückwich unter dem wuchtigen Anprall.
Aber nur einen Augenblick währte das Schwanken,
denn Joseph's schlanke Gestalt war so muskelzähe,
so elastisch biegsam — und wenn gebogen — wieder
aufschnellend wie die hohen Fichten jener Gegend,
die wie mit Eisendrähten in dem nackten Gestein
wurzeln, sich von den vier Winden zausen lassen und
gegen Bergeslasten von Schnee stemmen müssen.
Stromminger hätte eben so gut einen Baum aus-
reißen, als Joseph vom Boden aufbringen können.
Und nach einem kurzen Ringen schlangen sich Joseph's Arme fest um Stromminger und schnürten
sich zu, immer fester bis zum Ersticken, daß ein
lautes Stöhnen aus Stromminger's gepreßter Brust
drang und er keine Hand mehr frei machen konnte.
Und nun begann der junge Riese an dem alten
Mann zu rütteln und zu lüpfen, herüber, hinüber,
langsam, mälig, aber gründlich, ihm bald den einen,
bald den andern Fuß unter dem Leibe wegdrängend,
als wolle er ihn ruckweise lockern. Die Umstehenden
wagten kaum zu athmen ob des seltenen Schauspiels,
es war ihnen fast, als dürften sie nicht hinsehen,
wenn ein so alter Baum zum Sturz käme. Jetzt —
jetzt hatte Stromminger den Boden unter den Füßen
verloren — jetzt mußte er stürzen, — aber nein, —
Joseph hielt ihn auf, schleppte ihn in seinen starken
Armen zur nächsten Bank und setzte ihn darauf
nieder. Dann zog er ruhig sein Tuch und trocknete

Stromminger den perlenden Schweiß von der Stirn:
„Seht, Höchstbauer, I hab Euch 'zwunge, I hätt'
Euch könne werfen, aber da sei Gott davor, daß I
an 'm alten Mann die Schand' anthät! Und jetzt
woll'n wir wieder gut Freund sein, — nix für un=
gut, Stromminger!"

Er hielt gutmüthig lachend dem Stromminger
die Hand hin — aber dieser schlug sie mit einem
bitterbösen Blick zurück: „Der Teufel soll Dir's ein=
tränken, Du Schandbub'!" schrie er ihn an. „Und
Ös Alle, Ös Söldener, die a Freud b'ran g'habt
habt's, wie der Stromminger zum Kinderspott word'n
is, Ös sollt's scho noch erfahren, wer der Strom=
minger is. Jetzt wird kei G'schäft mehr mit Euch
g'macht und nix mehr g'stundet und wenn halb
Sölden verhungern müßt'!" Er ging zu dem Baum,
auf dem Wally noch wie in einem Fiebertraum saß,
und riß sie am Kleid: „Komm runter Du! 's
wird nimmer da Mittag g'macht. Von mir soll kei
Söldener mehr 'n Kreuzer sehen." Aber Wally, die
mehr vom Baume gefallen, als gestiegen war, stand
da wie gebannt und ihre Augen hafteten fast bittend
auf Joseph. Sie meinte, er müsse es spüren, wie
leid es ihr that, daß sie fort solle; ihr war, als
müsse er ihre Hand fassen und sagen: „bleib' nur
bei mir — Du gehörst ja zu mir und I zu Dir
und zu Niemand sonst!" Aber er stand mitten in
einem Knäuel von Männern, die verblüfft zusammen

2*

flüsterten, denn viele im Dorfe waren dem Strom=
minger verschuldet, dessen Reichthum in den Lebens=
adern der ganzen Gegend kreiste. —

„No — wird's?" stieß Stromminger das Mäd=
chen an, und sie mußte wohl oder übel folgen, aber
ihre Lippen zuckten, ihre Brust arbeitete krampfhaft,
ein Blitz ohnmächtigen Zornes traf ihren Vater.
Wie ein Kalb trieb er sie vor sich her. So gingen
sie ein paar Schritte, da kamen Leute ihnen nach,
und als sie sich umsahen, da stand der Joseph mit
noch ein paar Bauern hinter ihnen und sagte:
„Höchstbauer, seib's doch nit so granbig! Os könnt's
doch nit mit dem Dirnl un'gessen den weiten Weg
auf die Sonneplatten laufen."

Und er stand dicht neben Wally und sein Athem
umwehte sie, wie er so sprach, und sein Auge ruhte
auf ihr — seine Hand legte sich mitleidig auf ihre
Schulter, sie wußte nicht, wie ihr geschah — er war
so gut, so lieb, und dennoch war ihr zu Muthe wie
damals, als ihr beim Ausnehmen des Geiernestes
plötzlich die Fittige des Geiers um die Ohren rausch=
ten, daß ihr Hören und Sehen verging! So etwas
Uebermächtiges lag für das junge Herz in seiner
Nähe, seiner Berührung. Sie hatte nicht gezittert,
als das mächtige Thier auf sie niederstieß und ihr
mit den breiten Schwingen die Sonne verbunkelte,
sie hatte sich tapfer und besonnen gewehrt, aber jetzt

zitterte sie am ganzen Leibe und stand verwirrt und verlegen da.

„Hebt's Euch weg!" schrie der Höchstbauer und ballte die Faust gegen Joseph. „I schlag' Dir in's G'sicht, wenn D' mi nit auslaß't, und wann's mi mei Leb'n kost'."

„No, wenn ös nit wollt's — so laßt's bleib'n — ös seid's a Narr, Höchstbauer!" sagte Joseph gelassen, drehte sich um und ging mit den Andern wieder zurück. Nun hielt sie Niemand mehr auf, sie schritten unbehelligt weiter — immer weiter von Joseph weg. Wally sah sich um, sie sah noch eine Weile seinen Kopf über die Andern hervorragen, sie hörte die vielerlei Stimmen und das Lachen auf dem Platz vor der Kirche. Sie konnte es immer noch nicht glauben, daß sie wirklich fort sollte und den Joseph nicht mehr sehen — vielleicht nie mehr. Jetzt bogen sie um eine Felsenecke und jetzt war Alles verschwunden, der Platz mit den vielen Menschen und der Joseph — und Alles, Alles vorbei. Und nun plötzlich kam es über sie, wie die Ahnung eines großen Glücks, das ihr gewinkt und das ihr nun unwiederbringlich verloren sei. Sie schaute sich um, wie um Hülfe flehend in ihrer Herzensnoth, in dem neuen, nie gekannten Weh. Aber da war Keiner, der ihr gesagt hätte: „Sei ruhig — es wird schon besser werden."

Todt und starr das Geklüft und Gestein rings

umher, todt und starr schauten die Ferner sie an;
was kümmerte sie, die Welten kommen und vergehen
gesehen, dies arme, kleine, zuckende Menschenherz?
Ihr Vater ging so stumm neben ihr her, als wäre
er ein wandelnder Felsblock. Und er war ja an
Allem Schuld. Er war ein böser, harter, erbar=
mungsloser Mann, sie hatte keinen Menschen auf
der Welt, der sich ihrer annahm. Und während sie
so dachte und mit sich selbst rang, schritt sie mecha=
nisch weiter, immer weiter dem Vater voraus, berg=
auf — bergab, als wollte sie sich ihren Schmerz
verlaufen. Die Sonne stach und brütete auf der
kahlen Felswand, ihre Brust rang nach Athem, die
Zunge klebte ihr am Gaumen, alle Adern schlugen
ihr. Plötzlich vergingen ihr die Sinne, sie warf sich
zur Erde und brach in ein lautes Schluchzen aus.

„Oho, was stellt denn des vor?“ sagte Strom=
minger auf's Höchste überrascht, denn er hatte seine
Tochter seit ihrer Kindheit nicht mehr weinen sehen.
„Bist närrisch?“

Wally antwortete nicht, sie überließ sich ganz
dem wilden Ausbruch ihres Herzeleids.

„Jetzt red'!“ herrschte Stromminger sie an:
„Was soll das Gethu's heißen? Thu's Maul auf
— oder —!“ Da brach sie heraus aus dem unge=
stümen pochenden Herzen, wie der Bergstrom aus
dem gelockerten Geklüft hervorbricht, die ganze volle
Wahrheit, und überschüttete den Alten mit dem brau=

senden Gischt ihres Zornes. Sie sagte Alles, denn sie war immer wahrhaftig gewesen und nicht geübt, zu lügen. Sie sagte, daß ihr der Joseph gefallen und sie ihn lieb gewonnen habe, so lieb wie keinen Menschen auf der Welt, und daß sie sich so darauf gefreut, mit dem Joseph zu reden, und wenn der Joseph gehört hätte, daß sie so ein starkes Mädel sei und auch schon allerlei Kraftstückeln verübt hätt', da hätt' er nachher auch gewiß mit ihr getanzt und dann hätt' er sie gewiß auch lieb gewonnen, und um das Alles habe ihr Vater sie nun gebracht, da er wie ein Unsinniger über den Joseph hergefallen sei und sie dann von der Firmelung habe weglaufen müssen mit Spott und Schand', daß der Joseph sie sein Lebtag nicht mehr anschauen werd'! Aber so sei der Vater immer, bös und wild gegen alle Leute, deßhalb heiße er auch überall der schieche Stromminger, und sie müsse das nun büßen.

Da plötzlich schrie Stromminger: „Jetzt hab' J's g'nug!" Es sauste über ihr durch die Luft und ein Streich schmetterte von des Vaters Stock auf sie nieder, daß sie meinte, der Rückgrat sei ihr abgebrochen, und sie erbleichend das Haupt neigte. Es war Hagel, der auf die kaum erschlossene Blüthe der Seele fiel. Einen Augenblick war ihr so übel, daß sie sich nicht regen konnte. Schwere Tropfen quollen aus den geschwollenen Lidern hervor wie der Saft aus dem gebrochenen Zweig, sonst war Alles todt

und stumm in ihr. Stromminger stand leise fluchend
neben ihr und wartete, wie der Treiber bei einem
Stück Vieh wartet, das unter seinen Schlägen zu-
sammengefallen ist und nicht weiter kann.

Ringsumher war Alles so still und einsam.
Keines Vogels Stimme, kein Rauschen in den Bäu-
men unterbrach das Schweigen. Auf dem schmalen
Felssteig, der Vater und Tochter trug, grünte kein
Baum, nistete kein Vogel. Vor Jahrtausenden
mochte es hier getost haben im furchtbaren Kampf
der Elemente, und so weit das Auge reichte, sah es
nur die Riesentrümmer einer wilden Umwälzung.
Aber jetzt waren die Feuer ausgebrannt, die den
Boden gesprengt hatten, und die Wasser verlaufen,
die im rasenden Schwall die Festen der Erde mit
sich fortgerissen. Da lagen sie übereinander hin-
geschleudert, die regungslosen Kolosse; die Gewalten,
die sie zu bewegen vermochten, waren entschlummert,
Kirchhofsruhe nistete dazwischen, wie zwischen Grab-
denkmälern, — und keusch und starr wie der himmel-
anstrebende Gedanke, ragten die weißen Gletscher-
firnen hoch darüber hinaus. Nur der Mensch, der
ewig ruhelose, setzte auch hier den nie rastenden
Kampf fort und störte den erhabenen Frieden der
Natur mit seiner Qual!

Endlich schlug Wally die Augen auf und sam-
melte ihre Kraft, um weiter zu gehen. Keine Klage
kam mehr über ihre Lippen, sie schaute den Vater

so fremd an, als habe sie ihn nie gesehen; ihre Thränen waren versiegt.

„Du haſt's jetzt g'ſpürt, wie's Dir geht, wenn Du Dir noch amal 'n Gedanken an den Schand=bub beikommen laß't, der den Stromminger zum Kinderſpott g'macht hat," ſagte er und hielt ſie am Arm, „denn daß Du's nur weißt, eher werf' J Dich von der Sonneplatten 'nunter, eh' Dich der Joſeph kriegen ſoll!"

„'s is recht!" ſagte Wally mit einem Ausbruck, der ſelbſt den Stromminger ſtutzen machte, ein ſo unbeugſamer Trotz lag in dem einen Wort, in dem Ton, mit dem ſie's ſagte, in dem Blick unverſöhnlicher Feindſchaft, mit dem ſie ihren Vater dabei anſah.

„Du biſt a böſes, böſes Ding Du!" murmelte er zwiſchen den Zähnen.

„J hab's nit g'ſtohlen!" erwiderte ſie ebenſo.

„Aber wart nur, J will Dir's austreiben!" knirſchte er.

„Ja, ja!" nickte ſie, als wollte ſie ſagen „ver=ſuch's nur".

Dann ſprachen ſie nichts mehr mit einander auf dem ganzen Heimweg.

Als ſie heimkamen und Wally in ihre Kammer ging, um ihren Feiertagsſtaat abzulegen, ſteckte die alte Luckard, die ſchon bei ihrer Mutter und Groß=mutter geweſen und Wally an Mutter ſtatt auf=gezogen, den Kopf zur Thür herein und flüſterte:

„Wally, haft D' g'weint?" — „Warum?" fragte das Mädchen mit ungewöhnlich herbem Tone.

„In die Karten stehen Dir Thränen! I hab' Dir heut' an Dein'm Firmeltag die Karten g'legt; Du bist zwischen zwei Buaben g'fallen und der Schrecken dazu: und so nah' war Alles, als wär's heut' paffirt und Alles über 'n klein'n Weg."

„So?" sagte das Mädchen gleichgültig und packte den schönen Rock ihrer seligen Mutter in die große Holztruhe.

„Is Dir 'was, Kind?" fragte die Luckard, „Du schauft so schlecht aus und bist au so fruah heim-komme. Haft nit 'tanzt?"

„'tanzt?" das Mädchen schlug eine Lache auf, hart und gellend, wie wenn man mit einem Hammer auf eine Laute geschlagen hätte, daß die Saiten klirrend und klagend nachbröhnten. „Mir war's zum Tanzen!"

„Dir is was g'schehen, Kind! Sag's mir — I kann Dir vielleicht helfe."

„Mir kann Niemand helfen!" sagte Wally und warf den Deckel ihrer Truhe zu, als wolle sie Alles, was sie drückte, darunter begraben. Es war, als habe sie den Sargdeckel über all' ihren jugendlichen Hoffnungen geschlossen. „Geh' jetzt," sagte sie herrisch, wie sie nie zuvor gesprochen, „I will mich a Bissel ausruhen!"

„Jesus Maria", kreischte die Luckard, „da liegt
ja Dei Rosenkranz zerrissen. Wo hast die K'rallen?"

„Verloren!"

„O Jesus, Jesus, das Unglück, nur das Kreuz'l
hast b'halten und die leere Schnur, — am Firmel=
tag den Rosenkranz zerrissen und die Thränenkart'
dazu! O mei Gott und Vater, was wird da
g'schehen!"

So jammernd, halb von Wally hinausgeschoben,
ging die Alte und Wally schloß hinter ihr den Rie=
gel. Sie warf sich auf ihr Bett und starrte regungs=
los zu dem Muttergottesbild auf und dem Crucifix,
das darüber an der Wand hing. Sollte sie diesen
ihr Leid klagen? Nein! Die Muttergottes meinte
es nicht gut mit ihr, sonst hätte sie ihr nicht gerade
den Firmelungstag so verderben lassen. Sie wußte
ja auch nicht, wie so ein Liebesweh thue, denn sie
hatte ja nur den Schmerz um ihren Sohn gekannt,
und das war doch etwas ganz Anderes als das
Herzeleid, das Wally fühlte. Und der Herr Jesus
Christus! — Der kümmerte sich erst recht nichts um
Liebesgeschichten — dem durfte man gar nicht mit
so etwas kommen. Der wollte nur, daß man immer
nach dem Himmelreich streben solle. Ach! und ihr
ganzes junges hochklopfendes Herz sehnte und drängte
mit jedem Pulsschlag nach dem lieben, herzlieben
Mann hier unten auf der Erde, und das Himmel=
reich war so weit weg und so fremd, wie konnte

sie's danach verlangen in einem Augenblick, wo die allgewaltige Natur in ihr zum erstenmal gebieterisch ihr Recht forderte! Mit bitterem Trotz blickte sie zu den Gestalten der Mutter und des Sohnes auf, die mit so ganz anderen Schmerzen zu thun hatten und nur Unmögliches von ihr verlangten. Sie gönnte ihnen kein gutes Wort mehr, sie grollte ihnen, wie ein Kind den Eltern grollt, die ihm ungerechterweise eine Freude versagen. —

Lange lag sie so, die Augen vorwurfsvoll auf die Heiligen geheftet, aber bald war es nur das liebe, schöne Gesicht Joseph's, das sie noch vor sich sah, und sie griff sich unwillkürlich mit der Hand nach der Schulter, die er berührt, als wolle sie seine Berührung darauf festhalten. Und dann war wieder seine Mutter da, auf die sie so eifersüchtig war, und die lag wieder in seinen Armen und Joseph liebkoste sie so süß, und da schob Wally die Mutter weg und legte sich statt ihrer dem Joseph an's Herz und er hielt sie umfangen und sie schaute ihm tief in die schwarzen flammenden Augen — und sie suchte sich vorzustellen, was er wohl sagen würde — aber sie wußte nichts Anderes als etwa: „Du lieb's Dirnl!" wie er zur Mutter „Du lieb's Müaterl" gesagt. Und das war so über Alles g'schmach und lieb! Ach, was konnte das Himmelreich, in das Die dort oben sie haben wollten, gegen die Seligkeit sein, die

sie nur bei dem Gedanken an Joseph empfand, und
wie mußte erst die Wirklichkeit sein?

Es klopfte an ihr Fenster, sie fuhr auf, wie aus
einem Traume. Es war der Lämmergeier, den sie
vor zwei Jahren aus dem Nest genommen und der
ihr treu anhing wie ein Hund. Sie konnte ihn frei
herumlaufen lassen, er that Niemand was und flog
ihr mit seinen gestutzten Flügeln nach, so gut es
ging. Sie öffnete das kleine Fenster, er schlüpfte
herein und schaute sie mit seinen gelben Augen zutraulich an. Sie kraute ihm den Hals und spielte
mit seinen starken Schwingen, sie bald entfaltend,
bald zusammenlegend. Ein kühler Luftzug ging
durch das offene Fenster.

Die Sonne stand schon tief hinter den Bergen,
der enge Fensterrahmen umschloß das friedliche Bild
der in blauen Duft gehüllten Bergeshäupter.

Auch in ihr wurde es ruhiger. Die Abendluft
belebte ihren Muth; sie nahm den Vogel auf die
Schulter: „Komm, Hansl," sagte sie, „wir thun,
als gäb's kei Arbeit auf der Welt!"

Das treue Thier hatte eine wunderliche Tröstung
über sie gebracht. Sie hatte sich's geholt, da, wo
kein Mensch sich hingewagt, vom schroffen Felsen,
sie hatte es seiner Mutter auf Leben und Tod ab-
gekämpft und hatte es gezähmt und es gehörte ihr

nun ganz! „Und er wird Dir auch einmal ge=
hören!" sagte ihr eine innere Stimme, als sie den
Vogel an sich drückte.

II.

Unbengsam.

Das war die kurze Liebes= und Leidensgeschichte,
die jetzt eben wieder in dem jungen Herzen mit all
ihrem Weh aufwachte, als Wally da hinunter sah,
wo sie den Joseph zu erblicken glaubte, der so oft
vorbeiging und nie den Weg daherauf fand. Sie
wischte sich die Stirn, denn die Sonne fing an zu
brennen und sie hatte schon das ganze Geländ ab=
gemäht, vom Haus her bis zur „Sonnenplatte", so
hieß der Vorsprung, auf dem sie stand, weil es die
höchste Stelle war und immer zuerst von der Sonne
beschienen wurde. Nach ihm führte das Dorf seinen
Namen.

„Wally, Wally!" rief es jetzt hinter ihr. „Du
sollst zum Vater kommen, er will Dir was sagen."
Die alte Luckard kam vom Haus her. Der Vater
ließ sie rufen? Was konnte er wollen? Er hatte
seit der Geschichte in Sölden, seit einem Jahr, nichts
mit ihr geredet, als was zum Tagewerk gehörte.

Zwischen Furcht und Widerwillen schwankend, erhob
sie sich und folgte der Luckard. „Was will er denn?"
fragte sie.

„Große Neuigkeiten," sagte Luckard. „Da schau
auf!"

Jetzt sah Wally den Vater vor dem Haus
stehen und bei ihm einen jungen Bauern vom Ort,
den Gellner = Vincenz, mit einem großen „Buschen"
im Knopfloch. Es war ein stämmiger, finsterer
Bursch, den Wally schon von Kindheit an als hart=
näckig und verschlossen kannte. Keinem Menschen
hatte er noch je ein freundliches Wort gegönnt als
der Wally, die er schon von der Schule her mit
seiner Zuneigung verfolgt. Vor ein paar Monaten
waren ihm rasch hintereinander seine Eltern gestorben.
Nun war er selbständig und nach Stromminger der
reichste Bauer in der Gegend.

Wally stand das Blut in den Adern still, denn
sie wußte schon, was nun kommen würde.

„Der Vincenz will Dich heirathen", sagte
Stromminger. „Er hat mei Wort — und nächsten
Monat is b' Hochzeit!" Damit drehte er sich um
und ging in's Haus, als sei da gar nichts weiter
zu reden.

Einen Augenblick schwieg Wally wie vom Don=
ner gerührt. Sie mußte sich erst sammeln, erst zur
Besinnung kommen. Indessen trat der Vincenz zu=
versichtlich an sie heran und wollte seinen Arm um

sie schlingen. Da sprang sie mit einem Schrei des
Schreckens zurück und jetzt wußte sie auch, was sie
zu thun hatte.

„Vincenz", sagte sie, bebend vor Seelenangst.
„J bitt' Dich, geh' nach Haus, J kann niemals Dei'
Frau werden, niemals. Du wirst nit wollen, daß
mich der Vater zwingt, J sag' Dir's zum letztenmal,
J mag Dich nit."

Ueber Vincenz's Gesicht zuckte es wie ein Blitz,
er biß sich die Lippen und seine schwarzen Augen
hefteten sich mit verzehrender Begierde auf Wally.
„So — Du magst mich nit? aber J mag Dich!
Und J setz' mei Leben dran, daß J Dich krieg!
Und Dei Vater hat mir's Jawort 'geb'n — und das
gib' J nimmer z'ruck und J denk', Du wirst Dich
scho noch b'sinnen, wann's Dei Vater will!"

„Vincenz," sagte Wally, „wenn Du g'scheidt
wärst, so hätt'st jetzt nit so g'sprochen, denn dann
wüßtest, daß J Dich jetzt erst recht nit nimm —
denn zwinge laß J mich scho gar nit, daß Du's
nur weißt. Und jetzt geh' heim, Vincenz, mir haben
nix mehr mit anand' z'reden."

Und damit wandte sie sich kurz von ihm und
trat in das Haus.

„O Du!" rief ihr Vincenz im zornigen Schmerz
nach und ballte die Faust. Dann faßte er sich und
murmelte zwischen den Zähnen: „No, J kann warten
— und J will warten!"

Wally ging grabenwegs zu ihrem Vater. Der saß über seine Rechnungen gebückt und wandte sich langsam um, als sie eintrat. „Was soll's?"

Die Sonne warf ihre vollen Strahlen durch das niedere Fenster auf Wally, daß sie vor ihrem Vater stand wie in eine Glorie gehüllt. Er mußte sich selbst wundern über sein Kind, so schön war sie in dem Augenblick.

„Vater," begann sie ruhig, „I wollt' Euch nur sagen, daß I den Vincenz nit heirath'."

„So?" rief Stromminger aufspringend. „Soll's da'naus? Du heirathst ihn nit?"

„Nein, Vater, I mag ihn nit!"

„So, — hab' I Dich g'fragt, ob D' ihn magst oder nit?"

„Nein, I sag's Euch halt ung'fragt."

„Und I sag' Dir auch ung'fragt, daß Du den Vincenz in vier Wochen heirathst, ob D' ihn magst oder nit. I hab' ihm's Wort 'geben und der Stromminger bricht sein Wort nit. Jetzt scheer Dich 'naus."

„Nein, Vater," sprach Wally, „so ist des nit ab'than. I bin kei Stück'l Vieh, daß sich verkaufen oder versprechen lassen muß, wie der Herr will. I mein', I hätt' au noch a Wort mitz'reden, wann's an's Heirathen geht!"

„Nein, des hast nit, denn das Kind g'hört dem

Vater so gut, wie a Kalb oder a Rind, und muß thun, was der Vater will."

„Wer sagt das, Vater?"

„Wer's sagt? In der Bibel steht's!" und in Stromminger's Gesicht stieg eine bedrohliche Röthe auf.

„In der Bibel steht nur, daß mir unsre Eltern ehren und lieben sollen, aber nit, daß mir'n Mann heirathen sollen, der uns z'wider is — blos weil's der Vater will! Schauts Vater, könnt's Euch was helfen, wann I den Vincenz nähm', könnt's Euch vom Tode retten oder vom Elend, so müßt I's freili thun und wann mir's Herz d'rüber bräch'. Aber Ihr seids a reicher Mann, der nach Niemand nix z'fragen hat — und dem's ganz eins sein kann, wen I heirath — und Ihr gebts mich dem Vincenz blos aus Bosheit, daß I nit den Joseph nehme kann, den I lieb hab' und der mich g'wiß auch lieb hätt', wenn er mich kennen thät' — und des, Vater, is schlecht von Euch und des steht nit in der Bibel, daß sich a Kind des g'fallen lassen muß!"

„Du fürwitzig's Ding Du, I will Dir den Caplan schicken, der soll Dich lehren, was in der Bibel steht!"

„Des hilft Alles nix, Vater, und wann Ihr mir zehn Geistliche schickt's und sie thäten mir alle zehn sagen, daß I Euch da d'rin folgen müßt', I thät's doch nit."

„Und J sag' Dir, Du wirst's thun, so war
J der Stromminger bin. Du wirst's thun, oder J
jag' Dich vom Haus und Hof und enterb' Dich."

„Des könnts, Vater, J bin stark g'nug, daß J
mir mei Brod verdienen kann. Ja, Vater, gebts
Alles dem Vincenz, nur mich nit."

„Dumm's Geschwätz," sagte Stromminger be=
troffen. „Sollen mir die Leut' nachsag'n, daß der
Stromminger nit amal sein eignes Kind meistern
kann? Du nimmst den Vincenz und — wann J Dich
in b' Kirch' prügeln müßt'."

„Und wann Ihr mich in die Kirch' prügelt, so
sag J am Altar doch Nein. Todtschlagen könnts
mich — aber das Ja könnts mir nit 'rausprügeln
— und wann Ihr's könntet — so spräng J eher
vom Felsen 'nunter, eh' denn J zu Ein'm in's Nest
ging, den J nit mag."

„Jetzt hör'!" schrie Stromminger, und seine
breite Stirn war wie gespalten durch eine blaue
Zornader, die darüber hinlief, sein ganzes Gesicht
war aufgequollen, seine Augen blutunterlaufen, „jetzt
hör', mach' mich nit toll! Du hast schon g'nug bei
mir auf'm Kerbholz — jetzt gib Ruh — oder 's
nimmt zwischen uns a schlechtes End'!"

„A schlechtes End' hat's schon vor einem Jahr
zwischen uns g'nommen, Vater! Denn wie Ihr mich
so g'schlagen habt, damals an mein'm Firmeltag —
da hab' J's g'spürt, daß Alles zwischen uns aus is.

3*

Und schaut's, Vater, seitdem is mir Alles einerlei, ob Ihr mir bös seids oder gut, ob Ihr mir schön thut oder ob Ihr mich todtschlagt — 's is mir Alles einerlei, — I hab kei Herz mehr für Euch, Ihr seids mir g'rad so lieb wie der Stmilaun= oder Vernagt= oder Murzoll=Gletscher!"

Ein erstickter Schrei der Wuth drang jetzt aus Stromminger's Brust, nachdem er dem Mädchen halb erstarrt zugehört. Er sprang auf sie zu, un= fähig zu sprechen, faßte sie um den Leib, schwang sie vom Boden auf hoch über seinen Kopf, schüttelte sie in der Luft so lange, bis ihm selbst der Athem ausging, dann warf er sie zur Erde und setzte den nägelbeschlagenen Absatz auf ihre Brust: „Bitt' ab, was D' gesagt hast, oder I zertret' Dich, wie'n Wurm," keuchte er.

„Thut's!" sagte das Mädchen und ihre Augen waren starr auf den Vater gerichtet. Sie athmete schwer, denn des Vaters Fuß lastete bleiern auf ihr, aber sie regte sich nicht, sie zuckte nicht mit der Wimper.

Jetzt war Stromminger's Macht gebrochen. Er hatte gedroht, was er nicht halten konnte, denn vor dem Gedanken, die schöne, unschuldige Brust seines Kindes zu zertreten, erbleichte sein Zorn und er ward plötzlich nüchtern. Er war besiegt. Er zog fast taumelnd den Fuß von ihr zurück. „Nein, im Zucht=

haus will der Höchstbauer doch nit enden," sagte er dumpf und sank erschöpft in einen Sessel.

Wally erhob sich; sie war todtenbleich, ihr Auge war thränenlos, glanzlos, wie von Stein. Sie harrte unbeweglich dessen, was nun werden sollte.

Eine Minute schweren Nachdenkens ließ Stromminger verstreichen, dann sprach er mit heiserer Stimme: „J kann Dich nit umbringen, aber weil Dir der Similaun und der Murzoll doch so lieb sind wie Dei Vater, so sollst künftig auch beim Similaun und beim Murzoll bleiben. Da g'hörst D' hin! Unter mein'n Tisch streckst Deine Füß' nimmer. D' gehst auf's Hochjoch Vieh hüten und bleibst so lang oben, bis D' einsehen g'lernt hast, daß es doch besser is im Vincenz sein'm warmen Nest, als im Murzoll seine Schneemulden. Schnür Dei Bündel, denn J will Dich nimmer sehen. Morgen früh gehst aufi. J werd' die Schnalser den Pacht kündigen und schick Dir mit 'm Handbub nächste Woch' 's Vieh nach; nimm Brod und Käs mit, daß D' g'nug hast, bis 's Vieh kommt. Der Klettenmaier soll Dich 'nauf führen. Und jetzt heb' Dich weg, des is mei letztes Wort und bei dem bleibt's!"

„'s is Recht, Vater!" sagte Wally leise, neigte das Haupt und verließ ihres Vaters Zimmer.

III.

Verstoßen.

Auf's Hochjoch! Das war ein furchtbares Wort. Denn in den unwirthlichen Gefilden des Hochjochs, da ist nicht das fröhliche Leben der Alm, wo die weiche, wurzige Luft vom Geläut der Glocken und vom Gejodel der Sennen und Sennerinnen wieder= hallt, — hier ist ewiger Winter, Todesruhe. Traurig leise, wie wohl eine Mutter die bleiche Stirn des todten Kindes küßt, so küßt die Sonne diese kalten Firnen. Spärliche Matten, die letzten Reste zähen organischen Lebens ziehen sich noch verloren in die winterliche Wildniß hinein, bis endlich der letzte Halm ausgerottet, der letzte Tropfen quellenden Saftes er= starrt ist. Ein langsames Absterben der Natur. Aber der sparsame Bauer nützt auch diesen kargen Rest noch aus. Er schickt seine Heerden hinauf, um ab= zugrasen, was sie da oben noch finden, und das weidende Schaf, das lüstern einer bis hierher ver= irrten Pflanze milderer Regionen nachstrebt, fällt nicht selten in eine Eisspalte hinab.

So sollte das Kind des stolzen Höchstbauern, dessen Besitzthum auf Stunden in die Weite und hin= auf bis in die Wolken reichte, seine Blüthezeit in beständigem Winter zubringen. Während unten auf

der Erde die Mailüfte wehten, der quellende Saft
die Knospen sprengte, die Vögel ihre Nester bauten
und Alles sich regte im fröhlichen Verein, mußte sie
den Hirtenstab zur Hand nehmen und auswandern
aus den Frühlingsgefilden hinauf in die Einöde des
Gletschers, und erst, wenn unten der Herbstwind
sauste und der Winter sich anschickte, zu Thal zu
gehen, dann durfte auch sie herabsteigen, als wäre
sie ihm verkauft mit Leib und Leben.

Kein Bauer der ganzen Gegend schickte seine
Hirten dahinauf, sondern sie hatten die Weiden ver=
pachtet an die Schnalser jenseits des Jochs, denen
sie näher lagen, und diese schickten ein paar halb=
wilde wetterharte Gesellen herüber, die sich in Felle
kleideten und auf Stunden von einander entfernt in
Steinhütten wie die Einsiedler hausten, und nun ver=
dammte der Höchstbauer, der seine Weiden bisher
auch immer verpachtet hatte, sein eigenes Kind zu
dem Leben der Schnalser Hirten. Aber über Wally's
Lippen kam keine Klage. Sie rüstete sich still zu
der freudlosen Alpfahrt. Gegen Morgen, lange vor
Sonnenaufgang, während der Vater, die Knechte
und Mägde noch schliefen, zog Wally aus ihres
Vaters Hause fort — auf die Berge. Nur die alte
Luckard, „die ja Alles aus den Karten vorhergewußt"
und die Nacht bei Wally aufgewesen, ihr das Bündel
schnüren zu helfen, steckte ihr zum Lebewohl den
Rautenstrauß auf's Hütel und ging ein Stück mit

ihr. Die Alte weinte, als gäbe sie einer Todten das
Geleit. Der Klettenmaier kam mit dem Packen
hinterdrein. Er war ein alter, treuer Knecht, der
Einzige, der im Dienste Stromminger's ergraut war,
weil er taub war und es nicht hörte, wenn der
Stromminger schalt und tobte. Diesen hatte er
seiner Tochter zum Führer mitgegeben. Die Luckard
ging mit, bis wo der Weg steil anging; dort nahm
sie Abschied und kehrte um, weil sie zum Morgen=
brod wieder daheim sein mußte. Wally stieg die
Höhe hinan und schaute hinter auf den Weg, wo
die Alte hinschritt und in die Schürze weinte, und
es wurde ihr beinah selbst weich um's Herz. Die
Luckard war doch immer gut mit ihr gewesen, wenn
sie auch alt und schwach war, sie hatte Wally
wenigstens lieb gehabt. Da drehte sich die Alte
unten auf dem Wege noch einmal um und deutete
nach oben. Wally folgte der Richtung ihres Finger=
zeigs und sieh, da segelte etwas an der Bergwand
hin durch die Luft, schwerfällig, unsicher, wie ein
Papierdrache, dem der Wind fehlt — immer nur ein
Stück weit fliegend, dann niederfallend und sich müh=
sam wieder aufraffend. Der Geier war ihr mit
seinen gestutzten Flügeln den ganzen Weg so müh=
selig nachgeflattert. Jetzt schien ihm aber die Kraft
auszugehen, er humpelte nur noch mit den Flügeln
schlagend, weiter.

„Hansl — o mein Hansl — wie hab J Dich

vergeſſen könne!" rief Wally und ſprang wie eine
Gemſe von Stein zu Stein, den kürzeſten Weg zu=
rück, das treue Thier zu holen. Die Luckard blieb
ſtehen, bis Wally den Saumpfad wieder gewann,
und begrüßte ſie noch einmal, wie nach einer langen
Trennung. Endlich war Hansl erreicht, und Wally
nahm ihn in ihre Arme und drückte ihn an ihr Herz,
wie ein Kind. — Sie hatte den Vogel in ihren Ge=
danken mit Joseph ſo verwoben, daß er ihr faſt war
wie ein ſtummer Vermittler zwiſchen ihr und ihm,
oder wie wenn ſich Joseph in den Geier verwandelt
habe und ſie halte ihn in den Armen, wenn ſie den
Vogel halte. Wie ſich der inbrünſtige Glaube ſeine
ſichtbaren Symbole ſchafft, um das unerreichbar
Ferne ſich nahe zu bringen, das Unfaßbare zu faſſen,
und wie ihm ein hölzernes Kreuz und ein gemaltes
Heiligenbild wunderthätig wird, ſo ſchafft ſich auch
die inbrünſtige Liebe ihre Symbolik, an die ſie ſich
klammert, wenn ihr der Geliebte unerreichbar fern
iſt, und ſo ſchöpfte Wally aus dem Vogel eine
wunderbare Tröſtung. „Komm Hansl," ſagte ſie
zärtlich, „Du gehſt mit mir 'nauf auf 'n Ferner.
Wir zwei trennen uns nimmer!"

„Aber Kind," ſagte die Luckard, „Du kannſt
doch den Geier nit mit da 'nauf nehmen, er müßt'
ja verhungern; Du haſt da droben kei Fleiſch, und
ſo a Viech frißt ja nix anders."

„Du haſt recht," ſagte Wally betrübt, „aber J

kann mich von dem Thier nit trenne, J muß doch
was haben da broben in der Einöd. Und J kann
au das Thier nit allein z'Haus laffen, wer thät denn
b'rauf achten und für ihn sorgen, wenn J nit da
wär'."

„O, wegen dem sei nur ruhig," rief Luckard,
„J will scho für ihn sorgen!"

„Ja, aber Dir folgt er nit," meinte Wally,
„Du wirst nit mit ihm fertig werden."

„Ach, J bitt' Dich," sagte die Luckard harmlos,
„J hab' Dich so lang g'hütet — J werd' au den
Geier hüten könne! Gieb 'n nur her, J will 'n heimtragen." Und sie nahm Wally frischweg den Geier
vom Arm. Aber da war's gefehlt, denn das herr-
liche Thier setzte sich zur Wehre und hackte so zornig
nach Luckard, daß diese ihn erschrocken fahren ließ.
An ein Mitnehmen war nicht mehr zu denken.

„Siehst!" jubelte Wally, „er geht nit von mir,
J muß ihn scho behalten, werd's wie's will! J bin ja
doch einmal die Geier-Wally, so will J's au bleiben.
O, mei Hansel, so lang wir zwei beisammen sind,
hat's kei Noth! Weißt was, Luckard, J laß ihm
jetzt die Flügel wachsen, er fliegt mir doch nit mehr
fort, und dann kann er sich dort oben sei Futter
selber suchen."

„In Gottes Namen, so nimm 'n mit. J schick'
Dir dann mit'm Handbub noch was Frisches und
was G'selchtes 'rauf, des kannst ihm für 'n Anfang

geben, bis er weiter fliegen kann." Und so war es
denn entschieden; Wally nahm den Vogel unter den
Arm wie ein Huhn und trennte sich von Luckard,
die auf's Neue zu weinen anfing. Nun ging es ohne
Aufenthalt wieder den Berg hinan, dem Klettenmaier
nach, der indessen vorausgegangen war.

Nach zwei Stunden erreichte sie Vent, das letzte
Dorf am Eingang in die Eiswelt. Sie erstieg die
Anhöhe über Vent. Hier begann der Weg auf das
Hochjoch. Sie blieb noch einmal stehen und schaute,
an ihren Bergstock gelehnt, hinab auf das stille, halb
noch traumumfangene Dorf und hinüber nach dem
Wildsee und den letzten Häusern des Oetzthals, den
Rofener Höfen, die fast am Fuße des immer vor-
und rückwärts schreitenden Hochvernagtferners lagen
und trotzig zu sagen schienen: „Zertritt uns!" wie
Wally gestern zu ihrem Vater gesagt. Und wie ihr
Vater, so zog auch der Hochvernagt immer wieder
seinen mächtigen Fuß zurück, als könne er es nicht
über sich gewinnen, die Burg seiner braven Alpen=
söhne, der „Klötze von Rofen", zu zerstören. Und
wie sie so dastand und hinabschaute auf die letzten
Menschenwohnungen, bevor sie hinaufstieg in die
Wildniß über den Wolken, da hub es drunten auf
dem Kirchthurm von Vent an zur Frühmette zu
läuten. Aus der Thür des kleinen Pfarrhauses, wo
die Knospen der Bergnelken am Fenster im Morgen=
wind nickten, trat der Caplan und ging mit gefalteten

Händen seiner Amtspflicht nach in die Kirche. Da
und dort thaten die Holzhütten ihre schlaftrunkenen
Augen auf und eine Gestalt nach der andern trat
heraus, streckte sich und schritt mälig der Kirche zu.

Sorglich, keinen Ton verlierend, trugen wind=
beflügelte Engel das fromme Geläut durch die Mor=
gendämmerung hinauf auf die Berge, daß es an
Wally's Ohr klang wie eine betende Kinderstimme.
Und wie ein Kind die Mutter aufweckt mit seinem
süßen Lallen, so schien das Geläut von Vent die
Sonne geweckt zu haben; sie that ihr Weltenauge
auf, und die Strahlen ihres ersten Blickes schossen
empor über die Gebirge, ein unermeßliches Flammen=
büschel, das die Häupter im Osten krönte. Das
dichte Dämmergrau am Himmel verklärte sich plötz=
lich durchsichtig blau, immer mächtiger breitete sich's
aus, das Strahlenschießen über alle Himmel, und da
stieg sie endlich empor über die wolkenverhüllten Gipfel
in ihrer vollen Pracht und wandte ihr Flammengesicht
liebend der Erde zu. Und die Berge streiften die
Nebelhüllen ab und badeten die nackten Formen in
Strömen von Licht. Tief unten in den Schlünden
wallte und wogte es auf und nieder, als hätten sich
alle Wolken von dem reinen Himmel dort hinabge=
senkt. Oben in den Lüften sauste es wie wilde Jubel=
hymnen, und die Erde weinte Thränen seligsten Er=
wachens, wie die Braut am Hochzeitsmorgen. Und
wie die Thräne an den Wimpern der Braut, so

zitterte der Frühthau wonnig an Halmen und Büschen.
Freude über allen Gefilden, oben auf den Bergen,
wo der blendende Strahl sich in dem weitschauenden
Auge der Gemse spiegelte, unten im Thal, wo die
Lerche sich zwitschernd aus dem Saatfeld aufschwang!

Trunken schaute Wally in die erwachende Welt
hinein, und ihr Auge vermochte es kaum in den
engen Rahmen zu fassen, das weite, leuchtende Bild
in seiner keuschen Morgenschöne. Der Geier auf
ihrer Schulter lüftete wie grüßend und sehnsüchtig
seine breiten Schwingen der Sonne zu. Unten in
Vent wurde es indessen lebendig. Wally konnte in
dem grellen Morgenlicht Alles unterscheiden. Die
Buben küßten am Brunnen die Mädels. Aus den
Häusern wirbelte weißer Rauch auf, spurlos ver-
schwindend in der heitern Frühlingsluft — wie sich
auch in der glücklichen Seele ein trüber Gedanke in
Nichts auflöst. Auf dem Platz vor der Kirche versammelten sich die Männer in sonntäglich reinen
Hembärmeln, die Pfeifen mit dem Silberbeschläg im
Mund. Es war Pfingstsonntag, wo Alles feierte
und sich freute. O heiliges Pfingstfest! Solch ein
Tag mußte es gewesen sein, da der Geist des Herrn
sich herabsenkte auf die Jünger und sie verklärte mit
dem göttlichen Lichtstrahl, daß sie hingingen in alle
Welt und predigten das Evangelium der Liebe —
predigten es den warmen, offenen Frühlingsherzen,
und im Frühling der Erde brach auch der Mensch-

heit Frühling an — die Religion der Liebe! Nur
für das Mädchen da droben auf dem Berg gab es
keine Pfingsten, keine Offenbarung der Liebe! Kein
beredter Mund hatte ihm das Evangelium lebendig
gemacht. Ein starrer Buchstabe war es ihm geblieben, ein blindes Samenkorn, dem der warme
Strahl gefehlt, der es aufgehen ließ in seinem Herzen.
Ihm senkte sich keine Friedenstaube aus dem tief-
blauen Himmel herab — der Raubvogel auf seiner
Schulter war ihm der einzige Liebesbote! — —

Endlich raffte sich Wally aus ihrem traumhaften
Schauen auf. Noch einen Abschiedsblick sandte sie
in die luftigen, lauten Dörfer hinab — dann wandte
sie sich und stieg den stillen Schneegefilden des Hochjochs zu — in die Verbannung.

IV.

Das Kind Murzoll's.

Fünf Stunden war Wally gestiegen, bald über
ganze Felder duftiger Alpenkräuter, bald über fuß-
tiefe Schneefelder und breite Moränen hin. Die
durchwachte Nacht lag ihr lähmend in den Gliedern,
und fast verzagte sie, das Ziel ihrer „Fahrt" zu erreichen. Hände und Füße zitterten ihr, denn fünf

Stunden mit solch einem tückischen Berg um sein
Leben kämpfen — ist eine harte Arbeit. Schwere
Tropfen perlten auf Wally's Stirn, da plötzlich wie
mit einem Zauberschlage stand sie vor einer Wolken=
wand. Sie war um eine Felsenecke gebogen, die
sich vor die Sonne geschoben hatte, und nun umfing
sie dichter Nebel und ein eisiger Hauch trocknete ihr
den Schweiß von der Stirn. Ihre Füße rutschten
bei jedem Schritte, so spiegelglatt war hier der Boden.
Sie stand auf Eis. Sie hatte den Murzoll=Gletscher
betreten, die höchste Zacke des Hochjochkamms. Hier
wuchs nur noch dürftiges Berggras zwischen Geröll
und Schnee hervor, ringsum bläulich schimmerndes
Eisgeklüft, reine, dies Jahr noch von keinem Men=
schen= oder Thierfuß beschmutzte Schneeflächen, tiefer
Winter. Fröstelnd schauderte Wally zusammen. Dies
war der Vorhof zur Eisburg Murzoll's, von der
im Oetzthal so viele Sagen gehen, wo die „saligen"
(seligen) Fräulein hausen, von denen die Luckard der
kleinen Wally an langen Winterabenden erzählte,
wenn der Schneesturm um das Haus heulte. Es
wehte sie fast gespenstig an aus diesen öden Eis=
mauern, Höhlen und Verließen, wie alte Schauer
der Kindheit, als wohne hier wirklich der finstere
Gletschergeist, mit dem die Luckard sie so oft zu Bett
geschreckt, wenn sie widerspenstig war.

Lautlos schritt sie weiter. Endlich machte der
taube Führer Halt bei einer niederen Hütte, von

Steinen erbaut, mit weit überhängendem Dach), einer
starken Thür von rohem Holz und kleinen Luken,
statt der Fenster. Darin waren ein paar geschwärzte
Steine als Herd und eine Lagerstätte aus altem ver=
faulten Stroh. Das war die Hütte des Schnalser
Hirten, der sonst hier gehütet hatte, und die nun
Wally bewohnen sollte. Wally verzog keine Miene,
als sie die trostlose Behausung sah; es war eben
eine schlechte Alphütte, wie es viele gab, und sie war
ja hart gewöhnt. Solche Dinge waren es nicht, die
ihren trotzigen Muth erschütterten. Aber sie war er=
schöpft zum Umsinken, sie hatte seit gestern mehr
durchgemacht, als selbst ihre ungewöhnliche Kraft er=
tragen konnte. Mechanisch half sie dem Tauben,
dem Luckard eine Menge Nöthiges und Gutes für
Wally aufgepackt, eine bessere Lagerstätte bereiten,
sich in der öden Hütte etwas wohnlicher einzurichten.
Mechanisch aß sie mit ihm von dem, was Luckard
ihr mitgegeben. Der Mann sah, daß sie blaß war,
und sagte mitleidig: „So, jetzt wär's 'gessen, jetzt
leg' Dich a Bissel nieder und schlaf', Du hast's
nöthig. I will Dir von da drunten derweil Holz
'rauftragen für die nächsten Täg'; nachher muß I
aber wieder umkehren, sonst komm' I nimmer bei
Tag heim, und Dei Vater hat's streng befohlen,
daß I heut wieder z'ruck komm'." Er schüttelte ihr
einen guten Strohsack auf, den er mitgeschleppt, und

fie fanf mit halbgefchloffenen Augen darauf nieder und reichte ihm danfbar die Hand.

„J will Dich nit weden," fagte er. „Wann's D' etwa noch fchlafen thät'ft, wann J ging, fag' J Dir jetzt glei Abjes! Bleib g'fund und fürcht' Dich nit. — Du dauerft mich — da oben fo allein — aber — warum haft Dei'n Vatern nit g'folgt!"

Wally hörte die letzten Worte nur noch wie im Traum. Der Taube verließ die Hütte mitleidig fopf= fchüttelnd; das Mädchen fchlief bereits feft. Bang und fchwer hob und fenfte fich ihre Bruft, denn auch im Schlummer drüdt erfahrenes Leid wie ein Alp. Und fie träumte von ihrem Vater, er fchleife fie an den Haaren in die Kirche. Und fie dachte immer, wenn fie nur ein Meffer hätte, daß fie die Haare abfchneiden fönnte, dann wäre fie frei. Da plötzlich ftand Jofeph neben ihr und hieb mit einem Streich die Zöpfe durch, daß der Vater fie in der Hand be= hielt, und Wally lief fort, und während der Jofeph mit dem Vater rang, ftieg Wally die Anhöhe der Sonnenplatten hinan, um fich in die Ache hinabzu= ftürzen. Aber ihr graufte doch vor der Untiefe und fie befann fich. Da hörte fie wieder ihren Vater dicht hinter fich, Verzweiflung faßte fie und nun that fie den Sprung. Sie fiel und fiel — aber fie fonnte nicht zur Tiefe fommen, und plötzlich da war es, als ftemme fich ihr von unten ein Luftdruck ent= gegen, der fie nicht hinunter ließe, fondern fie höbe und emportrüge. So schwebte sie auf, immer kämpfend um das Gleichgewicht, das sie beständig zu verlieren fürchtete, bis zu dem Gipfel Murzoll's. Aber sie konnte nicht Fuß fassen auf dem Felsen, wie ein Schiff, das nicht anlegen kann. Ein furchtbarer Wirbelwind hatte sie erfaßt, und sie mühte sich vergebens, sich an der nackten Wand anzuklammern. Schwarze Gewitterwolken ballten sich um sie zusammen, durch die gespenstisch bleich der schneeige Scheitel des Berges hindurch ragte. Feurige Schlangen durchfuhren die schwarze Masse um sie her, ein Donnerschlag krachte, daß der Berg erdröhnte, und sie wurde wirbelnd zwischen diesen Gewalten hin- und hergeschleudert, und sie hatte nur immer die Angst, daß der Sturm sie umkehre, denn sie fühlte, daß, wenn sie mit dem Kopf nach unten käme, sie in die Tiefe stürzen müsse. Und sie bog sich und wand sich wie ein Schifflein auf den schaukelnden Luftwellen und mühte sich ab, den Kopf oben zu behalten. Aber da hob es ihr die Füße auf und sie fühlte, wie die Schwere des Kopfes abwärts wuchtete. Sie wollte in den Sturm und den Donner und die schwarze Wolkennacht hinein um Hülfe schreien, aber sie brachte keinen Ton heraus, das Entsetzen schnürte ihr den Hals zu. Da plötzlich ward sie gehalten, sie fühlte festen Grund, sie lag in einer Bergschlucht, wie sie meinte, aber es war keine Schlucht — es waren riesige steinerne Arme,

die sie umfingen, und siehe, aus dem gelichteten Ge=
wölk heraus bog sich ein mächtiges Antlitz von Stein
über sie. Es war das greise Antlitz Murzoll's.
Seine Haare waren beschneite Fichten, seine Augen
Eis, sein Bart war Moos und die Brauen waren
Edelweiß. Auf seiner Stirn stand als Diadem die
Mondessichel und ergoß ihren milden Schein über
das weiße Angesicht und die großen Augen von Eis
leuchteten geisterhaft in dem bläulichen Licht. Und
er schaute das Mädchen an mit diesen kalten, durch=
sichtigen und doch unergründlichen Augen, und unter
diesem Blick gefroren ihr die Tropfen des Angst=
schweißes auf der Stirn und die Thränen auf der
Wange fielen leise klirrend wie Krystallperlen herab.
Und er drückte die steinernen Lippen auf die ihren
und unter dem langen Kuß wuchsen Alpenrosen um
seinen Mund, der warm und thaufeucht geworden,
und als er Wally wieder anschaute, da rannen Glet=
scherbäche aus seinen eisigen Augen in den Moosbart
hinein. Die schwarzen Wolken hatten sich verzogen
und ein Frühlingswehen ging durch die Nacht. Und
nun regte Murzoll die aufgethauten Lippen und es
klang wie das dumpfe Rollen in's Thal stürzender
Lavinen: „Dein Vater hat Dich verstoßen — ich
nehme Dich auf an Kindesstatt, denn das kalte Ge=
stein fühlt eher ein Rühren als ein verhärtetes
Menschenherz. Du gefällst mir, Du bist von meiner
Art, es ist etwas von dem Stoff in Dir, aus

4*

dem die Felsen geworden. Willst Du mein Kind sein?"

„Ja!" sagte Wally und schmiegte sich an das steinerne Herz des neuen Vaters.

„So bleib' bei mir und kehre nicht wieder zurück zu den Menschen, denn bei ihnen ist der Kampf — bei mir nur ist Friede!"

„Aber der Joseph, den I gern hab'," sagte Wally, „soll I 'n niemals haben?"

„Laß ihn," sagte der Alte, „Du darfst ihn nicht lieben, er ist ein Gemsjäger, und meine Töchter haben ihm den Untergang geschworen. Komm, ich bringe Dich zu ihnen, daß sie Dir das Herz abtödten, sonst kannst Du nicht leben in unserm ewigen Frieden!" Und er trug sie durch weite, weite Hallen und endlose Gänge von Eis hindurch, und sie kamen in einen großen Saal, der war ganz durchsichtig wie von Krystall, und die Sonnenstrahlen fielen herein und brachen sich in Millionen Funken, und durch die Wände schimmerten bunt in einander verschwommen und seltsam verschoben Himmel und Erde. Da spielten weiße, schneeglitzernde Mädchengestalten in wallendem Nebelschleier mit einer Heerde Gemsen, und es war lustig anzusehen, wie sie sich neckten mit den schnellfüßigen Thieren, sich mit ihnen haschten und huschten hierhin und dorthin. Das waren die Töchter Murzoll's, die „seligen Fräulein" des Oetzthals. Und sie schaarten sich neugierig um Wally, als Murzoll sie auf dem glatten Spiegel des Bodens niedersetzte. Sie waren schön wie die Engel, sie hatten Gesichter wie Milch und Blut: aber als Wally sie näher betrachtete, sah sie mit leisem Grauen, daß sie Alle Augen von Eis hatten, wie ihr Vater, und das Roth, das ihre Wangen und Lippen färbte, war kein Blut — sondern nur Alpenrosensaft, und sie waren kalt wie gefrorener Schnee.

„Wollt Ihr Die behalten?“ sagte Murzoll. „Ich habe sie lieb, sie ist stark und fest wie von Stein. Sie soll Eure Schwester sein.“

„Sie ist schön,“ sagten die Fräulein, „sie hat Gemsenaugen. Aber sie hat warmes Blut und liebt einen Gemsjäger — wir wissen's!“

„So legt ihr die Hände auf's Herz, daß es einfriert mit all' ihrer Liebe und sie selig sei wie Ihr,“ befahl Murzoll.

Da eilten die Fräulein auf sie zu, daß es sie anwehte wie ein Schneesturm, und streckten die kalten, weißen Hände nach ihrem Herzen aus; sie fühlte schon, wie sich das zusammenzog und langsamer pochte. Da wehrte sie mit beiden Armen die seligen Fräulein von sich ab und rief: „Nein, laßt mich — I will nit selig sein, I will den Joseph!“

„Wenn Du wieder unter die Menschen gehst, so zerschmettern wir den Joseph und werfen Dich mit ihm in den Abgrund,“ drohten die seligen

Fräulein, „denn Keiner darf unter den Menschen
leben, der uns gesehen."

„So werft mich in 'n Abgrund, aber laßt mir
mei Lieb' im Herzen — Alles, Alles will I erleiden,
aber von meiner Lieb' laß I nit!" Und mit der Kraft
der Verzweiflung faßte Wally eines der seligen Fräulein
um den Leib und rang mit ihr, und siehe, da zer=
brach ihr die zarte Gestalt in den Armen und sie
behielt nur rieselnden Schnee in der Hand. Das
Tageslicht erlosch, plötzlich war Alles in graue Däm=
merung gehüllt, sie stand auf nacktem Fels, ein
scharfer Wind peitschte ihr Eisnadeln in's Gesicht
und statt der seligen Fräulein wirbelten weiße Nebel
in wildem Tanz um sie her. Hoch über ihr blickte
das bleiche Gesicht Murzoll's finster durch die Wolken
und er donnerte sie an: „Du lehnst Dich auf wider
Menschen und Götter — Himmel und Erde werden
Dir Feind sein! — Weh Dir!" Und verschwunden
war Alles — Wally erwachte. Kalt pfiff der Abend=
wind durch die Luken über Wally hin. Sie rieb
sich die Augen, noch zitterte ihr das Herz in der
Brust von dem unheimlichen Traum, sie brauchte
lang, bis sie wußte, wo sie sei, bis sich das Traum=
bild und die Wirklichkeit von einander schieden. Ein
unerklärliches Grauen war in ihr zurückgeblieben
und theilte sich auch der Wirklichkeit mit. Sie stand
von ihrem Lager auf und rief unwillkürlich nach
dem Knecht. Sie trat vor die Hütte hinaus, ihn zu

suchen. Es war ein schöner, heller Abend geworden,
die Nebel hatten sich zerstreut, aber die Sonne war
im Sinken und scharf wehte die Luft der Höhe.
Wally eilte hierhin und dorthin nach dem Tauben
— sie fand nichts als einen aufgeschichteten Stoß
von Fichtenholz, den er für sie zusammengetragen.
Da fiel ihr ein, daß er gesagt, er werde fortgehen,
wenn sie noch schliefe. Es war so, er hatte ihr Er=
wachen nicht abgewartet. Es war nicht recht von
ihm, sie im Schlaf zu verlassen! So aufwachen
und Niemanden mehr finden — das war doch hart.
Es war so still um sie her — so öde und leer! Es
mochte sechs Uhr sein und Zeit zum Melken. Jetzt
schauten wohl die vertrauten Thiere zu Haus nach
der Stallthür, ob die Herrin nicht käme und Brod
und Salz brächte — sie aber legte hier oben die
Hände in den Schooß und um sie her regte sich
nichts weit und breit. O die Todtenstille und die
Unthätigkeit! — Sie wußte nicht, wie ihr zu Muthe
war, — so einsam, so schrecklich einsam! Sie stieg
weiter hinauf auf einen überragenden Vorsprung,
um hinabzusehen auf die weite Welt. Ein nie ge=
schautes, unermeßliches Bild bot sich ihrem Blick im
Purpur der untergehenden Sonne. Da lagen sie
offen vor ihr bis an den Saum des Horizontes
umhergestreut, die Gebirge Tyrols, in der Ferne
immer kleiner werdend, in der Nähe erdrückend,
überwältigend in ihrer stillen Größe und Erhaben=

heit. Und zwischen ihnen ruhend wie Kinder in Vaters Armen die blühenden Hochthäler. Und es ergriff sie ein namenloses Heimweh nach den trauten heimathlichen Fluren, die jetzt eben vor ihrem Blick in friedliche Abendschatten versanken. Die Sonne war hinabgeglitten und ließ am Saum des Horizonts im violetten Gewölk roth angelaufene Goldstreifen zurück. Die weiße Mondscheibe begann allmälig zu leuchten und kämpfte mit dem letzten verflackernden Tagesschein um die Herrschaft. In den Thälern ward es Nacht. Da und dort war es, als schimmere ein Lichtlein, kaum sichtbar dem freien Auge durch die Ferne herauf — ein Erdenstern. Jetzt gingen sie zur Ruh', die fleißigen Genossinnen dort unten. Ihnen war wohl, sie hatten Alle ein wirthlich Dach über dem Haupt und ruhten sicher geborgen im Schooß eines trauten Heimwesens — vielleicht lauschten sie noch schlaftrunken hinter dem bunten Vorhänglein am kleinen Fenster auf das Liedel des Herzliebsten — nur sie war einsam und ausgestoßen hier oben, schutzlos preisgegeben allen Schrecken, und ihr Obdach war die unwirthliche Hütte, durch deren Luken der Wind pfiff. „O Vater, Vater, kannst Du das über's Herz bringen?" rief sie laut hinaus; aber aus Nähe und Ferne antwortete ihr nur das Brausen des Nachtwindes. Immer höher stieg die Mondesscheibe, die Lichtstreifen im Westen verloren ihren Goldglanz und schimmerten

nur noch gelb wie Messing am dunkeln Abend=
himmel. Die Umriffe der Berge verschoben und er=
weiterten sich in dem Zwielicht. Drohend, über=
mächtig schaute ihr nächster Nachbar, der gewaltige
Similaun, auf sie herab. Alle die Riesenhäupter
ringsum stierten sie feindlich an, weil sie es wagte,
ihr nächtliches Wesen zu belauschen. Es war, als
seien sie alle erst seit Wally's Ankunft so ruhig und
still geworden, — wie eine Gesellschaft, die Geheimes
verhandelt, plötzlich verstummt, wenn ein Fremder
unter sie tritt. Da stand sie, die hülflose Menschen=
gestalt, so allein inmitten dieser stillen, starren Eis=
welt, so unerreichbar hoch über allem Lebenden —
so fremd in der unheimlichen Gesellschaft von Wolken
und Gletschern, in dem entsetzlichen, geheimnißvollen
Schweigen! „Nun bist Du ganz allein auf der
Welt," schrie es in ihr. Eine unnennbare Angst,
die Angst der Verlaffenheit überkam sie. Ihr war
plötzlich, als müsse sie verloren gehen in dem weiten,
unabsehbaren Raume, und wie hülfesuchend klam=
merte sie sich an die Felswand und drückte das
bangklopfende Herz an das kalte Gestein.

Was mit ihr vorgegangen in jener Stunde,
das wußte sie selbst nicht — aber es war, als habe
der Stein, an den sie das junge, heiße, zagende
Herz drückte, eine geheimnißvolle Macht über sie
geübt, denn die Stunde hatte sie hart und rauh ge=
macht, als sei sie in Wahrheit das Kind Murzoll's.

V.

Die Geierwally.

Als nach etwa acht Tagen der Hirtenbub mit dem Vieh heraufkam, erschrak er faſt vor Wally, ſo verſtört ſah ſie aus; aber als er ihr ſagte: „Der Vater läßt Dich fragen, ob Du's jetzt g'nug hätt'ſt da oben und Dei Schuldigkeit thun wollt'ſt?" da biß ſie die Zähne zuſammen und antwortete: „Sag' dem Vater, eher ließ' J mich da oben ſtückweis vom Geier freſſen, als dem, der mich da 'rauf g'jagt hat, noch was zu Lieb' thun!"

Das war vorderhand die letzte Botſchaft, die zwiſchen ihr und ihrem Vater ausgetauſcht ward.

Als Wally ihre kleine Heerde um ſich hatte, die nur aus Schafen und Ziegen beſtand, denn größeres Vieh fand in dieſer Höhe nicht Nahrung genug, da kam ihr der alte Muth wieder, und die Bergwildniß verlor ihre Schrecken für ſie. Sie war ja nun inmitten ihrer Schützlinge nicht mehr einſam, ſie hatte wieder etwas zu arbeiten, für etwas zu ſorgen. Denn war ihr auch der Geier ein treuer Gefährte geweſen, er konnte doch die Unthätigkeit nicht bannen, die ſie faſt zur Verzweiflung brachte und alle finſteren Gedanken über ſie Herr werden ließ.

So gewöhnte ſie ſich allmälig an die Einſam=

keit, und sie wurde ihr lieb und traut. Das Leben
mit seinen täglichen kleinen und großen Anforderungen
beengt und beschränkt jede große Natur; hier oben
konnte Wally's unbändiger Sinn uneingeschränkt
auswuchern, hier oben war für sie volle Freiheit,
kein Mensch war da, ihr zu widersprechen, kein
fremder Wille stellte sich ihr entgegen und als das
einzig denkende Wesen weit und breit fühlte sie sich
allmälig eine Königin auf ihrem einsamen hohen
Throne, eine Herrscherin in dem unermeßlichen stillen
Reich, das ihr Auge überschaute. Und sie blickte
endlich mit einer mitleidigen Verachtung von ihrer
Höhe auf das armselige Geschlecht herab, das da
unten im Brodem der Erde lüftete und gierte,
feilschte und rechnete, und ein heimlicher Abscheu
trat an die Stelle des Heimwehes. Dort unten war
der Kampf und die Qual und die Schuld. Murzoll
hatte wahrgesprochen in ihrem Traum, — hier oben
in dem reinen Element von Eis und Schnee, in der
reinen Luft, die kein Rauch und kein Pesthauch zer-
störten Lebens verdichtete, war der Friede, die Un-
schuld, hier zwischen den gewaltigen, ruhigen Formen
der Gebirge, die sie anfangs erschreckt hatten, war
ihr die Ahnung des Erhabenen aufgegangen und
ihr Sinn hatte sich daran emporgehoben weit über
das gewöhnliche Maß hinaus. Nur Einer von allen
den niedrigen Erdenbewohnern dort unten blieb ihr
lieb, schön und groß nach wie vor. Es war Joseph,

der Bärentödter, der Sanct Georg ihres Traumes.
Lebte er doch auch wie sie mehr auf den Höhen, als
in der Tiefe, hatte er doch alle himmelanragenden
Spitzen bestiegen, auf die sich kein Anderer wagte,
holte er doch die Gemse vom steilsten Felsen herab
und gab es für ihn weder in der Höhe noch in der
Tiefe ein Schreckniß. Er war der stärkste, der muthigste Mann, wie sie das stärkste, muthigste Mädel!
In ganz Tyrol war ihm kein Mädel ebenbürtig wie
sie — in ganz Tyrol war kein Mann ihr ebenbürtig
wie er. Sie gehörten zu einander, sie waren zwei
Bergriesen — mit dem kleinen Geschlecht in der
Tiefe hatten sie nichts gemein.

So lebte sie in ihrer Einsamkeit nur für ihn
und wartete des Tages, wo sich die Verheißung er-
füllen werde. Kommen mußte dieser Tag — und
da sie dessen gewiß war, verlor sie die Geduld nicht.

So ging der Sommer herum und der Winter
stieg zu Thale und sie sollte nun bald mit seinen
wilden Vorboten, dem Sturm und dem Schnee,
hinabziehen in die entfremdete Heimath. — Ihr
bangte vor dem Gedanken. Sie hätte sich lieber
hier oben in die tiefste Eisspalte verkrochen, und ihr
Dasein gefristet wie die wilde Bärin, als wieder
hinabzusteigen in den Qualm und das Geplärr der
niederen Spinnstube und mit dem grollenden Vater,
dem verabscheuten Freier und dem schadenfrohen Gesinde eingekeilt zu sein in die engen Räume des

Hauses, gefangen hinter fußhohen Wällen von
Schnee, aus denen oft wochenlang kein Entkommen
möglich war.

Je näher die Zeit rückte, desto schwerer wurde
ihr um's Herz, desto verzweiflungsvoller lehnte sie
sich gegen den Gedanken dieser Gefangenschaft auf.
Aber die Zeit verstrich, ohne daß Jemand sie zu
holen kam. Es schien, als habe man sie da drunten
vergessen. Immer kälter und winterlicher wurde es
da oben, die Tage immer kürzer, die Nächte immer
länger, zwei Schafe kamen im Schneesturm um, die
Thiere fanden bald keine Nahrung mehr, und die
Zeit, wo das Vieh sonst heimzieht, war vorüber.
„Sie wollen uns da oben verhungern lassen," sagte
Wally zu dem Geier, indem sie das letzte Stück Käse
mit ihm theilte, und ein heimliches Grauen wandelte
sie an; das junge, gesunde Leben sträubte sich in ihr
gegen den schrecklichen Gedanken. Was sollte sie
thun? Die Heerde im Stich lassen und allein den
Heimweg suchen, daß die unschuldigen Thiere elend
zu Grunde gingen? Nein, das that die Wally nicht,
die stand und fiel wie ein guter Feldherr mit ihrer
Truppe! Oder sollte sie sich mitsammt der Heerde
aufmachen und, des Weges unkundig, wie sie war,
auf dem überschneiten Ferner herumirren, um endlich
die Thiere eins nach dem andern im Schnee und
Eis „verlahnen" oder in Felsspalten stürzen zu

sehen? Auch das war unmöglich. Sie konnte nichts thun als warten! —

Da endlich — an einem düsteren Herbstmorgen, wo man vor Nebel die Hand vor den Augen nicht sah, die kleine Heerde zitternd vor Frost sich in ihrem Pferch zusammendrängte und Wally starr vor Kälte am Heerdfeuer saß — da erschien der Hand=bub, der Wally heimholen sollte. Und wie ihr auch gegraut hatte bei dem Gedanken, hier oben langsam mit ihren Thieren zu verhungern, so wandelte sie jetzt doch wieder das ganze unverhehlte Entsetzen vor der Heimkehr an — und sie wußte nicht, welches Uebel das größere sei: bei ihrem rauhen Vater Mur=zoll zu Grunde zu gehen, oder zu ihrem wirklichen Vater zurückkehren zu müssen.

Da unterbrach der Handbub das Schweigen: „Der Vater laßt Dir sagen, Du dürf'st ihm nur vor b' Augen komme, wannst D' thun woll'st, was er verlangt, wennst aber noch kei Vernunft annehme wollt'st, so müßtest bei die Kuhmägd' bleiben im Stall — in's Haus dürfst D' nit eini, das hab' er g'schworen!" „Um so besser!" sagte Wally aufath=mend, und der Bub sah sie verwundert an.

Jetzt ging sie leichten Herzens hinunter, sie war nun des Zusammenseins mit den verhaßten Menschen überhoben und konnte für sich in Scheune und Stall leben, — was ihr Vater ihr zur Strafe aussann, wurde ihr zur Wohlthat. Nun konnte sie ganz un=

geſtört ihren Gedanken nachhängen, und wenn es ſie
nach Zuſpruch verlangte, hatte ſie ja die Luckard,
die es ſo gut mit ihr meinte. Ja, ſie hatte erſt in
der Einſamkeit da oben einſehen gelernt, was ſolch
ein treues Herz werth war, und das konnte ihr der
Vater nicht nehmen.

Faſt heiter ging ſie jetzt an's Werk, um ſich
zur Heimfahrt zu rüſten. Seit ihr die Angſt vor
dem widrigen Zuſammenleben mit dem Vater genommen war, dachte ſie mit ſtiller Freude an den
Jubel der Alten, wenn ihr Pflegekind wieder zurück-
käme. Es war doch Jemand, der ſich auf ſie freute,
dort unten und das that ihr wohl.

„Komm Hanſel,“ ſagte ſie, nachdem ſie Alles
zuſammengepackt, zum Geier, der mit aufgeblaſenen
Federn verdroſſen am Herd ſaß — „jetzt geht's abi
zur Luckard!“

„Die Luckard is aber nimmer z' Haus,“ ſagte
der Handbub.

„Was, wo iſt ſie?“ frug Wally faſt erſchrocken.

„Der Höchſtbauer hat ſ' fortg'jagt.“

„Fortg'jagt — die Luckard!“ ſchrie Wally auf:
„Was hat's da geb'n?“

„Sie hat ſich halt nit vertragen mit 'n Gellner-
Vincenz, und der gilt jetzt Alles bei'n Höchſtbauern,“
berichtete gleichgültig der Bub und huckelte pfeifend
die Kraxen mit Wally's Sachen auf. Wally war
blaß geworden: „Und wo iſt ſie jetzt?“

„Bei der alten Annemiedel in Winterstall.“

„Wann is des g'schehn?“

„O so vor a Wochener zehne. — Die hat amal g'schrauen! Und fast gar nit laufen hat s' könnt, und so is ihr der Schrocken in b' Knie g'fahren. Der Klettenmaier und der Nazzi haben s' halten g'müßt, daß s' nit umg'fallen is. 's ganze Dorf is rum g'standen und hat zug'schaut, wie sie's 'nausg'führt haben.“

Wally hatte regungslos zugehört, das braune Gesicht war fahl geworden und ihre Brust arbeitete heftig. Als der Bub geendet hatte, riß sie den Hirtenstab von der Wand, schwang sich den Geier auf die Schulter und schritt hinaus.

„Mach vorwärts!“ herrschte sie mit rauher Stimme den Buben an und schnell war die kleine Heerde gesammelt, das Milchgeschirr aufgepackt und der Zug setzte sich in Bewegung. Wally sprach kein Wort. Eine furchtbare Spannung war in ihren Zügen. Die Lippen zusammengepreßt, eine drohende Falte, die an ihren Vater erinnerte, zwischen den dichten Brauen, so zog sie mit mächtigen Schritten der Heerde voran und ihr fester Fuß drückte tiefe Spuren in den Schnee. Immer schneller ging sie, je weiter sie hinabstieg, so daß der Bub mit der Heerde kaum nachkam, und wo es zu steil war, stieß sie die eiserne Spitze ihres Stabes in's Gestein und schwang sich mit gewaltigen Sprüngen hinab,

daß nur der Geier in der Luft ihr über Klüfte und
Felsspalten weg folgen konnte. Hirt und Heerde
verschwanden oft im Nebel hinter ihr. Dann blieb
sie stehen und wartete einen Augenblick, bis sie wieder
sichtbar wurden und der Bub ihr die Richtung des
Weges angab, und weiter ging's ohne Rast und
Ruhe, als handle sich's um ein Menschenleben.

Endlich war die Schneeregion überschritten und
Vent lag zu Wally's Füßen wie vor sechs Monden,
wo sie heraufgestiegen, aber diesmal nicht im Glanz
der Maisonne, sondern trübe, herbstlich todt und
und kalt. Der Handbub erklärte, in Vent müßte
gerastet werden. Wally weigerte sich, aber der
Handbub meinte, das hieße Mensch und Vieh schinden, wenn man nicht eine halbe Stunde ruhe.
„Wegen meiner," sagte Wally, „so bleib' — I geh'
voraus. Jetzt kann I ja 'n Weg nimmer fehlen.
Wenn sie Dich fragen, wo I sei, wenn D' heim-
kommst, so sag' nur, zur Luckard sei I 'gange!"
Und weiter schritt sie, umrauscht von den Flügel-
schlägen des treuen Hansel, der nun fliegen konnte,
wie er wollte, denn Wally beschnitt ihm die Schwingen nicht mehr. Jetzt war sie an der Stelle, wo die
alte Luckard ihr bei der „Auffahrt" Lebwohl gesagt
und umgekehrt war. „Die alte Luckard!" Wally
sah sie noch ganz deutlich, wie sie dahinging und in
die Schürze weinte, und sie sah ihre braunen, knochi-
gen Arme, wie sie ihr noch einmal zuwinkten, und

sah die silbernen Locken, die ihr immer aus der
Haube hervorhingen, im Winde flattern. Sie war
in Ehren und Treuen grau geworden im Strom=
minger'schen Haus, und nun Schande auf dies weiße
Haupt! Und Wally hatte sich so leicht von ihr ge=
trennt und ihr das Weinen verboten und sich un=
geduldig losgerissen, da die Alte sie in ihrem Schmerz
nicht aus den Armen lassen wollte, und keine Ahnung
hatte ihr gesagt, welchem Schicksal sie die schutzlose
Magd entgegensandte mit dem kargen Abschiedsgruß,
und daß Luckard Schimpf und Schmach erleiden
würde um ihretwillen! Wally lief und lief, als
könne sie die Luckard, wie sie vor sechs Monden hier
ging, noch einholen, und trotz des Herbstfrostes stand
ihr der Schweiß auf der Stirn, der Schweiß beflü=
gelter Eile, eine schwere Schuld der Dankbarkeit ab=
zutragen. — Und eine heiße Thräne perlte ihr im
Auge, das immer die Alte mit ihrem stillen Weinen
vor sich herschreiten sah. Sie ging so langsam, die
Luckard, und Wally so schnell, und doch blieben sie
immer gleich weit aus einander und Wally konnte
sie nicht einholen.

Einen Augenblick mußte Wally Athem schöpfen
und ausruhen. Sie wischte sich den Schweiß von
der Stirn und die Thränen aus den Augen; dann
trieb es sie wieder unerbittlich weiter. „Wart' nur,
Luckard, — wart' nur, J komm'!" murmelte sie

athemlos vor sich hin, wie zu ihrer eigenen Beru=
higung!

Endlich tauchte der Kirchthurm von Heiligkreuz
vor ihr auf und von da führte ein schwindelnder
Steg hoch über die Ache nach einer einsamen Häuser=
gruppe auf der andern Seite der Schlucht. Es war
das Oertchen „Winterstall", wo die Luckard zu
Hause war. Hinter den Häusern von Heiligkreuz
bog Wally ab und überschritt die leichte Brücke,
unter der die wilde Ache brauste und schäumte, als
wollte sie ihren zornigen Gischt hinaufspritzen bis zu
dem trotzigen Mädchen, das so unbekümmert in die
schauerliche Tiefe niederblickte, als gäbe es keine Ge=
fahr und keinen Schwindel auf der Welt. Die
Brücke war überschritten, noch ein steiles Stück Weg
aufwärts und da — endlich war es erreicht, das
Ziel, nach dem sie mit pochendem Herzen gestrebt,
sie war in Winterstall — und dort gleich links am
Wege lag die Hütte der alten Annemiedel, der Base
Luckard's, mit kleinen, unter dem überhangenden
Strohdach versteckten Fenstern. Dahinter saß die
Alte gewiß und spann, wie immer zur Winterszeit,
und Wally that einen tiefen Athemzug aus erleich=
tertem Herzen. Sie hatte die Hütte erreicht, und
ehe sie hereintrat, schaute sie lächelnd durch das
blinde, niedere Fenster nach Luckard. Doch es war
Niemand in der Stube, es sah öde und unwohnlich
aus und ein abgezogenes Bett stand unordentlich

5*

aufgeschichtet da. Ein rauchgeschwärzter hölzerner
Christus spannte am Kreuz seine Arme darüber aus,
ein Stückchen Trauerflor und ein verstaubter Rauten=
kranz hing daran. Es war ein unbehaglicher An=
blick, und Wally war dabei auf einmal alle Freude
vergangen. Sie setzte den Geier auf ein Geländer,
klinkte die Thür auf und trat in den engen Flur.
An dessen Ende stand die kleine Küche offen, wo ein
knisterndes Reisigfeuer auf dem Herde qualmte. Es
wirthschaftete Jemand in der Küche herum. Das
war gewiß die Luckard, und klopfenden Herzens trat
Wally hinein.

Die Bas stand am Herd und schnitt sich Brod
zur Suppe ein; weiter war Niemand da.

„Ach, mei Gott, die Stromminger Wally!"
schrie die Alte und ließ vor Staunen das Messer
in die Schüssel fallen — „oh mein Gott — wie
Schad'!"

„Wo ist die Luckard?" frug Wally.

„O mein Gott und Vater, wärst nur drei Täg
früher komme — gestern hab'n mer s' begraben!"
klagte die Bas.

Wally lehnte sich mit geschlossenen Augen stumm
an den Thürpfosten, kein Laut verrieth, was in ihr
vorging.

„Ah, des is e Schad," fuhr die Alte redselig
fort, „die Luckard hat g'meint, sie könnt' nit sterben,
wenn sie Dich nit noch g'sehn hätt' — und Du bist

au in die Karten immer daher g'standen, und Tag
und Nacht hat's gehorcht, ob D' nit kimmst. Und
wie f' nachher 'n Tod g'spürt hat, da hat f' g'sagt:
„Jetzt muß J doch sterb'n und hab' des Kind nim=
mer g'seh'n!" Und da hab' J ihr noch omal ihre
Karten geb'n müff'n und da hat f' noch im Todes=
kampf die Karten für Dich leg'n wollen, aber 's is
nimmer 'gange, die Händ' hab'n ihr zittert auf der
Bettdecken, über amol sagt f' ‚J sieh nix mehr' —
und streckt sich und hat ausg'schnauft."

Wally schlug die Hände vor's Gesicht — aber
noch immer kam kein Wort über ihre Lippen.
„Kumm eini in b' Stuben," sagte die Alte gut=
müthig. „J hab' gar nimmer 'nein mög'n, seits
mer die Luckard 'naus tragen hab'n. J bin au
immer so alleinig, und da war J so froh, wie die
Bas kimma is und hat g'sagt, sie wollt jetzt bei
mir bleiben. J hab's bald g'merkt, daß f' die
Schand' nit lang' überlebt. Sie hat's alleweil auf'm
Magen g'habt und fast gar nix mehr essen könnt
und ganze Nächt' hab' J f' weine g'hört, — da is
sie halt immer schwächer und kränker wor'n — bis
f' g'storben is."

Die Alte hatte das Zimmer geöffnet, in das
Wally vorher geblickt, und sie traten ein. Ein
Schwarm herbstmatter Fliegen summte verstört auf.
In der Ecke stand Luckard's altes Spinnrädchen steif

und ſtill, und das leere abgezogene Bett ſchaute ſie
ſo traurig an.

Aus einem Wandkäſtchen, auf dem die ſchwarze
Muttergottes von Altenötting gemalt war, nahm die
Bas ein vergriffenes Spiel deutſcher Karten. „Da,
ſchau', das G'ſpiel hab' I Dir aufg'hoben, I hab'
ja g'wußt, daß D' kimmſt, 's hat alleweil in die
Karten g'ſtanden. Das ſan wahre Hexenkarten, und
ſo an G'ſpiel, wo der Todesſchweiß von an G'ſtor=
benen d'ran hangt, des is doppelt guat. I woaß
nit, was Dir für a Ung'mach g'ſchicht, aber die
Luckard hat alleweil 'n Kopf g'ſchüttelt und gar der=
ſchrocken d'reing'ſchaut. G'ſagt hat ſ' mir nit, was
ſ' g'ſehen hat, aber Gut's muß 's nix g'weſen ſein.“

Sie gab Wally die Karten, dieſe nahm ſie ſtill
und ſteckte ſie in die Taſche. Die Bas wunderte
ſich, daß ihr der Tod Luckard's ſo wenig nahe ging,
daß ſie ſo ruhig war und nicht einmal eine Thräne
vergoß. „I muß 'naus. I hab mei Bannabel=
ſuppen am Feuer,“ ſagte ſie, „gelt, Du machſt bei
mir Mittag?“

„Ja, ja,“ ſagte Wally dumpf, „geht nur Bas,
und laßt mich a Biſſel ausruh'n, I bin gar g'ſprunge
vom Hochjoch 'runter.“

Die Alte ging kopfſchüttelnd hinaus: „Wenn
die Luckard des g'wußt hätt', was des für a hart=
herzig's Ding is!“

Kaum war Wally allein, da verriegelte ſie

hinter der Bas die Thür und sank vor dem leeren
Bett auf die Kniee. Sie zog die Karten aus der
Tasche, legte sie vor sich hin und faltete die Hände
darüber wie über eine Reliquie. „Oh, oh," schrie
sie nun plötzlich in ausbrechendem Schmerz, „Du
hast sterben müssen und J war nit bei Dir! Und
Du hast mir bei Lebtag nix als Lieb's und Gut's
'than — und J — J hab' Dir's nie g'lohnt.
Luckard, alte liebe Luckard — hörst denn nit? Jetzt
bin J ja da — und jetzt is 's z'spät! Sie hab'n
mich aber au droben g'lasst, so lang' wie mer kein'n
Viehbub droben laßt — aus Bosheit, daß J no
recht frieren und mürb werden sollt'. Und zwei
Stückeln Vieh hat's mich scho 'kost, und Dich au
derzu, Du arme, brave Magd!"

Plötzlich sprang sie auf und die rothgeweinten
Augen leuchteten fieberhaft; sie ballte krampfhaft die
braunen Fäuste: „Aber wartet nur, Ihr da drüben
— Ihr Schinder, wann J komm'! J will Euch
lehren, unschuldige, hülflose Leut' von Haus und Hof
jagen. So wahr Gott lebt, Luckard, Du sollst's
hören in Dei Grab 'nein, wie J für Dich einsteh'!"

Ihr Auge fiel auf den Christus über dem Bett
der Todten. „Und Du, Du laßt auch Alles geh'n
wie's geht — und hilfst Kein'm, wenn er sich nit
selber hilft," grollte sie im Ungestüm ihres Schmerzes
zu dem stillen, geduldigen Gott empor, den sie nim=
mer verstehen konnte. Sie war furchtbar in ihrem

gerechten Zorn. Alles, was von der unbeugsamen
Natur des Vaters in ihr lag, hatte sich dort oben
in der Wildniß fessellos entfaltet und das edle, große
Herz, das nur die reinsten Impulse kannte, trieb,
ohne es zu ahnen, verderblich siedendes Blut durch
ihre Adern.

Sie raffte ihre Heiligthümer zusammen, die
Karten, worauf der Finger der Sterbenden mit
Todesschweiß die letzte Liebesbotschaft geschrieben;
dann trat sie hinaus und ging in die Küche zur
Bas.

„Ich will jetzt wieder weiter geh'n, Bas," sagte
sie gefaßter. „I bitt' Euch nur, sagt mir, wie denn
Alles ganga is mit der Luckard und dem Höchstbauer," — sie nannte ihn nicht mehr ‚Vater‘. —

Die Bas hatte eben die Suppe in eine hölzerne
Schüssel angerichtet und nöthigte Wally, mitzuessen.
„Weißt", sagte sie, während Wally aß, „der Vincenz,
der versteht's gar guat mit Dei'm Vater und hat
'm völlig 's Neujahr abg'wonne. Der Stromminger
hat seit dem Sommer 'n offene Fuaß und kann nit
laufen. Da hockt der Vincenz alle Abend bei 'm
und vertreibt 'm die Zeit mit Kartenspielen und laßt
'n alleweil g'winne — er denkt, er kriegt's doch amol
wieder, wann er Dich kriegt! Der Alte kann schier
gar nimmer leben ohne den Vincenz, und so hat er
ihm halt z'nach und z'nach die ganze Aufsicht über-
geb'n, weil er mit sei'm kranken Fuaß nimmer selber

nachgeh'n kann. Jetzt meint der Vincenz, der Höchst=
hof g'hör ihm scho halber, und wirthschaft't d'rauf
rum, wie er mag. Da san halt die Händel mit
der Luckard an'gange, denn die Luckard, die hat halt
immer nach 'm Rechten sehen woll'n, wie sie's g'wohnt
war, und der Vincenz hat ihr Alles aus die Händ'
g'nomme und sie hat gar nix mehr sag'n dürf'n.
Nachher wie er g'seh'n hat, daß sich die Luckard gar
abhärmt, da hat er amol zu ihr g'sagt, er woll' sie
scho wirthschaften lassen, wie wenn sie die Bäuerin
wär' und er woll' au a Aug' zudrucken, wenn s' sich
auf b' Seit' brächt', so viel s' möcht', wenn sie 'm
nur helfen wollt', daß er Dich krieget, denn er wiss'
scho, daß s' Alles über Dich vermöcht'. — Und da
is halt die Luckard grob wor'n: Sie hab' ihr Leb=
tag nix g'stohlen, sagt s', und werd's au jetzt auf
ihre alten Täg' nit anfange — sie woll' nix, als
was s' sich ehrlich verdienet, und an Mann, der ihr
so was Schlecht's nachsehen thät', den thät' sie der
Wally scho gar nit recomodiren, hat s' g'sagt. Was
thuet der Ruach? Geht hin zum Stromminger und
verklagt die Bas. Er hab' sich jetzt überzeugt, sagt
er, daß 's nur die Luckard sei, die Dich gegen ihn
und Dein' Vatern aufg'stift hätt'. Und sie sei Schuld
an Dei'm Ung'horsam, hat er g'sagt, weil sie's Heft
in der Hand b'halten wollt'! Und so is 's halt kimme.
Und weißt, des hat ihr 's Herz brochen, daß ma so
was von ihr 'glaubt hat, wo doch kei wahr's Wort

d'ran war, des thuet ei'm weh, wenn ei'm so Unrecht
g'schicht. Gelt — sie hat nie was zu Dir g'sagt,
Du sollst Dei'm Vater nit folgen?"

„Nie, nie — im Gegentheil, sie war a demüthige,
b'scheidene Magd und hat in nix d'rein g'red't, was
sie nix an'gange hat," sagte Wally und wieder wur=
den ihr die brennenden Augen feucht. Sie wandte
das Gesicht ab und stand auf. „B'hüet Gott, Bas,
J' kimm scho amol wieder!" Sie nahm ihren Stab
und Hut, rief ihrem Geier und schritt rasch der Hei=
math zu.

VI.

Ein Tag in der Heimath.

Als Wally über den Steg zurückging, schwindelte
ihr. Jetzt erst fühlte sie, wie ihr das Blut im Kopf
war. Die mildere Luft hier unten erschien ihr gegen
die dünne Eisluft auf dem Ferner schwer und be=
klemmend, der Vogel, der sich bei der Bewegung des
Gehens wackelnd auf ihrer Schulter festkrallte, Alles
war ihr quälend, unleiblich. So kam sie endlich in
ihrem heimischen Dorfe an. Sie mußte es durch=
schreiten, um zum letzten Haus, zum Höchsthof, zu
gelangen. Alle Dörfler, die gerade mit dem Essen

fertig waren, steckten die Köpfe zum Fenster hinaus
und zeigten mit den Fingern nach ihr. „Da schaut's
die Geier-Wally! Hast endli 'runter dürft? Und
Dein' Geier hast au wieder mitbracht, seid's nit mit.
einander berfroren? Dei Alter hat di schön zappeln
lass'n da droben!" „Zeig', wie schaust aus? No
braun und schüech bist wor'n wie a Schnalser Hirt!"
„Etsch, etsch! Gelt jetzt bis zahm wor'n da droben
— ja, ja, so geht's, wann mer sein'n Batern nit.
folgt!"

So regnete es schadenfrohe Redensarten um sie
her, daß sie die Augen zu Boden senkte, und eine
brennende Röthe der Scham und Bitterkeit bedeckte
ihre Stirn. Beschimpft, verhöhnt — so zog das
stolze Kind des Höchstbauern wieder in die Heimath
ein. Und das Alles — warum? Ein unversöhn-
licher Haß wucherte in ihr auf und das war schlimmer
als Zorn, denn der Zorn kann sich beruhigen, aber
der echte, aus verbittertem, mißhandeltem Herzen er-
wachsene Haß schlägt seine Wurzeln durch das ganze
Sein, er ist eine stille fortgesetzte That ohnmächtiger
Rache.

Schweigend stieg Wally die Anhöhe hinter dem
Dorfe hinan, von der der Höchsthof stolz herniedersah.

Niemand bemerkte ihre Ankunft, als der taube
Klettenmaier, der unter dem Holzschuppen im Hofe
Brennholz für den Wintervorrath spaltete; die Andern
waren auf dem Feld.

„Grüaß Di Gott!" ſagte er und lüftete vor
ſeinem Herrenkind das Käppchen.

Sie ſetzte ihre Bürde, den ſchweren Hanſel, zur
Erde und gab dem Alten die Hand.

„Aber gelt? die Luckard!" ſagte er.

Wally nickte.

„Ja, ja," fuhr er fort, ohne jedoch mit der
Arbeit innezuhalten, „wenn der Vincenz 'n Haß auf
Eins hat, da ruht er nit, bis er's 'naus g'ſchunden
hat! Mich hätt' er au gern weg, weil er ſcho g'merkt
hat, daß J zur Luckard g'halten hab, und er meint
halt, wann Keiner mehr auf 'm Hof wär', der Dir
hilft, nacher wärſt nit ſo trotzig. Und weil er mir
ſonſt nix anhab'n kann, ſo laßt er mich die härteſte
Arbeit thun. Jetzt muaß J alle Tg' n' Wagen voll
Holz klein machen. J kann ſcho bald nimmer. Weißt,
J bin ſechsundſiebzig Jahr' alt und heut is der
dritte Tag. Aber des gerad' möcht' er, daß er
nacher 'n Stromminger ſagen könnt', J ſei zu nix
mehr z' brauchen, oder daß J von ſelber gingt, wann
J 's nimmer aushalten könnt'. Aber wo ſoll J no
hin in mei'm Alter? J muaß es aushalten!"

Wally hatte der Rede des Alten mit düſterem
Blick zugehört. Jetzt ging ſie raſch in's Haus, um
für den alten Mann Brod und· Wein zu holen.
Aber die Vorrathskammer war verſchloſſen, ebenſo
der Keller. Wally ging in die Küche. Das Herz
that ihr weh — hier war die eigentliche Heimath

der Luckard gewesen, sie meinte, die Alte müsse ihr
entgegenkommen und fragen: „Wie is Dir's gange
— was möcht'st — was kann J Dir z' Lieb thun?“
aber das war vorbei. Eine fremde, robuste Magd
saß am Herd und schälte Kartoffeln.

„Wo sind die Schlüssel?“ fragte Wally.

„Was für Schlüssel?“

„Zur Speis'kammer und zum Keller!“

Die Magd sah Wally frech an: „Hoho, nur
staad — wer bist dann Du?“

„Das wirst Dir wohl denken können,“ sagte
Wally stolz, „J bin die Haustochter!“

„Haha!“ lachte die Magd — „da mach' nur,
daß D' aus der Kuchel kommst. Der Stromminger
hat verboten, daß D' ihm's Haus betrittst. 'Nüber
g'hörst in d'Scheuer, da is Dei Kammer, verstehst mi?“

Wally wurde bleich wie der Tod. Also so —
so sollte es ihr in ihres Vaters Hause gehen? Die
Wallburga Strommingerin sollte unter die letzte
Magd ihres eigenen Erbhofs gestellt sein? Es war
nicht nur, um sie aus der Nähe des Vaters zu ver=
bannen, es war darauf abgesehen, sie durch ent=
ehrende Behandlung zu beugen? Und daß der Wally
— der Geier=Wally, von der ihr Vater einst stolz
gesagt hatte, ein Mädel, wie sie, sei mehr werth,
als zehn Buben! —

„Gieb mir die Schlüssel!“ befahl sie mit starker
Stimme.

„Haha — das wär' noch schöner. Der Strom=
minger hat g'sagt, wir soll'n Dich halten wie a
Futtermagd — und von die Schlüffel is gar kei
Red', I hab' die Aufficht im Haus und geb' nix
her, als was der Bauer erlaubt."

„Die Schlüffel!" schrie Wally in ausbrechendem
Zorn, „I befehl' Dir's"

„Du haft mir gar nix z' befehl'n — weißt? I
bin beim Stromminger in Dienft und nit bei Dir.
Und in der Kuchel bin I Herr, verftehft? So will's
der Stromminger! Und wenn der Stromminger fei
eignes Kind schlechter haltet als uns Mägd — so
wird er scho wiffen, warum!"

Wally trat dicht vor die Dirne hin, ihre Augen
flammten, um ihren Mund zuckte es — der Dirne
wurde es unheimlich. Aber nur einen Augenblick
kämpfte Wally, dann fiegte ihr Stolz — mit der
elenden Magd hatte fie nichts zu schaffen. — Sie
ging hinaus. Ihre Pulfe hämmerten, es flimmerte
ihr vor den Augen, ihre Bruft hob und fenkte fich
keuchend — es war zuviel, was heute über fie her=
einbrach. Wie eine Nachtwandlerin schritt fie über
den Hof, nahm dem alten Mann, der vor Anftrengung
zitterte, das Holzbeil aus der Hand und führte ihn
zu einer Bank, daß er fich ausruhe. Der Kletten=
maier wehrte fich rechtschaffen, er durfte ja die Ar=
beit nicht ausfetzen, aber Wally fagte, fie wolle für
ihn arbeiten.

„So segn' Dir's Gott, Du hast a gut's Herz!"
sagte der Mann und setzte sich müde auf die Bank.
Wally trat unter den Schuppen und spaltete mit
wuchtigen Streichen die schweren Scheiter. So zornig
schwang sie das Beil, daß es sich bei jedem Streich
durch das Holz durch tief in den Hackklotz einhieb.
Der Klettenmaier sah ihr verwundert zu, wie ihr's
von Händen ging, besser als einem Knecht. Und er
freute sich daran, er hatte ja das Kind auch seit
seiner Geburt so aufwachsen sehen und hatte es gern
in seiner Art. Da sah Wally von Weitem die ver=
haßte Gestalt des Vincenz kommen und hielt unwill=
kürlich mit der Arbeit inne. Vincenz sah sie nicht.
Er kam hinter dem Klettenmaier her und stand plötz=
lich dicht vor dem Erschrockenen. Wally beobachtete
ihn drin im Schuppen. Er packte den Knecht beim
Wamms und riß ihn in die Höhe: „Holla!" schrie
er ihm in's Ohr, „is des g'arbeit't? Du fauler
Trobbel Du — so oft I komm', sitz'st 'rum und
thust nix — jetzt hab I 's g'nug! I will Dir Füaß
mach'n!" Und er gab ihm mit dem Knie einen
Stoß, daß der zittrige alte Mann weit hin auf das
Steinpflaster des Hofes fiel.

„O Bauer, helft mir auf," bat der Knecht; aber
Vincenz hatte einen Prügel ergriffen und holte aus:
„Wart nur — Du sollst glei sehen, wie ma fauli
Knecht' aufhilft!" In diesem Augenblick spürte Vin=
cenz einen Schlag auf den Kopf, daß er laut auf=

schrie und zurücktaumelte. „Jesus, was is des!" lallte er und sank auf die Bank.

„Des is die Geier=Wally!" antwortete ihm eine vor Grimm bebende Stimme, und Wally stand vor ihm, das Holzbeil in der Hand, mit bleichen Lippen und stieren Augen, nach Luft ringend, als ersticke sie der Schlag ihres wildpochenden Herzens. „Hast's g'spürt?" stieß sie mit langen Unterbrechungen athem= los heraus — „haft's g'spürt, wie's thut, wenn ma Schläg' kriegt? J will Dich lehren mein'n alten, treuen Knecht schinden. Die Luckard hast mir scho unter'n Boden 'bracht und jetzt willst's mit dem armen Klettenmaier au so machen? Nein, eh' J so 'n Un= fug leid', steck' J mei eigen's Erbgut in Brand und räuchr' Dich 'naus, wie ma b' Füchs ausbrennt!" Sie hatte während dessen dem Klettenmaier aufge= holfen und führte ihn zur Scheuer: „Geh' 'nein, Klettenmaier, und erhol' Dich," befahl sie ihm. „J will's!"

Klettenmaier gehorchte, er fühlte, daß sie in diesem Augenblick Herr war. Aber unter der Thür machte er sich von ihr los und sagte kopfschüttelnd: „Geh', Wally — das hätt'st nit thun soll'n, — geh', schau' nach 'm Vincenz, J mein', Du hast'n schwer 'troffen."

Sie ließ den Alten und trat wieder hinaus. Vincenz war ganz still. Sie warf einen scheuen Blick auf ihn. Er hatte das Bewußtsein verloren und lag ausgestreckt auf der Bank; das Blut tropfte ihm vom Kopf herab in den Sand. Rasch ent= schlossen ging Wally in die Küche und rief der Magd zu: „Komm' 'raus, bring' Essig und a Tüchel und hilf mir."

„Haft schon wieder was z' kommedir'n?" lachte die Dirn' laut auf, ohne sich vom Fleck zu rühren.

„'s is nit für mich," sagte Wally mit einem unheimlich bösen Blick und nahm selbst die Essig= flasche vom Sims — „der Vincenz liegt draußen — I hab' ihn g'schlagen."

„Jesus Maria!" kreischte die Magd auf — und statt dem Vincenz zu Hülfe zu eilen, rannte sie in Haus und Hof herum und schrie: „Zu Hülf', die Wally hat'n Vincenz berschlag'n!"

Von allen Seiten widerhallte der Schreckensruf und klang weiter bis in's Dorf und Alles lief zu= sammen.

Wally hatte indessen den Klettenmaier zum Bei= stand geholt und wusch den Ohnmächtigen mit Essig und Wasser. Sie begriff nicht, wie die Wunde so schlimm sein konnte. Sie hatte nicht mit der Schärfe, nur mit der Rückseite des Beils geschlagen, aber der Streich war mit einer Kraft geführt, von der sie selbst nichts wußte. Der so lang verhaltene Grimm in ihr hatte sich in dem einen Schlag entladen, daß es schmetterte wie vorher beim Holzspalten.

„Was is da g'scheh'n?" dröhnte eine Stimme

Wally in's Ohr, bei der ihr das Blut stockte — ihr Vater hatte sich am Krückstock herausgeschleppt. „Was is da g'scheh'n?" tönte es aus zwanzig, dreißig Kehlen nach einander, und der Hof füllte sich mit Menschen.

Wally schwieg.

Ein dumpfes Summen entstand um sie her, Alles drängte sich heran, betastete, beschaute den Leb= losen. „Is er todt? — muß er sterben?"

„Wie is das gange?"

„Hat's die Wally 'than?" scholl es herüber und hinüber.

Sie stand da, als höre und sehe sie nicht, und legte dem Verwundeten einen Verband an.

„Kannst nit reden mehr?" donnerte sie jetzt ihr Vater an. „Wally, was hast g'macht?"

„Ihr seht's ja!" war die kurze Antwort.

„Sie g'steht's ein!" schrien Alle wild durchein= ander, „Jesus, die Frechheit!"

„Du Galgenbrut Du!" schrie Stromminger. „So kommst von da droben 'runter in's Vaterhaus?"

Wally lachte bei dem Worte „Vaterhaus" laut auf und sah ihn mit einem durchbohrenden Blick an.

„Lach au noch!" schrie Stromminger. „I hab' g'meint, Du sollst Dich bessern da droben und jetzt bist kaum a Viertelstund' z' Haus, jetzt stellst schon wieder Unheil an?"

„Jetzt regt er sich," rief eins der Weiber, „er lebt noch!"

„Tragt ihn in's Haus und legt ihn auf mei Bett!" befahl Stromminger und machte Platz an der Küchenthür, wo er lehnte. Zwei Männer hoben Vincenz auf und trugen ihn hinein.

„Wenn mer nur'n Doctor hätten!" jammerten die Weiber und folgten dem Kranken in die Stube nach.

„Hätten mer nur die Luckard noch, da brauchten mer kein'n Doctor," meinten ein paar Männer, „die hat für Alles was g'wußt."

„So soll man sie holen," befahl Stromminger — „auf der Stell' soll sie kommen!"

„Wieder schlug Wally eine Lache auf: „Ja, die Luckard, gelt, Stromminger, jetzt möcht'st sie wieder haben? Jetzt holt sie Euch auf 'm Gott'sacker!"

Die Leute schauten sie betroffen an — „Is sie todt?" frug Stromminger.

„Ja, vor drei Tagen is sie g'storb'n; das Herze- leid hat sie um'bracht, daß Ihr ihr an'than habt. Siehst, Stromminger, des g'schieht Dir recht — und wenn der da drin stirbt, weil Niemand da is, der 'was vom Curiren versteht, so g'schieht's ihm au recht — des hat er an der Luckard verdient!"

Jetzt erhob sich ein Tumult — es war zu arg! „Nach so einer Uebelthat au noch so reden und sagen, 's g'schäh ihm recht, statt daß sie reuen sollt'! Da

is ja kei Mensch seines Lebens mehr sicher! Und der
Stromminger steht dabei und laßt sie reden und sagt
kei Wort? Des is a schöner Vater!" So ging es
hin und her, während Wally mit untergeschlagenen
Armen trotzig unter der Küchenthür stand und auf
Stromminger blickte, der von ihrem Vorwurf unwillkürlich betroffen war. Jetzt aber kam ihm die Wuth
doppelt und sich auf seinem Krückstock aufrichtend
rief er in die Menge: „J will Euch zeigen, was J
für a Vater bin. Packt sie und bindet sie."

„Ja, ja," schrien die Leute durcheinander, „bindet
sie, so eine gehört hinter Schloß und Riegel — auf's
G'richt muß sie — die Mörderin!"

Wally stieß einen dumpfen Schrei aus bei dem
Wort „Mörderin" und wich in die Küche zurück.

„Nein!" schrie Stromminger, „auf's G'richt laß
J mei Tochter nit schleppen — meint Ihr, J will
die Schmach erleben, daß dem Höchstbauer sein Kind
in's Zuchthaus kommt? Kennt ihr den Stromminger
nimmer? Brauch' J 'n G'richtshof um a ung'rathe-
nes Kind zu züchtigen? Der Stromminger is sich
selber Mann's g'nug, und auf mei'm Grund und
Boden bin J mei eigene G'richtsbarkeit! J will
Euch scho zeigen, wer der Stromminger is, wenn J
au lahm bin. In'n Keller sperr' J sie und laß sie
nit eher 'raus, als bis ihr der Trotz 'brochen is und
sie mir vor Euch Allen auf die Knie nachrutscht!

Ihr habt's Alle g'hört, und wenn I nit Wort halt',
so könnt's mich 'n Hundsfott heißen!"

„Heiliger Gott, hast denn kei Einsehen mehr?"
schrie Wally auf. „Nein, nein, Vater, nit einsperren!
Um Gottes Willen nit einsperren! — Jagt's mich
fort, schickt's mich 'nauf auf'n Murzoll und laßt mich
droben einschneien! — Verhungern will I, verfrieren
will I — aber unter freiem Himmel! — Wann's
mich einsperrt, giebt's a Unglück!"

„Aha, möcht'st wieder 'naus, a Landstreicherin
wer'n, des g'fiel Dir besser? Nix da! I war bis
jetzt nur z' schwach gegen Dich: Du bleibst hinter
Schloß und Riegel, bis D' mich und den Vincenz
auf die Kniee um Verzeihung bitt'st."

„Vater, des hilft bei mir nix — eh' I des
thät, eher wollt' I im Keller vermodern, des könntet's
scho selber wissen. Laßt's mich fort, Vater, oder —
I sag's Euch noch amal, 's giebt a Unglück!"

„Jetzt is g'nug g'schwätzt — wie steht's Ihr
da? Was b'sinnt's Euch? Soll I ihr selber nach=
springe mit mei'm lahme Fuaß? Packt sie — aber
fest, — denn was a Strommingerbluat is, des zwingt
noch Eurer Zehne! Halt'ts Euch dran!"

Die Burschen, gereizt durch diesen Spott,
drangen in die Küche ein: „Die woll'n mer glei
hab'n!" höhnten sie.

Aber Wally sprang mit einem Satz an den
Herd und riß brennende Scheite aus dem Feuer:

„Dem Ersten, der mich anrührt, verseng' I Haut
und Haar!" schrie sie und stand da wie der Erz-
engel mit dem Flammenschwert.

Alle wichen zurück.

„Schamt's Euch!" schrie Stromminger, „Ihr
Alle miteinander werd't doch das eine Madel zwinge?
Schlagt's ihr die Bränd' mit Stecken aus der Hand,"
befahl er fiebernd vor Zorn, denn jetzt war es Ehrensache für ihn, vor dem ganzen Dorf seiner Tochter
Herr zu werden. Einige liefen und holten Stöcke —
es war eine Jagd wie auf ein reißendes Thier, und
zum reißenden Thier war auch Wally geworden. Die
Augen blutunterlaufen, den Angstschweiß auf der
Stirn, die weißen Zähne zusammenknirschend, so
wehrte sie sich gegen die Meute, wehrte sich, ohne
zu denken und zu überlegen, wie die Thiere der
Wildniß, um ihre Freiheit — ihr Lebenselement.
Jetzt schlugen sie mit Stöcken nach den Bränden in
ihrer Hand — ihrer einzigen Waffe — da schleuderte
sie die Bränder in die Menge hinein, daß diese
schreiend auseinander wich, und immer neue riß sie
aus dem Herd und warf sie wie feurige Geschosse
den Angreifern an den Kopf. Der Aufruhr wuchs.

„Wasser her!" schrie Stromminger, „holt doch
Wasser, löscht ihr 's Feuer aus!"

Das war das Letzte; geschah dies, so war Wally
verloren. Ein Augenblick und das Wasser war da —
Verzweiflung faßte das Mädchen. Da kam ihr ein

Gedanke — ein furchtbarer, verzweifelter Gedanke —
aber da war keine Zeit zum Erwägen, der Gedanke
war That, eh' er ausgedacht — und ein brennendes
Scheit in der Hand schwingend, stürzte sie sich pfeil=
schnell durch die Meute hinaus auf den Hof und
schleuderte den Brand mit gewaltigem Wurf auf
den offenen Heuboden mitten in das Heu und Stroh
hinein.

Ein Schrei des Entsetzens!

„Jetzt löscht!" schrie Wally und flog über den
Hof und zum Thore hinaus und weiter und weiter,
indessen Alles auf dem Hof heulend und tobend zum
Löschen eilte, denn schon schlug die Lohe wirbelnd
durch das Dach.

Mit der aufsteigenden Rauchsäule hob sich krei=
schend ein dunkler Gegenstand vom Dach empor, wie
aus den Flammen geboren, kreiste ein paar mal hoch
in der Luft darüber hin und flog dann der Richtung
zu, die Wally genommen.

Wally hörte Geräusch hinter sich — sie glaubte,
es seien die Verfolger, sie lief blindlings weiter. Es
war Nacht geworden, aber es wollte nicht dunkel
werden — ein heller Schein zitterte um sie her, daß
man sie weithin sehen mußte. Sie stieg eine schroffe
Felskante hinan, von der sie den Weg überblicken
konnte, — aber nun sah sie, daß ihr Verfolger durch
die Luft kam. — Sie hatte erreicht, was sie gewollt,
Niemand dachte mehr daran, ihr nachzulaufen! den

Hof zu retten, war bringendere Arbeit, und alle
Hände halfen dabei. Jetzt hatte der Geier sie ein=
geholt und prallte im Schuß an sie an, daß er sie
fast vom Felsen stieß. Sie drückte das Thier an die
Brust und sank erschöpft zu Boden. Mit verschwom=
menem Blick schaute sie in den Feuerschein, der fern
aufleuchtete und von den dunkeln Bergeshäuptern
ringsum widerstrahlte. Mit gluthrothem, zornigem
Angesicht schaute ihre That sie an, drohend, über=
wältigend. Von allen Kirchthürmen aus den Ort=
schaften klang dumpfes Sturmgeläut herüber und
die Glocken summten ganz deutlich: „Mordbrenner,
Mordbrenner!" Aber das furchtbare Lied sang ihr
Bewußtsein in Schlaf — eine Ohnmacht breitete
wohlthätige Schleier über die gehetzte Seele aus.

VII.

Hartes Holz.

Tiefe Nacht umgab Wally, als sie die Augen
wieder aufschlug; erloschen war der Feuerschein, ver=
stummt das Geläut, in der Schlucht tief unten don=
nerte eintönig die Ache und über ihrem Haupte stand
hoch am Himmel ein Stern. Sie blickte zu ihm auf,
lange regungslos auf dem Rücken liegend, und er

schaute auf sie herab wie ein Blick der Verzeihung.
Eine wunderbare Tröstung wehte durch die Nacht.
Ueber die fiebernde Stirn strich kühlend der Wind
und sie richtete sich auf und begann ihre Gedanken
zu sammeln. Es konnte nicht spät sein, der Mond
war noch nicht aufgegangen. Das Feuer war also
rasch gelöscht. Es mußte ja auch so sein, wo Alle
dabei waren und augenblicklich helfen konnten, wie
hätte da ein Brand um sich greifen können! Sie
wußte nicht, wie ihr war — sie prüfte sich bis auf
den Grund ihrer Seele und sie konnte sich nicht
schuldig fühlen. Sie hatte es ja nur gethan aus
Nothwehr, um die Verfolger von sich abzuhalten,
indem sie ihnen etwas anderes zu thun gab! Sie
wußte wohl, daß man sie nun „Mordbrennerin"
nennen werde — aber war sie's? Sie erhob den
Blick zu dem Stern über ihr. Es war, als spräche
sie sich jetzt zum erstenmal ganz allein mit dem lieben
Gott aus, und was er ihr sagte, war Versöhnung.
Friedlich schaute der reine Nachthimmel auf sie nieder,
diesem Himmel zu lieb hatte sie's ja gethan. Nur
unter dieser hochgewölbten Sternenkuppel hatte ihre
Brust Raum zu athmen; gefangen liegen im dumpfen
Keller ohne Luft, ohne Licht, Wochen, Monate lang,
bis sie in das Haus des verhaßten Werbers flüchten
würde und zu Spott und Schande vor ihrem Vater
auf den Knieen öffentlich Buße thun — das war
mehr als der Tod, das war eine Unmöglichkeit!

Das Mädchen, das sechs Monate lang mutter-
seelenallein in der rauhen Herberg der Ferner zu
Gaste war, das mit den wilden Gesellen, die dort
hausen, dem Sturm, dem Hagel und Regen, die
Nächte durchwacht, dessen Stirn das Feuer des
Himmels geküßt, bevor es zur Erde niederzückte, das
hoch in den Wolken der Donner in seiner ganzen
Furchtbarkeit umtost, bevor er seine Kraft in den
Lüften zertheilte, das Mädchen, das fast täglich sein
Leben eingesetzt, wenn es über abgrundtiefe Felsspalten wegsprang, um eine verstiegene Geis zu
retten, — das Mädchen konnte sich nicht mehr fügen
in die Begriffe und die Tyrannei des kleinen Sinns,
konnte sich nicht knebeln lassen wie ein Thier, mußte
sich wehren auf Leben und Tod. Die Menschen
hatten kein Recht mehr an sie — sie hatten sie hin-
ausgestoßen und zur Gefährten der Elemente gemacht;
was Wunder, daß sie einen der wilden Gefährten
— das Feuer — zu Hülfe rief in dem Kampfe
gegen die Menschen?

Sie konnte sich das Alles nicht klar machen, sie
hatte nicht gelernt, über sich selbst nachzudenken, sie
wußte nicht warum? aber sie fühlte, daß Gott nicht
mit ihr rechtete, daß er von seiner Höhe herab mit
einem andern Maß messe als die Menschen, war ja
auch ihr von ihrem Ferner herab alles so klein erschienen, was sie in der Tiefe für groß gehalten —
wie mußte es erst ihm sein da droben im Himmel?! —

Gott allein verstand sie — mochten sie die da unten
für eine Verbrecherin halten — Gott sprach sie frei.

Da erhob sie sich und schüttelte die Last von
der Seele und war wieder die Alte, rüstig und zu=
versichtlich, stark und frei.

„Jetzt Hansel — was fangen wir an?" fragte
sie den Geier, mit dem sie sich in Ermangelung jeder
Ansprache laut zu reden gewöhnt hatte. Hansel stellte
eben irgend einem nächtlichen Gewürm nach, erwischte
es und verschlang es. „Du haft Recht," sagte Wally,
„unser Brot müssen wir suchen. Du haft's guat,
Du find'ft 's überall, aber J?" Plötzlich wurde
Hansel unruhig, flog auf und spähte nach etwas in
der Ferne.

Da fiel es Wally ein, daß man sie nun, da
das Feuer gelöscht sei, suchen könne und sie weiter
müsse, so schnell als möglich. Aber wohin? Ihr
erster Gedanke war Sölden! Aber das Blut stieg
ihr in's Gesicht — konnte da nicht der Joseph denken,
sie liefe ihm nach? Und sollte er sie in der Schmach
und Schande sehen, arm, von zu Haus entlaufen,
verpönt und verschrien als „Brandstifterin"?

Nein, so sollte er sie nicht sehen, er am wenig=
sten, lieber laufen, soweit der Himmel blau!

Und ohne sich weiter zu besinnen, nahm sie den
Geier auf die Schulter — das einzige Hab' und
Gut, das sie beschwerte — und ging der Richtung

zu, von der sie am Morgen gekommen — nach Heiligkreuz.

Zwei Stunden war sie gegangen, ihre Füße waren wund und sie war zum Tod erschöpft, da tauchte der Thurm von Heiligkreuz in der Dunkelheit vor ihr auf, und wie das Licht in einem Leuchtthurm, schimmerte durch die offene Glockenstube der aufgehende Mond und zeigte der ziellosen Wanderin Richtung.

Taumelnd vor Müdigkeit schleppte sie sich durch das schlafende Dorf der Kirche zu. Dann und wann schlug ein Hund an, wo sie mit leisem Fuß vorüberschritt. Wer sie jetzt erwischte, der mußte sie für eine Diebin halten. Sie zitterte, als wäre sie's wirklich. Was war aus der stolzen Stromminger-Wally geworden!

Hinter der Kirche war das Pfarrhaus. Neben der Thür stand eine hölzerne Bank und von den kleinen Fenstern hing das Gestrüpp abgeblühter Bergnelken aus den hölzernen Kästchen darauf nieder. Hier wollte Wally den Tag abwarten, der Pfarrer werde sie doch wenigstens vor Mißhandlung schützen. Sie legte sich auf die Bank, den Hansel setzte sie auf die Lehne zu ihren Häupten, und nach wenig Augenblicken forderte die Natur ihr Recht, sie schlief ein. —

„Herr meines Lebens, was ist mir da für ein Findling bescheert!" klang es Wally in's Ohr, und

als sie die Augen aufschlug, war es heller Tag und
niemand Anderes, als der Herr Curator selbst, stand
vor ihr.

„Gelobt sei Jesus Christus," stammelte Wally
verlegen und fuhr mit den Beinen von der Bank her=
unter.

„In Ewigkeit, Amen! Mein Kind — wie kommst
Du hierher, wer bist Du — und was ist das für
ein seltsamer Begleiter, den Du da bei Dir hast, —
man könnte sich fast fürchten?" sagte der geistliche
Herr freundlich lächelnd.

„Hochwürdig Gnaden," sagte Wally einfach,
„I hab' was Schwer's auf'm G'wissen und möcht'
Ihne gern beichten! I heiß' Wallburg und g'hör
'm Stromminger vom Höchsthof auf der Sonnen=
platten. I bin b'heim davon g'laufen. Wisset's —
I hab' Händel g'habt mit 'm Gellner=Vincenz und
hab'm a Loch in 'n Kopf g'schlag'n und dann hab
I mein'm Vater a Scheuer an'zünd't — —!"

Der Pfarrer schlug die Hände zusammen: „Gott
steh' uns bei — was für Geschichten. So jung
und schon so bös!"

„Hochwürden — I bin sonst nit bös, g'wiß
nit — I kann keiner Fliegen nix z' Leid thun —
aber sie hab'n mir's darnach g'macht!" sagte Wally
und schaute den Curator mit ihren großen, ehrlichen
Augen an, daß er ihr glauben mußte, er mochte
wollen oder nicht. „Komm' herein," sagte er, „und

erzähl' mir, aber das Ungethüm laß' draußen"; er
meinte den Geier. Wally schwang den Geier in die
Luft, daß er auf das Dach flog, und folgte dem
Herrn in das kleine Haus. Er ließ sie in die Stube
treten.

Da war es gar still und friedlich. Im Alkoven
stand eine rohe hölzerne Bettstelle mit zwei gemalten
flammenden Herzen, die für den Herrn Curator die
Herzen unseres Heilands und der Jungfrau Maria
bedeuteten. Ueber dem Bett war ein Weihwasser-
kesselchen von Porzellan und ein Brett mit Erbauungs-
büchern. Im Zimmer waren noch mehrere Schäfte
mit anderen Büchern und ein altes Schreibpult, eine
braune Holzbank hinter einem großen, schweren Tisch,
einige Holzstühle, ein Betschemel unter einem großen
Crucifix mit einem Kranz von Edelweiß und ein
paar bunte Lithographien des Papstes und ver-
schiedener Heiligen. Von der Decke herab hing ein
Käfig mit einem Kreuzschnabel. Eine uralte Commode mit messingenen Löwenköpfen, welche Ringe
zum Aufziehen der schweren Schubladen im Maule
hatten, bildete das Prachtstück. Auf dieser Commode
waren allerhand schöne Dinge. Ein Heiligenschrein
mit einem geschnitzten Heiligen, ein Glaskästchen mit
einem wächsernen Christuskind in rothseidener Wiege,
ein gläsernes Spinnräbchen und ein vergilbter künst-
licher Blumenstrauß der Art, wie sie in den Klöstern
gemacht werden, in einer gelben Vase, unter einer

Glasglocke. Ein Schächtelchen mit kleinen bunten Muscheln. Ein winziges Bergwerk in einer Flasche und als Mittelstück ein Krippchen aus Moos und funkelnden Glimmersteinchen mit fein geschnitzten Thier- und Menschenfigürchen. Auch an einigen schönen Tassen und Kannen fehlte es nicht neben den heiligen Gegenständen, und den Schlußstein bildeten rechts und links von der Geburt Christi zwei krhstallene Salzfäßchen. Und das Alles so sauber gehalten, als gäbe es keinen Staub auf der Welt. Diese Commode mit den verschiedenen kunstreichen Dingen war der kindliche Altar, den der einsame Priester sechstausend Fuß hoch über dem Meere und über der modernen Cultur dem Gott der Schönheit errichtet hatte. Hier stand er wohl manchmal, wenn draußen der Schnee wirbelte und der Sturm an dem hölzernen Häuschen rüttelte, und blickte sinnend in die kleine niedliche gedrechselte Welt hinein, schüttelte lächelnd das Haupt und sagte: „Was doch die Menschen nicht Alles machen!"

Ganz dasselbe dachte Wally, als ihr Blick im Vorbeigehen schüchtern über die wunderhaften Sächelchen glitt. Wie reich auch ihr Vater war, solche Dinge hatten sich nie in sein Haus verirrt, was hätten auch die plumpen Bauern damit anfangen sollen? In ihrem ganzen Leben hatte sie so etwas nicht gesehen, sie, der schon ein Spinnrad neben ihren Sensen und Heugabeln als der Inbegriff aller Zier-

lichkeit erschien! Es war ihr ordentlich zu Muthe,
als könne sie sich in diesem Stübchen nicht regen,
ohne etwas zu zerbrechen, und als müsse sie hier
ganz besonders manierlich sein. Sie wollte unwillkürlich an der Thür die schweren, eisenbeschlagenen
Bergschuhe ausziehen, um die glatten, weißgescheuerten
Dielen nicht zu verderben, aber der Herr Curator
litt es nicht, und so trat sie denn so leise auf, als
sie nur konnte, und setzte sich geziemend auf das
äußerste Ende der Bank, die ihr der Herr anbot.
Der Geistliche ließ sein freundliches, klares Auge be-
obachtend auf ihr ruhen und sah, daß sie den erstaunten Blick nicht von den Zierrathen auf der
Commode abwenden konnte. Der alte Herr war ein
Menschenkenner. „Du möchtest Dir wohl erst meine
hübschen Sächelchen ansehen? Thu' es, mein Kind
— Du hast sonst keine rechte Sammlung für die
ernsten Dinge, die wir besprechen wollen."

Und er führte Wally zu der geheimnißvollen
Commode und erklärte ihr Alles und erzählte ihr,
wo er es her habe.

Wally traute sich nicht zu sprechen und sah und
hörte voll Ehrerbietung. Als sie bei der Krippe als
dem Besten und Letzten angekommen waren, sagte
der Herr Curator: „Siehst Du, das ist Jerusalem
da hinten, und das sind die heiligen drei Könige,
die zum Christuskind wallfahrten — schau, das ist
der Stern, der sie führt, und da — da liegt das

Kindlein in der Krippe und ahnt es noch nicht, daß
es geboren ist, um zu leiden für die Sünden der
Welt. Denn es kann noch nicht denken und hat
keine Erinnerung mit herüber genommen aus seiner
himmlischen Heimath, dieweil der Gottessohn eben
nun ein rechtes Menschenkind werden mußte, wie
jedes andere, — sonst hätten ja die Menschen sagen
können, das sei keine Kunst, so gut und geduldig zu
sein wie Jesus Christus, wenn man Gottes Sohn
sei und göttliche Kraft habe, und einem solchen Vor-
bild könne man nicht nachahmen, wenn man ein ge-
wöhnlicher Mensch sei. Sie sagen das auch leider
jetzt noch oft genug und sündigen fort darauf hin!"
Wally schaute das nette, nackte Kindlein an mit
seiner Goldpapier-Glorie, wie es so geduldig darin
lag, und hörte die Worte des Pfarrers, und wie sie
sich den strengen, finstern „Herrgott am Kreuz" als
armes, hülfloses, zum Leiden geborenes Menschenkind dachte — da erbarmte sie seiner und es that
ihr leid, daß sie gestern an dem Todtenbett der
Luckard „so grob" mit dem armen Gekreuzigten gewesen war. „Aber warum hat er sich au Alles
g'fallen lassen?" sagte sie unwillkürlich mehr zu sich
selbst, als zu dem hochwürdigen Herrn.

„Weil er den Menschen zeigen wollte, daß man
nicht Böses mit Bösem vergelten und sich nicht rächen
soll, denn Gott hat gesprochen: „Mein ist die Rache!"
Wally wurde roth und schlug die Augen nieder.

„Jetzt komm', mein Kind," sagte der kluge Mann, „und leg' Deine Beichte ab!"

„Des wird kurz bei'nand' sein, Hochwürden," sagte Wally. Und ehrlich, wie sie stets gewesen, erzählte sie ohne jede Beschönigung, wenn auch mit schüchtern gedämpfter Stimme, wie Alles gegangen, und bald war dem Beichtiger der ganze Zusammenhang klar. Ein gewaltiges Lebensbild hatte sich, mit groben Zügen hingeworfen, vor ihm entrollt, und ihn jammerte des edlen jungen Bluts, das da zwischen schroffen Felsspitzen und schroffen Menschen verwilderte!

Lange saß er still und blickte sinnend vor sich hin, als Wally geendet hatte. Sein Blick haftete an einem alten zerlesenen Buch auf seinem Bücherschaft an der Wand; ein Fremder, den er gastlich aufgenommen, hatte es ihm geschenkt. Auf dem Einband stand mit Goldbruck: das Nibelungen-Lied. —

„Herr Pfarrer," sagte Wally, die das Nachdenkliche in seinen Zügen für den Ausdruck des Vorwurfs hielt, „'s is halt au z' viel z'samm' komm'n, I hab' halt g'rad noch den Zorn weg'n der arme Luckard im Leib g'habt und da schlagt der au noch den Klettenmaier! Schaut's, I hab' den alten Mann nit schlagen sehen könne, um Alles nit, und wann's no amol so käm', I machet's g'rad wieder so; und a Mordbrennerin bin I doch nit, wann s' mich glei so heißen werd'n. Gelt S'? Wann ma a Haus am

hellen Tag' anzünd't, wo alle Leut' derbei sind, da
kann ja nit viel verbrenne. J hab' mir halt nimmer
z' helfen g'wußt und da hab' J denkt, wann s'
löschen müssen, können s' mir nit nachspringe! Und
wann des a Sünd is, nacher weiß J nit, wie ma's
mach'n soll auf dera Welt, wo die Leut' so bös sind
und ein'm alles Ung'mach anthun."

„Man soll es machen wie Jesus Christus: dulden
und tragen!" sagte der Geistliche.

„Wisset's, Hochwürden," fuhr Wally heftig heraus, „wann der Herr Jesus Christus Alles hat mit
sich machen lassen, so hat er g'wußt, warum —
der hat die Leut' was lehren wollen! J wüßt' aber
nit, für was J 's thät', denn von mir will doch
Niemand nix lerne im ganzen Oetzthal! Und wann
J mich noch so geduldig hätt' in 'n Keller sperren
laff'n, 's wär ganz für nix g'wesen, — denn 's hätt'
sich Niemand kei Beispiel d'ran g'nommen, aber mich
hätt's mei Leben koft't!"

Einen Augenblick besann sich der Pfarrer, dann
richtete er seine freundlichen, überschauenden Augen
auf Wally und schüttelte den Kopf. „Du unbändig's
Kind, Du, möchtest nicht mit mir auch schon wieder
Streit anfangen? Sie haben Dich arg verstört und
aufgereizt, .daß Du überall Feinde und Widerspruch
witterst. Komm' nur zu Athem und merk', wo Du
bist — Du bist bei einem Diener Gottes und Gott
sagt: ich bin die Liebe! Das soll Dir kein bloßes

7*

Wort sein, ich will Dir zeigen, daß es wahr ist!
Ich will Dir sagen, daß, wenn auch alle Leute Dich
haffen und verdammen, der liebe Gott Dich doch
lieb hat und Dir verzeiht! Was Du bist, das haben
die harten Menschen, die rauhen Berge und die
wilden Wetter aus Dir gemacht, und das weiß der
liebe Gott recht wohl, denn er sieht Dir in's Herz
und sieht, daß Dein Herz gut und rechtschaffen ist,
wie Du auch gefehlt hast. Und er weiß, daß in der
Wildniß keine Gartenblumen wachsen und das grobe
Aexte kein fein' Bildwerk schnitzen. Aber nun paff'
auf! Findet unser Herr und Meister so ein grob'
Schnitzwerk von besonders gutem Holz, das ihm der
Mühe werth dünkt, was besseres d'raus zu machen,
so nimmt er wohl selber einmal das Messer und
schnitzelt das verpfuschte Menschenwerk zurecht, daß
noch was Hübsches d'raus wird. Nun mein' ich,
Du sollst recht Acht geben, daß Du Dein Gemüth
nicht noch mehr verhärtest, denn schau', wenn unser
Herrgott so ein paar Schnitt gethan hat, und er
findet das Holz zu hart, so verdrießt ihn die Mühe
und er wirft die Arbeit weg. Hab' ja Acht, mein
Kind, daß Dein Herz weich sei und nachgebe unter
Gottes bildnerischem Finger. Wenn ein harter Druck
Dich unerträglich dünkt, so sei fügsam und denke,
Du spürst die Hand Gottes, die an Dir arbeitet.
Und wenn ein Schmerz Dir scharf in die Seele
schneidet, so denke nur, es sei Gottes Messer,

das die Unebenheiten herausschneidet. Verstehst Du mich?"

Wally nickte etwas unsicher mit dem Kopf.

„Nun," sagte der alte Herr, „ich will Dir's noch deutlicher machen. Was möchtest Du lieber sein, ein roher Stock, mit dem man die Leute todt= schlagen kann, und den man, wenn er morsch wird, zerbricht und verbrennt, oder so ein feines Heiligen= figürchen wie jenes dort, das man in ein Bildstöck= chen stellt und andachtsvoll verehrt?"

Jetzt hatte ihn Wally begriffen und nickte leb= haft: „Ja freili — lieber so a Heiligenfigürl'!"

„Nun siehst Du! Grobe Fäuste haben einen rohen Stock aus Dir gezimmert, aber Gottes Hand kann so ein Heiligenbild aus Dir schnitzen, wenn Du thust, was ich Dir eben sagte."

Wally sah den Pfarrer mit großen, erstaunten Augen an, es war ihr ganz eigen zu Muth — ver= gnügt und doch zum Weinen. Nach langem Schwei= gen sagte sie schüchtern: „I weiß nit, wie des is, aber bei Euch is Alles anders als anderswo. Herr Pfarrer! So hat no kei Mensch mit mir g'red't! Der Herr Curat von Sölden hat immer g'scholten und vom Teufel und uns're Sünden g'sprochen, und I hab' gar nit g'wußt, was er will, denn I hab' selbigerzeit no gar nix Böses 'than gehabt. Aber Ös redet's doch mit Ein'm, daß ma's verstehn kann und — I mein', wenn I bei Euch bleib'n könnt'

— da wär's mir am wöhlften! J wollt' g'wiß
Tag und Nacht arbeiten und mei Stück'l Brod ver=
diene —!"

Der Curator überlegte lange, dann schüttelte er
traurig den Kopf: „Das geht nicht, Du armes Kind.
Wenn ich's noch so bedenke, es geht nicht. Wenn
ich Dir im Namen Gottes vergeben kann, vor dem
Menschen darf ich's nicht. Denn Gott sieht die
Absicht, die Menschen sehen nur die That. Ein
Anderes ist der Geistliche im Beichtstuhl — ein
Anderes in der Gemeinde. Im Beichtstuhl ist er
der Verkünder der Gnade — in der Gemeinde ist
er der Verkünder des Gesetzes. Er muß die Men=
schen aneifern durch Wort und Beispiel, das Gesetz
zu ehren und zu halten. Denke, was würden die
Leute sagen, wenn der Pfarrer eine offenkundige
Brandstifterin bei sich aufnähme? Würden sie's ver=
stehen, warum ich's thäte? Niemals, sie würden nur
daraus schließen, daß ich die Brandstifter in Schutz
nehme, und daraufhin sündigen. Und wenn wir
demnächst eine recht boshafte Brandlegung erlebten,
so müßte ich mir bitter vorwerfen, daß ich den Leuten
durch meine Nachsicht gegen Dich Muth dazu ge=
macht hätte! Kannst Du das einsehen und es ohne
Murren hinnehmen, als die unvermeidlichen Folgen
Deiner That?"

„Ja!" sagte Wally dumpf und ihre Augen
rötheten sich von verhaltenen Thränen. Dann stand

fie rafch auf und fagte fchroff: „So dank' J fchön,
Herr Pfarrer, und wünfch' Gutenmorgen."

„Heh! Heh!" rief der Pfarrer, „glei wieder
oben 'naus? Was meinft, wär's nicht näher durch
die Wand als durch die Thür? Ich ging' an Deiner
Stelle lieber gleich durch die Wand!"

Wally blieb befchämt ftehen und fah zu Boden.
Der alte Herr ließ mit komifcher Verwunderung feine
Augen auf ihr ruhen: „Was wird das koften, bis
das rafche Blut gebändigt ift! Läuft man denn gleich
fo fort? Sag' ich denn, ich wollte Dich Deinem
Schickfal überlaffen, wenn ich Dich nicht bei mir im
Haus behalten will? Zuerft frühftückft Du mit mir,
denn effen muß der Menfch, und Gott weiß, wie
lang' Du nichts mehr gegeffen haft. Dann wollen
wir weiter reden." Er ging an ein Schiebfenfterchen,
das nach der Küche führte, und rief der alten Magd,
das Frühftück für Drei zu richten. Dann feßte er
fich an fein einfaches Schreibpult und fchrieb der
Wally ein paar Namen von Bauern auf, die er als
brave Leute kannte.

„Schau, da haft Du ein ganzes Verzeichniß
von rechtfchaffenen Männern und Frauen im Deß-
thal und Gurglerthal," fagte er zu Wally; „bei
denen fuch' Dir einen Dienft. Hinten in den Bergen
weiß man noch nichts von Deinem Vergehen, und
bis man's erfährt, kannft Du Dich fchon als brave
Magd bewährt haben, fo daß die Leute ein Auge

zubrücken. Auf mich darfst Du Dich nicht berufen,
doch Du bist groß und stark wie ein Mann, sie
werden Dich gern nehmen. Du kannst tüchtig ar=
beiten und Dich nützlich machen, wenn Du willst.
Aber gehorchen mußt Du lernen, mußt Dich schicken
in Brauch und Ordnung, sonst geht's nicht! Ich
verlange nicht von Dir, daß Du zu Deinem Vater
zurückkehrst und Dich in den Keller sperren läsfest,
denn das wäre eine unwürdige Strafe und würde
bei Dir mehr verderben als gut machen. Ich ver=
lange auch nicht, daß Du den Vincenz aus Gehor=
sam gegen den Vater heirathest und Dich für Dein
Leben unglücklich machst. Aber ich verlange von
Dir, daß Du Dein wildes Wesen im Dienste braver
Leute, in vernünftiger, geregelter Thätigkeit bändigst
und wieder ein brauchbares Glied der menschlichen
Gesellschaft wirst. Versprichst Du mir das?"

„Ich will's probir'n," sagte Wally in ihrer un=
erschütterlichen Ehrlichkeit.

„Nun, das ist Alles, was ich vorderhand von
Dir verlange, denn ich weiß wohl, daß Du mit
gutem Gewissen nicht mehr versprechen kannst. Aber
versuche es mit redlichem Willen und denke immer,
daß der liebe Gott zu hartes Holz wegwirft! — Ich
will heute noch zu Deinem Vater gehen und ihm
in's Gewissen reden, daß er Dir verzeiht und sich
mit Dir aussöhnt, oder Dich wenigstens nicht weiter

verfolgt. Gieb mir bald Bericht, wo Du bist, daß ich Dir schreiben kann, wie die Dinge stehen."

Die Mariann brachte das Frühstück, und der Pfarrer sprach das Morgengebet. Auch Wally faltete andächtig die Hände und bat aus tiefster Seele den lieben Gott, er möge ihr doch helfen, gut und brav zu werden; es war ihr so heiliger Ernst damit, sie wäre ja so gern gut und brav gewesen, wenn sie nur gewußt hätte, wie sie's machen sollte.

Als das Gebet zu Ende war, setzten sich alle Drei, sie und der Herr Pfarrer und die Mariann, zum Frühstück. Aber kaum hatten sie begonnen, da erhob sich draußen ein Lärm: „A Geier — Schaut's da auf'm Dach den Geier! — Schießt's 'n 'runter, Bür'n her!"

„Jesus, mei Hansel," schrie Wally, sprang auf und wollte zur Thür hinaus.

„Halt!" rief der Pfarrer, „was willst Du — Du kannst jetzt nicht hinaus; willst Du Dich unnöthig preisgeben, wo jeden Augenblick die Leute Deines Vaters kommen können, Dich zu holen?"

„Mein'n Geier laß' J nit im Stich, werd's wie's woll'," rief Wally, und mit einem Sprung war sie zur Thür hinaus.

Der Pfarrer folgte ihr kopfschüttelnd.

„Der Geier is zahm," — schrie sie den Leuten zu, „er g'hört mir, laßt'n gehen!"

„Aber so a Vieh laßt ma doch nit so 'rum= fliegen," murrten die Leute.

„Hat er Euch a Schaf g'holt, oder a Kind?" fragte Wally trotzig.

„Nein!"

„No also — laßt mich ung'schoren mit mei'm Vogel!" sagte das Mädchen und stand so stolz und herausfordernd da, daß die Leute sie erstaunt an= sahen. „Wally, Wally," warnte leise der Pfarrer, „denk' an das harte Holz!"

„I denk' scho d'ran, Herr Pfarrer," und sie winkte mit der Hand dem Geier: „Hansel, komm' weiter!" Der Vogel schoß vom Dach herab, daß die Leute erschrocken zurückfuhren. Sie nahm ihn auf die Schulter und schritt auf den Pfarrer zu. „B'hüat Gott, Hochwürden," sagte sie leise, „I dank' für Alles!"

„Willst nicht noch hereinkommen und fertig früh= stücken?" fragte der alte Herr.

„Nein, I laß den Vogel nimmer da allein — und fort muß I ja doch — auf was soll I warten?"

„So sei Gott mit Dir und alle Heiligen!" sagte der Pfarrer bekümmert, indessen die alte Ma= riann ihr heimlich einen Imbiß in die Tasche des faltigen Rockes stopfte.

Einen Augenblick zögerte ihr Fuß an der ihr lieb gewordenen Schwelle — dann aber schritt sie still weiter durch alle die Leute durch, die ihr erstaunt nachgafften.

„Wer is denn des?“

„Des is a Her’!“ hörte sie hinter sich flüstern.

„Es ist eine Fremde,“ erklärte der Pfarrer, der ich die Beichte abgenommen habe!“

VIII.

Die Klötze von Rosen.

Tag um Tag irrte Wally auf den Ortschaften herum, um einen Dienst zu suchen, aber Niemand wollte sie mit dem Geier aufnehmen und von dem Geier ließ sie nicht. Wenn sie ihn auch preisgegeben hätte, er wäre ihr doch immer wieder zugeflogen, und das treue Thier zu tödten, der Gedanke kam ihr nicht in den Sinn, mochte es mit ihr werden, wie es wollte. Nun war sie in Wahrheit die Geier-Wally, denn ihr Schicksal war unzertrennlich mit dem Geier verknüpft und er griff in dasselbe ein, wie ein Mensch. Die alte Base der Luckard wollte sie gerne behalten, als sie einen Augenblick bei ihr vorsprach, aber dort war sie zu nah von Haus — dort wäre sie ganz in der Gewalt des Vaters gewesen. Sie mußte weiter — soweit sie die Füße trugen. Die Jahreszeit ward immer rauher, es begann zu schneien, und die Nächte, die Wally auf irgend einem offenen Heuschober zubrachte, waren empfindlich kalt. Die Kleider, die sie auf dem Leibe trug, wurden schlecht und schmutzig, sie fing an bettel= haft und landstreicherisch auszusehen, und immer härter ward sie abgefertigt, wo sie mit ihrem Ge= fährten an eine Thür klopfte. So abenteuerlich sah sie aus, daß keine gutmüthige Bäuerin sie mehr für ein paar Stunden im Haus arbeiten und dann mit am Tisch essen ließ. Man reichte ihr um der Gottes= barmherzigkeit willen ein Stück Brod vor die Thür hinaus. Und Wally, die stolze Stromminger=Wally, setzte sich auf die Schwelle und aß es! Denn sterben wollte sie nicht. Das Leben, das gequälte, gehetzte, arme, nackte Leben war doch so schön, so lange sie hoffen konnte, daß einst doch der Joseph sie lieb haben werde. Um dieser Hoffnung willen konnte sie Alles ertragen, Hunger, Kälte, Schmach! Aber ihr sonst so starker Körper begann zu wanken unter der beständigen verzehrenden Sorge und Spannung, ihr Blick wurde trübe, die Füße versagten ihr den Dienst, und sowie sie sich ruhig hinlegte, verwirrten sich ihr die Gedanken und sie lag in einem fieberhaften Halb= schlaf. Mit erstickender Angst überkam sie das Ge= fühl, krank zu werden. Auch das noch! Wenn sie irgendwo in einer Scheune bewußtlos liegen blieb, dann brachte man sie zu ihrem Vater, dann war sie

wieder in seiner Gewalt. Sie war drüben im Gurgler=
thal herumgeirrt, und da sie dort nichts gefunden,
wieder den mühsamen Weg in's Oetzthal herüber=
gestiegen. Es hatte sie nach Vent gezogen, das lag
im Burgfrieden ihres Vaters Murzoll, es war ihr
ein Stück Heimath. Aber dort war es ihr noch
schlimmer gegangen. Je rauher die Gegend, desto
rauher waren auch die Menschen — und bis Wally
dorthin kam, war ihr auch schon die Kunde von ihrer
That vorausgeeilt und Schrecken und Abscheu be=
gegnete ihr, wo sie sich zeigte. Auf den Pfarrer von
Heiligkreuz berief sie sich nicht, denn er hatte es ihr
verboten, und sie sah ein, daß er es thun mußte.
Deshalb aber suchte sie auch keinen andern Pfarrer
mehr auf, es durfte ja keiner sich ihrer annehmen.

Das letzte Haus von Vent hatte soeben seine
Thür hinter ihr geschlossen. Vor ihr lag nun nichts
mehr, als die himmelhohen Wände des Plattenkogels,
der Wildspitze und des Hochvernagtferners, die das
Thal absperrten und über die kein Weg weiter führte.
Hier schloß sich die Welt von allen Seiten wie eine
Sackgasse, und sie war am Ende dieser Sackgasse.
Da stand sie und schaute an den steil aufragenden
Wänden ringsum empor. Es war ein grauer Mor=
gen und dichter Schnee, der die Nacht gefallen, ließ
das ganze Thal nur noch wie eine ungeheure Schnee=
mulde erscheinen. Jede Spur eines Pfades war
verwischt. Sie setzte sich nieder und dachte: „Schlaf"

'n ein und derfrier', so is's a leichter Tod." Aber
so kalt war's noch nicht, der Schnee schmolz unter
ihr und sie schlotterte bald vor Nässe. Da sprang
sie auf und schleppte sich die Anhöhe hinan, die
hinter Vent auf den Weg zum Hochjoch führt. Hier
konnte sie die Gegend weithin übersehen. Und da
gewahrte sie auch eine Art Furche im Schnee, die
sich hinter dem Dorfe längs der Thalleitspitz mitten
in's Herz der Ferner hinzog. Das konnte ein Fuß=
pfad sein — aber wo führte der hin? Sie stieg noch
höher, um weiter zu sehen, und da fiel es ihr wie
eine Binde von den Augen, — das war ja der Weg,
der von Vent nach den Rofener Höfen führte. Rofen,
der höchste bewohnte Ort in ganz Tyrol, der letzte
im Detzthal, wo Adlern gleich noch Menschen hausen,
nur zwei Familien, die Klötze und die G'streins.
Rofen, das stille, versteckte Rofen am Fuß des
furchtbaren Vernagtgletschers, am Ufer des Eissees,
wo kein Fuß sich hinverirrte Jahr aus Jahr ein,
das eine ehrwürdige Sage in geheimnißvolle Schleier
einwob. Das war der Ort, wo Wally hingehörte,
das war die letzte Zuflucht, wo sie Hülfe fand, oder
wenigstens ruhig sterben konnte, wie das Thier der
Wildniß. Dahin wollte sie, zu den Klötzen von
Rofen! Sie waren die berühmtesten Fremdenführer
in ganz Tyrol, sie waren auf den Bergen daheim
wie Berggeister, sie konnten begreifen, daß Wally
eher ein Haus anzünden, eher sterben wolle, ehe sie

fich) den Athem der Freiheit rauben ließ, und sie
konnten Wally beschützen gegen die ganze Welt, denn
die Rofener Höfe hatten das Asylrecht. Herzog
Friedrich mit der l. T. hatte es ihnen verliehen zum
Dank, weil er einst in der Bedrängniß auf Rofen
Zuflucht vor seinen Feinden gefunden. Joseph der
Zweite hatte es ihnen zwar Ende des vorigen Jahr-
hunderts entzogen, aber der Bauer hält fest an seinen
Bräuchen und die Oetzthaler ehrten es freiwillig noch
immer fort. Wer auf Rofen Freistatt fand, der war
unantastbar, denn die Rofener, die „G'streins" und
die „Klötze", nahmen Keinen auf, der's nicht verdiente, und standen in demselben Ansehen, wie ihre
Vorfahren. Ein Angriff auf ihr Hausrecht wäre so
viel gewesen, wie Kirchenschändung.

Wally hob die Arme zum Himmel in brünstigem
Dank, daß Gott ihr diesen Weg gezeigt, und schwin-
delnd, taumelnd strebte sie dem letzten Ziele zu, das
ihre Kraft noch zu erreichen vermochte. Erst abwärts
auf dem Pfad, der von Vent abging, dann wieder
steil aufwärts.

Eine endlose Stunde war sie auf dem verwehten
Pfad gestiegen. Dann lagen sie vor ihr, wie schlafend
im Schnee, die stillen, ehrwürdigen Rofener Höfe,
die sie oft vom Murzoll herab klein wie Adlernester
am Felsen hängen gesehen. Das Herz schlug ihr,
daß sie's hörte, die Kniee wankten ihr. Wenn sie
hier auch abgewiesen würde? Ein neues Schnee-

geſtöber wirbelte lautlos herab und hüllte Alles in
einen weißen beweglichen Schleier. Es wirbelte und
flimmerte vor Wally's Augen und der weiße Schleier
wallte ihr kühl um's Haupt, aber auf ihrer fieber=
heißen Stirn ſchmolz er und floß ihr als Waſſer
über Geſicht und Haare, und dann ſchüttelte ſie
wieder der Froſt. Endlich ſtand ſie vor der Thür
des Nicodemus Kloß und griff nach dem eiſernen
Klopfer, aber wie ſie darnach griff, ward es ihr ſo
ſeltſam licht vor den Augen, ſie ſank mit einem
dumpfen Fall gegen die Thür und glitt daran
vollends nieder. —

Fort und fort wallten die weißen Flocken in
das enge Thal herab und ſchleierten und betteten es
ein und häuften ſich vor der gut verrammelten Thür
des Nicodemus Kloß über dem ſtarren Körper, der
da lag, zu einem friedlichen, weißen Hügel auf.

Nicodemus Kloß ſaß auf der warmen Ofenbank,
ſchmauchte ſein Pfeifchen und ſchaute behaglich dem
Schneetreiben vor dem Fenſter zu. So zogen ihm
in guter Ruhe die Viertelſtunden vorüber, indeß ſein
jüngſter Bruder Leander, ein ſtattlicher Jäger, in
einem fließpapierenen Wochenblättchen las. „Das
legt wieder ſchön 'runter," ſagte Nicodemus rauchend.

„Ja," ſagte Leander und ſchaute auf, wie's vor
dem kleinen Fenſter wallte und wimmelte. Da plöß=
lich ſchlug mitten in dem weißen Wirbel ein dunkler

Flügel an's Fenster, es flatterte und krächzte und
flog vorbei, dem Dach zu.

„Da war was!" sagte Leander und stand auf.

„Was wird's g'wesen sein," brummte der Aeltere,
„kannst ja nit vor d' Thür 'naus in dem G'stöber."

„Ah was!" sagte Leander und nahm den Stutzen
von der Wand, der Jäger rührte sich in ihm bei
jedem Flügelschlag eines vorbeischwirrenden Vogels.
Er mußte sehen, was das war. Er ging und öffnete
behutsam die Thür, um den Vogel durch kein Geräusch
zu verscheuchen. Da fiel ein Haufen Schnee herein
und er gewahrte den Hügel, der sich an der Schwelle
aufgeschichtet hatte. Er konnte nicht hinaus, er mußte
eine Schippe holen, um den Wall fortzuschaffen.
Aergerlich stellte er den Stutzen weg und begann zu
schaufeln.

„Jesus, was is des?!" schrie er plötzlich auf,
„Nicodem, komm' schnell, da is was unter'm Schnee,
hilf!"

Der Bruder eilte herbei, im Nu war der Hügel
aufgegraben und ein Arm, ein schöner, runder Arm
ragte heraus. Und nun zogen sie unter der leichten
Schicht einen leblosen Körper hervor.

„O lieber Gott, a Madel — und was für eins!"
flüsterte Leander, als der schöne Kopf und die wunder=
voll gewölbte Brust zum Vorschein kam.

„Wie mag sich die daher verirrt haben?" sagte

Nicodemus kopfschüttelnd und hob nicht ohne An=
strengung den schweren Körper aus dem Schnee.

„Is sie todt?" fragte Leander und befühlte sie,
indessen seine Augen mit einer Mischung von Schreck
und Wohlgefallen auf dem bräunlich fahlen Gesicht
hafteten.

„Nur gleich abreiben," befahl Nicodemus, „und
'nein in's Zimmer!"

Und sie trugen den wuchtigen Körper in's Haus
und legten ihn auf Nicodem's Bett. „Die liegt
schon a guat halbe Stunde da braußen, so lang'
kann's sein, daß mir's war, als höret I 'n dumpfen
Schlag an der Thür, aber I hab g'meint, 's sei a
Schneeklumpen vom Dach g'fallen."

Leander holte einen Kübel voll Schnee und
wollte dienstfertig helfen, dem Mädchen den Tschoppen
auszuziehen.

„Nix da," wehrte der bedächtige ältere Mann,
„das schickt sich nit, — so a junger Bursch — das
Mädel müßt' sich ja schamen, wenn sie's wüßt'! Du
gehst 'naus und schau'st, daß Du drüben von die
G'streins Eins auftreibst, die Kathrin' oder Mariann'.
Geh'!"

Der Leander konnte kein Auge von der leblosen
Gestalt abwenden. „So a schön's Mädel!" mur=
melte er noch im Hinausgehen mitleidig.

Mit ruhiger Umsicht entkleidete nun der erfahrene
Mann das Mädchen und rieb sie mit Schnee so

hart und so lange, bis die Haut sich wieder zu be=
leben und das Blut zu circuliren begann. Dann
trocknete er sie gut ab, deckte sie sorglich zu und
flößte ihr ein paar Tropfen von irgend einer starken
Kräuteressenz ein.

Endlich kam sie zu sich, rührte und streckte sich
und schaute sich einmal im Zimmer um. Aber der
Blick war verglast und ausdruckslos, und ein paar
unverständliche Worte lallend, schloß sie die Augen
wieder.

„Sie is krank," sagte Nicodemus zu Leander,
der eben wieder eintrat, und eine derbe Bauernfrau
schüttelte sich nur noch vor der Thür den Schnee ab
und kam ihm nach.

„Mariann," sagte Nicodemus — sie war seine
verheirathete Schwester — „da mußt jetzt Du helfen,
I und der Leander, wir zwei Mannsbilder, können
doch der Dirn' nit abwarten. Der Leander macht
eh' scho Augen wie a Verzückter an sie hin."

Er streifte mit einem unzufriedenen Blick den
Burschen, der bereits wieder am Kopfende des Bettes
stand und das Gesicht der Kranken mit den Augen
zu verschlingen schien. Jetzt wendete er sich aber
wie ertappt und erröthend ab.

Mariann trat an das Bett und ihre erste Frage
war natürlich: „Wer mag die sein?"

„Ja, Gott weiß es! Irgend a Landstreicherin,"
meinte Nicodemus.

„Warum nit gar," brummte Leander, „das sieht
man der doch an, daß das kei Landstreicherin is!"

„Ja, ja," bemerkte Mariann, „weil sie schön is
und Dir g'fallt! Weißt, 's hat schon Manche a
sauber's G'sicht gehabt und a schmutzige Seel', —
dadrauf kommt's nit an. A ordentliche Dirn' streicht
nit um die Jahr'szeit in der Gegend alleinig im
Schnee 'rum, bis sie z'samm'fallt. Das hat irgend
'n Haken, und Gott weiß, was man sich da für
Eine in's Haus zeiselt!"

„No, des is jetzt einerlei," meinte Nicodemus
gutmüthig, „in Schnee und Kälten können wir's nit
'nausjagen, die krank' Person, sei sie jetzt, wer sie
will."

„Weg'n meiner," sagte die Bäuerin, „I will
scho 'rüberkomme und sie Euch b'sorgen — aber in's
Haus nimm I's nit, daß Ihr's wißt!"

„Das is auch gar nit nöthig — wir b'halten
sie scho selber!" erwiderte Leander gereizt, und da
Wally wieder etwas vor sich hinlallte, bog er sich
zärtlich über sie und fragte: „Was willst, was
möcht'st?"

Die älteren Geschwister wechselten Blicke. „Du,"
sagte Nicodemus, jetzt will I Dir was sag'n. Du
bist jetzt so gut und laßt d'Hand von der Butten,
ehvor man nit weiß, wer die Person is. — Da hat
der Zimmermann 's Loch g'macht, da gehst außi
und kommst mir nimmer 'rein, wenn's D' nit willst,

daß J die Dirn', so krank wie sie is, davon jag'! Verstanden?"

„No, ma wird doch noch a Mädel anschau'n dürfen?" brummte Leander, „J weiß gar nit, wie D' mir vorkommst."

„Mach', daß D' 'außi kommst, das G'spänsel da herin leid J nit, so lang' J Herr im Haus und Dei Vormund bin." Damit schob ihn Nicodemus am Arm hinaus und blieb mit der Schwester allein bei der Kranken.

Wally kam nicht mehr zur Besinnung, sie lag im Fieber. Der Hals war geschwollen, die Glieder steif und schmerzend. Die Geschwister sahen bald, daß sich die Fremde furchtbar erkältet und übermüdet haben müsse, und pflegten sie nach besten Kräften. Indessen strich Leander unruhevoll und müßig im Haus herum. So oft Eines aus dem Krankenzimmer kam, war er um die Wege und fragte, wie es ginge. Er war voller Verdruß, — er hätte das hübsche Mädel gar zu gern gepflegt! Gegen Abend, als es aufhörte zu schneien, nahm er seinen Stutzen und ging hinaus. Doch kaum war er eine Weile fort, da kam er schon wieder und rief Nicodemus aus dem Krankenzimmer heraus: „Du," sagte er aufgeregt, „auf dem Dache sitzt a Geier, a prachtvoller Lämmergeier, und guckt Ein'n ganz ruhig und zutraulich an, als wenn er daher g'höret."

„Ah," sagte Nicodemus, „das ist kurios!"

„Komm' nur 'raus und schau'!" rief Leander
und zog den Bruder mit vor das Haus. „Da —
da sitzt er und rührt sich nit. Der Staatskerl —
und nit schieß'n können — 's is zum Teufelholen!"

„Warum kannst D' denn nit schießen?" sagte
Nicodemus.

„Ach, I kann doch jetzt nit knallen, wo das
kranke Mädel da drin liegt!" sagte Leander mit dem
Fuß stampfend.

„Jag'n fort," rieth Nicodemus, „und sieh', daß
D' ihm nachgehst und 'n weiter weg schieß'st, wo
man's nit so hört."

„Gsch, gsch!" machte Leander und warf Schnee-
ballen hinauf, um das Thier aufzuscheuchen. Der
Geier sträubte die Federn, kreischte und stieg endlich
auf. Aber er flog nicht fort, er flatterte eine Weile
hoch in der Luft und ließ sich dann wieder ruhig
auf das Dach nieder.

„Ah, des is merkwürdig! Der will nit fort.
Der is, wie wenn er zahm wär'!"

Noch ein, zwei Mal versuchten sie's, ihn „auf-
zumachen", — immer dieselbe Geschichte.

„Der is wie verhext!" meinte Leander und
schlug das Kreuz gegen den Vogel, aber das focht
ihn nicht an — er mußte doch wohl nichts mit dem
Teufel zu schaffen haben.

„Mir scheint, der is ang'schoff'n und kann nimmer
fliegen. Jedenfalls thut der Niemand nix mehr!"

erklärte Nicodemus. „Laff'n ruhig fitzen, bis er von
felber 'runterfallt, wenn D' das kranke Mabel nit
mit'm Knallen derfchrecken willft."

„Ja, der is fcho halb hin, J mein', den könnt'
ma mit der Hand fange." Er holte die Leiter, legte
fie an und ftieg behutfam hinauf. Der Vogel ließ
ihn ruhig herankommen. Leander zog fein Schnupf=
tuch aus der Tafche und wollte es ihm über den
Kopf werfen. Doch da fchlug und hackte der Vogel
fo gegen ihn, daß Leander fchleunigft den Rückzug
antreten mußte.

Nicodemus lachte: „Gelt, der hat Dir's 'zeigt,
wie ma Geier mit die Händ fangt! Des hätt' J
Dir gleich fag'n könne."

„J weis nit, was des für a Vogel is," brummte
Leander kopffchüttelnd. „Wart nur," drohte er hin=
auf, „wenn J Dich wo anders treff'!"

„Morgen kannft'n jag'n, wenn er nit crepirt is
über Nacht. Wenn er wieder fliegen kann, geht er
fcho weiter, und gar z'weit kommt der doch nimmer."

Es begann zu dunkeln und die Mariann kam
heraus und fagte, daß fie jetzt heim müffe und ihrem
Mann zu Nacht kochen.

Die Brüder gingen hinein und Nicodem holte
nun auch zum Nachteffen Brod und Käfe aus der
Vorrathskammer.

Während er draußen war, klinkte Leander ganz
leife die Thür, die von der Wohnftube in Nicodem's

Schlafkammer führte, auf und schielte durch den
Spalt nach Wally. Die lag jetzt ruhig und schlief
fest in Nicobem's warmem Bett. Sie hatte ja so
lange in keinem Bett mehr gelegen, man sah ordent=
lich, wie's ihr gut that im Schlaf, so weich, so hin=
gegossen lag sie in die Kissen geschmiegt. „O, Gott
b'hüt Dich, Du arm's Ding, Gott b'hüt Dich!"
flüsterte Leander zu ihr hinein und schloß schnell die
Thür wieder, denn er hörte Nicobem kommen. Er
saß auch schon wieder ganz unschuldig auf der Ofen=
bank, als dieser mit dem Essen hereinkam. „Heut'
Nacht macht sich's gut, weil der Benedict nit da is,
heut' Nacht kann I bei dir drüben in'n Benedict
sein' Bett schlafen. Aber morgen, wenn der wieder
da is, müssen wir Drei uns halt in die zwei Betten
theilen."

„O, I brauch kein Bett," rief Leander eifrig.
„Der da drin z'Lieb schlaf I auf der Ofenbank oder
auf'm Heuschober, 's is mir Alles eins. Soll Einer
von uns wegen der Ung'mach haben, so soll's Keiner
haben als I!"

„No, wenn Dich des freut, so kannst es haben.
Aber auf'm Heuschober schlafft, nit auf der Ofen=
bank, die is mir z'nah beim Krankenstüb'l — ver=
stehst mich?"

„Ja ja, I versteh' scho," sagte Leander und
biß in seinen Käs, wie in einen sauren Apfel. —
Die Schlafkammer der beiden jüngern Klötze lag der

des Nicodem gerade gegenüber, und dieser nahm das
Bett des Abwesenden ein. Ein paarmal in der Nacht
stand er auf und ging an Wally's Thür, um zu
horchen, was sie machte. Sie sprach und phanta=
sirte viel, und einmal verstand Nicodemus ganz deut=
lich, wie sie etwas von einem Geier sprach.

„Aha," dachte er, „die wird den Geier au
g'sehen haben, wie's daher kommen is. Jetzt geht
ihr der Schrocken im Traum nach." —

Am andern Morgen früh, noch vor dem Früh=
stück, trieb es den ruhelosen Leander schon wieder
hinaus.

Erst gegen Mittag kam er heim.

„No, wie steht's da drinn?" frug er, als er
eintrat.

„'s is immer gleich. Sie kommt halt nit zur
B'sinnung. Und dabei hat sie immer Aengsten vor
Leut, die sie fange wollen."

Leander kratzte sich hinter den Ohren: „Da kann
J noch alleweil nit schießen! Jetzt denk' nur, jetzt
sitzt der Geier noch auf'm Dach draußt!"

„Warum nit gar!"

„Ja, wie J heut morgen 'rauskomm, hab' J
'n nimmer g'sehen. Da hab' J denkt, er sei fort=
g'flogen und streif' ihm nach drei Stund' lang.
Wie J heimkomm, sitzt er ganz ruhig wieder auf'm
Dach."

„No, da kömmt's ein'm wirkli unheimlich werden, wemm man abergläubisch wär'!"

„He ja! Man kömmt' scho fast an die seligen Fräul'n denken, daß mir eine 'n Schabernack spielen wollt'."

„Grüaß Gott!" erscholl jetzt eine rauhe, tiefe Stimme, und Benedict, der zweitälteste Bruder, der verreist gewesen, trat ein.

„Ach, grüaß Gott, bist wieder da!" riefen ihm die Brüder entgegen. „Was bringst Neu's mit, was hast ausg'richt?"

„O nit viel, sie haben mich halt wieder vom Pontius zum Pilatus g'schickt auf'm Landgericht und mich mit halbe Versprechungen abg'speist. I sag halt, alle Oetzthäler, Mensch und Vieh, könne sich noch auf drei G'schlechter 'naus Hals und Bein auf'm Weg daher brechen, ehvor wie amal den Saum= pfad kriegen." Der Sprecher warf mißmuthig den Ranzen ab und setzte sich auf die Ofenbank. „Krieg'n wir bald was z' essen?"

„Glei!" sagte Nicodemus, der selbst den Koch machte, und holte die Suppe herein.

Auch ein Schöppchen Milch brachte er mit und trug es der Kranken hinein. Leander's Blicke folgten ihm neidisch.

Benedict war hungrig und machte sich, ohne auf des Bruders Thun zu achten, über die Suppe her. Nicodem kam bald zurück, und stumm, wie der

Bauer immer die feierliche Handlung des Essens be=
geht, als fürchte er, aus dem Tact zu kommen, wenn
er spräche, löffelten die Drei in abgemessener rhyth=
mischer Bewegung, daß Keiner zu viel oder zu wenig
bekam, die Suppe' aus.

Als gegessen war, zündete sich der müdgewanderte
Benedict die Pfeife an und streckte sich behaglich auf
die Ofenbank.

„Was giebt's denn sonst Neu's in der Welt?
Erzähl' doch was!" bat Leander, der des Bruders
Sprechfaulheit kannte.

Der hatte die Pfeife schief im Munde und
gähnte: „I weiß nix!" Nach einer Weile sagte er
aber doch: „Dem reichen Stromminger von der
Sonneplatten sei' Tochter — weißt, die Geier=Wally
— die ist ihrem Vater durchbrennt und lauft jetzt
freiledig in der Gegend 'rum und bettelt."

„Ah! Wie is denn des gang'n?" fragten die
Brüder erstaunt.

„Des muß a wahrer Ruach von 'n Madel sein!"
fuhr Benedict fort. „Ihr Vater hat sie scho auf's
Hochjoch schicken müss'n, weil sie nit gut 'than hat
— und jetzt kommt sie 'runter und 's Erste is, daß
sie den Gellner halb todt schlagt und ihrem Vater
's Haus anzünd't."

„Jesus Maria!"

„Nachher is sie natürli davon g'laufen und in
die Ortschaften 'rum g'irrt. Gestern war sie in Vent

und hat von Thür zu Thür um 'n Dienst gefragt
— aber wer will denn so Eine im Haus hab'n?
Zu allem Ueberfluß schleppt sie auch noch den großen
Geier mit 'rum, den sie amal g'fangen hat, und den
sollen die Leut' auch mit aufnehme. Natürli be=
dankt sich da Jeder!"

Nicodemus sah Leander an — und Leander
wurde dunkelroth.

„No, J dank!" sagte Nicodem, — jetzt weiß J,
wer da drin liegt! — Der Geier, der nit vom Dach
weggeht — und sie hat heut Nacht immer von 'n
Geier g'fantesirt — des is nit übel, — wir hab'n
die Geier=Wally im Haus!"

Benedict sprang auf: „Was?"

„Schrei doch nit so," sagte Leander, „muß denn
das arme kranke Madel Alles hören?"

Nicodem erzählte nun, wie Leander sie draußen
halbtodt im Schnee gefunden, und wie man nun
nichts anders könne, als sie wenigstens so lang im
Hause behalten, bis sie wieder gehen könne. Aber
Benedict war ein rauher Mann und meinte, die
Krankheit sei wohl nur Verstellung, und die Brüder
wären zu schwach gewesen und hätten sich anführen
lassen. Er wolle schon mit ihr fertig werden. „Für
Mordbrenner haben wir kei Freistatt," rief er, und
seine stechenden Augen blitzten zornig unter den
buschigen Brauen hervor.

„Wenn Du das Madel g'sehen hätt'st, Du hätt'st

fie au aufg'nommen," fagte Leander, „das müßt kei
Menfch fein, der den armen Tropf 'naus jag'n thät
in Wind und Wetter!"

„So? Und auf die Art kriegeten wir z'letzt
alle Räuber und Mörder von der ganzen Gegend
in's Afyl — daß es hieß, die Rofener Höf feien a
Unterfchlupf für alles G'findel! Das wär fo a Freffen
für die auf'm Landg'richt! Wenn Ihr Euch an=
fchmieren laßt von einer abgefeimten Bübin, fo muß
J wenigftens Brauch und Ordnung auf die Rofener
Höf aufrecht halten."

Er näherte fich der Thür. Nicodemus ftellte
fich davor und fprach ruhig, aber feft: „Benedict,
J bin der Aeltefte und bin Herr auf Rofen, fo gut
wie Du, und weiß fo gut wie Du, was wir Rofener
uns fchuldig find! J geb Dir mei Wort, daß J das
Mädel felber kei Stund länger im Haus b'halt, als
Menfchen= und Chriftenpflicht will, aber jetzt is fie
krank und jetzt duld J nit, daß fie mißhandelt wird.
So lang J auf Rofen fitz', foll unter dem Dach
kein'm Menfchen Unrecht g'fcheh'n."

Da unterbrach ihn Leander: „Du!" fagte er
zuverfichtlich mit glänzenden Augen, „laß' 'n nur
'neingehen, wann er fie g'fehen hat — fchickt er fie
nimmer fort!"

„Haft Recht, Du Gelbfchnabel!" lächelte Nicodem
und öffnete leife die Thür.

Benedict trat rafch und geräufchvoll ein. Dies=

mal durfte Leander auch „mitdurchschlupfen" und
Nicodem hatte nichts dagegen, daß er ihm half, den
barschen Benedict zu bewachen und von einer Roh-
heit abzuhalten. Die Mariann saß am Bett und
strickte neue Kniehöseln für die Kranke, weil sie gar
so abgelumpt war, daß sie nichts gehabt hätte, wenn
sie wieder aufstehen durfte. Sie machte ein Zeichen,
stille zu sein, bei Benedict's lautem Eintreten. Aber
kaum hatte dieser die Kranke erblickt, da mäßigte
er von selbst seinen Schritt und trat langsamer auf
das Bett zu. Das Mädchen schlief fest. Sie lag
auf dem Rücken und hatte den schön gerundeten
Arm über dem Kopfe gebogen. Die vollen dunkeln
Haare fielen aufgelöst auf die schneeweiße Brust, die
unter der dichten Bauernjacke von keinem Sonnenstrahl gebräunt worden war und die das weite Leinen-
hemd jetzt ein wenig freigab. Die Schlafende hatte
wie lächelnd den Mund halb geöffnet und zwei
Reihen glänzender Perlmutterzähnchen blitzten zwischen
den gewölbten Lippen hervor — auf der schlummernden Stirn aber lag mehr, als Worte sagen können,
ein stummberedter Ausdruck von Hoheit und Rein-
heit. — Benedict war still geworden — ganz still.
Er schaute das berückende und doch so keusche Bild
lange wie staunend an. Sein gebräuntes Gesicht
begann sich allmälig höher zu färben, gleich dem
Leander's, das wie in Gluth getaucht war. Dann
biß er die Zähne über einander und wandte sich

um: „Die is freili krank!" sagte er in einem Ton,
als wie: „Da ist nichts zu machen" — und ging
auf den Zehen hinaus.

IX.

In der Einöde.

Wieder wehten Frühlingslüfte über die Erde.
In rauschenden Bergwassern floß der schmelzende
Schnee ab, schüchtern, fast mißtrauisch lugten die
ersten Alpenpflanzen nach der Sonne aus, ob's ihr
wohl ernst sei mit ihrem Scheinen und man sich
weiter heraus wagen dürfe? Hier und da lagen noch
einzelne Schneeflecke herum wie beim Abbetten ver-
gessene Leintücher. In dem immergrünen Zirben-
und Fichtenhain lüfteten die Vögel die Flügel, hielten
zwitschernde Berathungen und stimmten die kleinen
Kehlen zum allgemeinen Jubelgesang.

Von den Fernern donnerten die Lawinen in die
Thäler nieder und unter den furchtbaren beweglich
gewordenen Massen knirschte Mauer- und Balkenwerk,
Baum und Strauch zusammen. Es war ein Drängen und Ringen, ein Donnern und Säuseln — ein
Drohen und Locken, ein Bangen und Hoffen in Höhen
und Tiefen, und der ewig wagende vorwitzige Mensch

machte sich auch auf aus der langen Winterruh,
streckte die Fühler aus und begann mit dem Alpstock
die Berge auszutasten, wo in den lockern Schnee
der Fuß zu setzen sei.

Nur Rofen lag noch in die Schatten seiner
engen, himmelhohen Wände gehüllt wie ein Lang=
schläfer unter der weißen Decke. Vor der Thür des
Rofenerhofs stand Leander und fütterte Hansel mit
einer großen Maus, die er für ihn gefangen. Hansel
war Leander's Liebling geworden von der Stunde
an, wo es herauskam, daß er Wally gehörte, und
es ging dem Thier gar gut bei den Rofenern.

Da kam Benedict mit dem Bergstock nach Hause.
Er hatte den Weg auf Murzoll ausgekundschaftet
und mehrmals zwischen Leben und Tod geschwebt.
Sein Blick war unstät, sein ganzes Wesen aufgeregt
und finster.

„Nun?" fragte Leander mit ängstlicher Span=
nung — „wie ist's?"

„Der Weg ist zur Noth gehbar; wenn ich sie
führ', kann sie's riskiren."

„Geh', Benedict, thu' das nit, laß' sie nit da
'nauf — I bitt Dich drum."

„Was die will — das will sie!" sagte Benedict
finster.

„Sag' ihr, der Berg sei nit gehbar, dann läßt
sie's von selber bleiben."

„Zu was die Lügerei! sie ändert ihren Sinn

doch nit, wenn sie noch so lang' hier bleibt, und Du hast so nix zu hoffen, sie hat Dir's oft g'nug g'sagt. So a Gelbschnabel taugt nit für a Madel wie die Wally! Jetzt gieb Dich z'frieden." Er ging in's Haus. Dem Leander traten die Thränen in die Augen vor Zorn und Schmerz.

Wally kam mit der Heugabel aus dem Stall Benedict entgegen.

„Wally," sagte der, „wenn's sein muß, so will I Dich 'naufführen, I hab den Weg ausg'funden, aber g'fährlich is's noch immer."

„I dank' schön, Benedict," sagte Wally, „so woll'n wir morgen gehen." Sie hing die Heugabel auf und ging in die Küche. Benedict stampfte mit dem Fuß und stellte den Alpstock in die Ecke. Eine Weile besann er sich, dann ließ es ihn nicht ruhen — er folgte ihr.

Wally hatte den Rock aufgeschürzt und wollte die Küche scheuern.

„Wally — laß des geh'n, I möcht' mit Dir reden."

„I kann nit, Benedict, schau, I muß die Kuchel putzen. Wann I morgen fortgeh, muß 's ganze Haus sauber sein. I will kei Schlamperei z'ruck= lassen."

„Du hast ja mehr g'arbeit't bei uns als 'gessen und 'trunken. Laß es jetzt gut sein, 's Haus is doch sauber — und wann Du fort bist — is Alles Eins."

Er kaute an einem Stück Holz und spuckte dann die abgebissenen Splitter aus. Wally sah die furchtbare Aufregung, in der er war. Sie hielt mit der Arbeit inne, um ihn anzuhören.

„Wally," sagte er, „überleg' Dir's doch noch amal, ob D' nit Ein'n von uns nehme willst. Schau, Du hätt'st 's doch nit nöthig, daß D' so stolz bist, Du bist so im Verschrei, daß scho a große Lieb' dazu g'hört, bis Einer Dich nimmt."

Wally nickte vollkommen einverstanden mit dem Kopf.

„No, siehst, wir Rofener, wir sind Leut', die überall anklopfen dürfen, wo jed's Madel froh is, wenn's so Ein' kriegt. Du hast die Wahl zwischen zwei von uns Brüder — und schlagst so ein Glück aus! Schau' Wally, das könnt' Dich doch amal reuen!"

„Benedict, Du meinst's gut und J hab' Dich und den Leander so gern, wie ma nur einen Menschen gern haben kann, aber nit zum Heirathen. Und J heirath' halt Kein', den J nit als Mann gern haben könnt, und daß Du's nur weißt, J hab amal Ein' g'sehn, den bring' J nit aus'm Kopf, und solang J den im Kopf hab', kann J kein' Andern nehme."

Benedict wurde bleich.

„Schau', J sag' Dir des, damit D' endlich Ruh kriegst und Dich nit weiter plagst mit Gedanken an mich. Glaub's nur, Benedict, J weiß, was D'

für mich 'than hast, Du und Ihr Alle. Ihr habt
mich vom Tod errettet, habt mich g'schützt, wie mich
der Vater mit G'walt hat holen laffen woll'n, und
's war gar schön, wie Du mich und Dei Hausrecht
vertheidigst hast. I wär' ja a glücklichs Madel,
wenn I Dich lieb hab'n und den Andern vergeffen
könnt' — I bin Dir g'wiß dankbar, und wann's
Dir was helfen könnt', ließ I's Leben für Dich, —
aber sag's selber, was hätt'st an 'ner Frau, die 'n
Andern gern hat? Das wär' wahrhaftig a schlechter
Dank für 'n Mann, wie Du bist!"

„Ja!" sagte Benedict heiser und wischte sich die
Stirn.

„Gelt, jetzt siehst ein, daß I weg muß, daß
es so nit fortgehen kann?"

„Ja!" sagte er wieder und ging aus der Küche.

Wally sah ihm nach, wie er so bewegt dahin=
schritt, der brave, stolze Mann, der ihr Alles geboten,
was — wie er in seiner ungeschlachten Art selbst
gesagt — jedes andere Mädel glücklich gemacht hätte.
Und sie begriff sich selbst nicht, daß sie den Mann,
der so viel für sie gethan, nicht lieber haben konnte
als den Fremden, der nicht einmal an sie dachte.
Aber es war nun doch einmal so! Gegen den Joseph
kam eben doch Keiner auf an Kraft und Herrlichkeit,
und sie sah ihn immer vor sich, wie er das blutige
Fell des Bären von der Schulter warf und erzählte,
wie er mit dem Unthier gerungen, und wie sie ihn

Alle umstanden und bewunderten, ihn den Einzigen, den Schönen, den Gewaltigen. Und wie er ihren Vater bezwungen, den starken Mann, der ihr bis dahin immer so unbezwinglich und schrecklich erschienen war. Und wie er dann so gut, so lieb mit ihm geredet, trotz des Vaters Feindseligkeit. Nein, gegen den Joseph kam Keiner auf. Sie ging wieder an ihre Arbeit. „Wenn's der Joseph wüßt', was I Alles für ihn hingeb'!" dachte sie und schaute zu, wie der Benedict draußen vor dem Fenster mit rothem Kopf in den Leander hineinredete und wie Leander weinte.

Der alte Stromminger hatte anfangs getobt und geflucht gegen sein aufrührerisches Kind, und selbst dem guten Caplan von Heiligkreuz war es nicht gelungen, ihn zu besänftigen. Als es endlich ruchbar ward, daß sich Wally auf Rosen verborgen halte, schickte er Leute, sie zu holen. Aber die „Klötze von Rosen" schob Keiner so leicht auf ihrem eigenen Grund und Boden vom Fleck, und sie vertheidigten ritterlich den altgeheiligten Burgfrieden der Rosener Höfe.

Als aber Wally sah, daß die Brüder eine Leidenschaft für sie faßten, da vertraute sie sich dem ruhigen, besonnenen Nicodemus, und der sah ein, was hier Noth that. Er ging zum Stromminger, und seiner klugen Beredsamkeit gelang es, ihn so weit zu bringen, daß er endlich den Gedanken, Wally

einzusperren, aufgab und sich damit begnügte, sie
für immer zu verbannen. Im Sommer sollte sie
wieder auf Murzoll das Vieh hüten, „weil das doch
das Einzige sei, wozu man sie brauchen könne." Im
Winter möge sie sich einen Dienst suchen, wo sie
wolle, nur dürfe sie nicht in die Heimath zurück.

Als Nicodem mit diesem Bescheid zurückkam,
bestand sie darauf, augenblicklich zu gehen und auf
dem Ferner die Heerde zu erwarten, und nur der
Machtspruch Nicodem's brachte sie dahin, daß sie
wenigstens wartete, bis Benedict zuvor untersucht,
ob der Berg schon gehbar sei.

So kam die Stunde, wo Wally abermals vor
den Frühlingslüften herfliehen mußte auf die Berge
in die Einöde. Es war ein schwerer Abschied, den
sie von den Brüdern und der guten Mariann nahm.
Sie waren ihr lieb geworden, die so viel an ihr
gethan.

Benedict ging mit ihr hinauf, das ließ er sich
nicht nehmen. „Du warst uns so lang anvertraut
— wir wollen Dich wenigstens mit heiler Haut wie=
der abliefern. Was dann mit Dir g'schiecht, des
könne wir leider Gottes nit hindern!"

Es war ein Schreckensweg, den sie mitten durch
die Frühlingsumwälzung zu machen hatten, und
Benedict, weit und breit als der kühnste und sicherste
Führer bekannt, sagte selbst, so schlimm sei noch keine
Bergfahrt gewesen. Sie sprachen wenig, denn sie

waren in einem beständigen athemlosen Ringen um's
Leben und konnten nicht rechts noch links schauen.
Es war eine schwere Arbeit. Endlich, nachdem sie
einen halben Tag mit Schnee und Eis und Geklüft
gekämpft, waren sie oben.

Da stand sie noch, die alte Hütte, etwas zer=
fallener als vorher, und Lasten von Schnee lagen
auf dem Dach und rings um sie her.

„Da willst D' also hausen — da! Lieber als
bei uns unten in a sichern Heimwesen als Rosen=
bäuerin a recht's Leben z' führen und a ang'sehene
Frau z' werden?!"

„I kann nit anders, Benedict!" sagte Wally
leise und blickte schwermüthig auf die verschneite un=
wirthliche Hütte hin. „I glaub', die Berggeister
haben mich in Bann 'than, daß I immer wieder zu
ihnen z'ruck muß und im Thal nimmer heimisch
werden kann!"

„Man könnt's fast glauben! 's is was eigen's
mit Dir. D' bist ganz anders als andere Madeln,
und ma muß Dich auch ganz anders lieb hab'n,
viel, viel lieber, und doch is 's, als g'hörtest nit zu
uns und als trieb Dich a böser Geist um!"

Er warf den Packen mit Lebensmitteln, die er
für Wally mit hatte, hin und begann ihr den Schnee
von der Thür zu schaffen, daß sie in die Hütte konnte.

„Benedict," sagte Wally leise, als könnten sie's
hören, „glaubst D' an die seligen Fräul'n?"

Benedict schaute nachdenklich vor sich nieder und zuckte die Achseln. „Was kann ma da sagen! J hab' noch keine g'sehn — aber 's giebt Leut', die lassen sich drauf todtschlagen!"

„J hab' au nie dran 'glaubt — aber wie J vorig's Jahr da aufi komme bin, da hab' J 'n Traum g'habt, so lebendig, daß ma fast meine könnt', 's wär' gar kei Traum g'west — und seitdem muß J immer bei allem, was mir g'schiecht, an die seligen Fräul'n denken."

„Was war denn des für a Traum?"

„Weißt, der, den J gern hab', is au a Gams= jager und wegen ihm hat mich ja der Vater da aufi g'schickt vorig's Jahr und in der ersten Stund', wo J oben war, traumt's mir, die seligen Fräul'n und der Murzoll thäten mir drohen, wann J von dem Bursch nit ließ, so stürzten's mich in'n Abgrund!" Und sie erzählte Benedict ausführlich den ganzen Traum. Der schüttelte den Kopf und wurde ganz schwermüthig: „Wally, an Deiner Stell' hätt' J Angst!"

Wally warf den Kopf zurück: „Ach was, Du schießt ja au Gemsen, trotz die seligen Fräul'n. Ma' muß sich nur nit schrecken lassen. J bin seitdem scho über viel Abgründ' wegg'sprunge, J hab's wohl g'spürt, daß mich was 'nunterreißen will, aber J hab' mich festg'halten und bin Meister 'blieben."

Sie hob ihre starken braunen Arme heraus=

fordernd empor: „So lang I die zwei Arm' hab',
brauch' I mich vor nix z'fürchten!"

Dem Benedict gefiel das nicht. Er hatte auf
seinen einsamen Wanderungen über den furchtbaren
Similaun und Wildspitzgletscher einen Hang zum
Grübeln angenommen und dachte Manchem tiefer
nach, als andere Menschen: „Gieb Acht, Wally!
Wer zu hoch 'naus will, der stoßt leicht mit 'm Kopf
oben an und das leiden die da droben nit und stoßen
ihn 'runter!"

Sie schwieg.

„'s is z'frua, daß Du da 'rauf gehst —" be=
gann er wieder, „das haltet ja kei Mensch aus!"

„O, wie I abi bin vorigen Herbst, war's noch
ärger," meinte Wally.

Sie traten in die Hütte.

„Wem nit z'rathen is, dem is nit z'helfen.
Aber wenn Dir's Der amal nit lohnt, was Du
Alles für ihn durchmachst, dann verdient er, daß ma
ihm 'n Kragen umdreht!"

„Wenn er's wüßt', er thät's mir g'wiß lohne!"
sagte Wally und blickte erröthend vor sich nieder.

„Er weiß es nit amal?" fragte Benedict er=
staunt.

„Nein, er kennt mich kaum!"

„No, nachher verzeih Dir's Gott, daß Du Dei
Herz so an 'n fremden Menschen hängst — und die,
die Dich lieb haben und Dich g'hegt und 'pflegt

haben, von Dir ſtoßt! Weißt, des kann kei' Lieb'
ſein, des is Eigenſinn!"

Wally ſchwieg. Auch Benedict ſagte nichts mehr.
Er that, wie das Jahr zuvor der alte Klettenmaier
gethan hatte. Er richtete Wally, ſo gut es ging,
die Hütte ein und trug ihr Holz im Vorrath. Dann
reichte er ihr die Hand zum Abſchied: „B'hüat Dich
Gott da droben! Und wann J Dir noch was ſagen
dürft', ſo wär's das: wach' über Dich und bet', daß
D' nit böſe Mächt verfallſt!"

Wally zog es das Herz zuſammen, als ſein Auge
ſo tief traurig auf ihr ruhte. Ihr war wirklich, als
fühlte ſie die böſen Mächte um ſich herwallen, und
faſt unbewußt hielt ſie den Beſchützer, der bisher ſo
treu über ſie gewacht, bei der Hand und geleitete
ihn ein Stück Weges, als fürchte ſie ſich, allein zu
bleiben.

„Kehr' jetzt um! Da wird der Weg ſchlecht; J
dank' Dir für's G'leit!" ſagte Benedict und trennte
ſich von ihr.

„So leb' wohl und komm' guat heim!" rief ihm
Wally nach.

Er ſah ſich nicht mehr um. Sie kehrte nach
der Hütte zurück und war wieder allein mit ihrem
Geier und ihren Berggeiſtern. — Aber die Geiſter
ſchienen verſöhnt. Freundlich lächelte Murzoll im
Frühlingsſonnenglanz dem wiedergekehrten Kind ent=
gegen. Und Wally fand ſich in der gewaltigen Um=

gebung nicht mehr fremd, wie früher. Jede Falte
auf der Stirn Murzoll's war ihr vertraut. Sie
kannte jetzt sein Lächeln und sein Grollen, es schreckte
sie nicht mehr, wenn düstere Wolken seine Stirn um=
lagerten, oder wenn er im Zorn Lawinen in die
Tiefe hinabwälzte, sie fühlte sich geborgen an seiner
rauhen Brust und sein Sturmesathem wehte ihr die
Last vom Herzen, die sie wieder aus der Tiefe mit
herauf gebracht. Denn im Sturm liegt eine heilende
Kraft, er kühlt das Blut, er trägt die Seele auf
seinen rauschenden Schwingen weit fort über alle die
Steine und Dornen, zwischen denen sie sich ängstlich
flatternd verfangen. Wenn ein Kind sich weh ge=
than und weint, so blasen wir ihm die schlimme
Stelle, sprechen das „Heile, heile" dazu und das
Kind lächelt uns wieder an. So blies Vater Mur=
zoll dem wiedergekehrten Kinde den dumpfen Schmerz
weg, der es bedrückte, und sie blickte leuchtenden
Auges und gehobenen Herzens in die weite Welt
hinaus und — hoffte und harrte.

So vergingen wieder Wochen und Monate. Die
Juli=Sonne brannte bereits mit solcher Kraft, daß
der Berg völlig ausgeapert, das heißt der leichtere
Winterschnee abgeschmolzen war bis zu den Grenzen
des ewigen Schnee's, wo Wally hauste. Dann und
wann kam einer der Rofener Brüder herauf und
fragte, ob sie ihren Sinn noch nicht geändert. Doch

kam dies nur selten vor und störte Wally's Einsam=
keit nur auf wenig Viertelstunden.

Eines Tages stachen die Sonnenstrahlen so un=
gewöhnlich scharf herab, daß es Wally war, als
ginge sie zwischen glühenden Nadeln hin. Wenn die
Sonne „sticht", näht sie Wolken zusammen und bald,
etwa um Mittagszeit, hatte sie auch ein dichtes
Wolkenzelt um sie her zusammengezogen, hinter dem
sie selbst verschwand, und eine bleierne Dämmerung
legte sich schwer über die Erde. Eine seltsame Un=
ruhe ergriff die kleine Heerde, dann und wann zuckte
es leuchtend auf in dem grauen Luftchaos, wie wenn
ein Schlafender mit den Wimpern zuckt — und
riesige schwarze Trauerschleier umwallten das Haupt
Murzoll's. Hin und wieder zerrissen sie und gaben
noch einen schwachen Durchblick in die Ferne frei,
aber emsig woben sich an der dünnen Stelle neue
Schleier, bis Alles zu war, als gäbe es zwischen
Erde und Himmel keinen leeren Raum mehr.

Wally wußte wohl, was das zu bedeuten habe,
sie hatte schon manches schwere Wetter hier oben
erlebt. Sie trieb die Heerde zusammen unter einen
Felsvorsprung, den sie selbst im Laufe der Zeit als
Nothpferch hergerichtet hatte. Aber eine junge Geiß
hatte sich verstiegen, Wally mußte gehen, sie zu
suchen. Noch kein Wetter war mit solcher Schnellig=
keit herangekommen. Schon begann es rund um
den Berg dumpf zu murren. Brausend fegte die

Windsbraut heran und warf einzelne schwere Hagel=
körner nieder. Jetzt handelte es sich noch um Mi=
nuten und das Zicklein war nirgend zu sehen. Wally
löschte ihr Herdfeuer und trat hinaus in den Kampf
der Elemente wie eine heldenmüthige Königin unter
die Schaaren ihrer aufrührerischen Unterthanen. Und
königlich sah sie aus, ohne es zu wissen und zu
wollen. Sie hatte ein kleines kupfernes Milchkessel=
chen gegen den Hagel wie ein Helm auf den Kopf
gestülpt und wie ein Mantel hing eine dicke Pferde=
decke von ihren Schultern nieder. So, den Krumm=
stab statt der Lanze in der Hand, warf sie sich dem
Sturm entgegen und kämpfte sich durch bis auf eine
Felszacke, wo sie nach dem verlorenen Thier aus=
schauen konnte. Aber es war unmöglich, in dem
Nebel etwas zu erkennen. Wally stieg weiter und
weiter bis auf den Weg, der vom Hochjoch hinüber
in's Schnalserthal führt. Und da tief unten in der
Schlucht hing das Zicklein am jähen Abhang und
zitterte vor Angst und krümmte sich unter den
Schlägen der schweren Eiskörner. Und das hilflose
Thier dauerte sie — sie mußte sich seiner erbarmen.
Immer dichter prasselte der Hagel auf sie herab und
peitschte ihr Sturm und Regen in's Gesicht, immer
näher schwoll es heran, wie das Wogendonnern einer
nahenden Sündfluth — aber es focht sie nicht an,
das stumme Hülfeflehen des geängstigten Thieres
übertönte das Tosen, und ohne sich zu besinnen,

klomm sie hinab in die neblige Tiefe. Mit unsäg=
licher Mühe erreichte sie auf dem schlüpfrigen Pfad
das Thier soweit, daß sie es mit ihrem Krummstab
fassen und zu sich heranziehen konnte, dann warf sie
es über die Schulter und stieg wieder, mit Händen
und Füßen kletternd, empor. Da — war es, als
schösse ein Feuerstrom vom Zenith in die Schlucht
hernieder, krachend splitterte unter ihr in der Tiefe
eine Fichte und, als brüllten Himmel und Erde zu=
gleich, ein Knattern von oben, ein Brausen, ein
Donnern stürzender Bäche und Blöcke von unten,
daß der einsamen Pilgerin, die da an dem dröhnen=
den Felsen hing, war, als drehe sich die Welt in
wilder Auflösung um sie her. Wie betäubt schwang
sie sich endlich auf den sichern Rand des Saum=
pfades empor, sie mußte einen Augenblick Athem
schöpfen und die Nässe aus den Augen wischen, denn
sie konnte fast nichts mehr sehen und dazu zappelte
das Zicklein auf ihrer Schulter, daß sie's binden
mußte, um es weiter tragen zu können. Schlag auf
Schlag krachte indessen über ihr, unter ihr, und als
sei der Himmel ein leckes Gefäß voll Feuer, so troffen
die Blitze in feurigen Güssen nieder. Da — was
war das — eine Menschenstimme! Ein Hilferuf
klang ganz deutlich durch das Getös. Wally, die
nicht gezittert hatte vor der Wuth des Orkans und
des Donners — jetzt — erbebte sie. Eine Menschen=
stimme — jetzt! — hier oben bei ihr in dem furcht=

baren Aufruhr der Natur, im Chaos! Das erschreckte
sie mehr als das Toben der Elemente. Sie lauschte
mit gespanntem Athem, woher der Ruf komme und
ob sie sich nicht getäuscht. Da rief es wieder und
zwar ganz dicht hinter ihr: „He, Du dort — hilf
mir doch!" Und aus dem Nebel und Regen tauchte
eine Gestalt auf, die eine zweite Gestalt zu schleppen
schien. Wally stand wie erstarrt, was war das für
ein Gesicht? Die brennenden Augen, der schwarze
Schnurrbart, die feingebogene Nase, sie schaute und
schaute und war unfähig, ein Glied zu rühren vor
seligem Schreck — es war ja der St. Georg — der
Bären-Joseph.

Aber auch er war über Wally erschrocken, als
sie sich umwandte, nur aus einem andern Grund,
als sie über ihn. „Jesus Maria, — 's is a Madel!"
sagte er fast scheu — und betrachtete Wally voll
Staunen. Als er sie von rückwärts gesehen, hatte
er wegen ihrer Größe geglaubt, es sei ein Hirt —
jetzt hatte er ein Mädchen vor sich. Und wie sie so
vor ihm stand, den langen Mantel in starren Falten
um sich geworfen, das Haupt kriegerisch gegen den
Hagel behelmt, die dunkeln Haare aufgelöst und
triefend um das Gesicht hängend, den Krummstab
in der Hand und auf der breiten Schulter das Zicklein, die großen Augen flammend auf ihn geheftet,
da ward ihm einen Augenblick unheimlich, als habe
er etwas Uebernatürliches vor sich. In seinem ganzen

Leben hatte er noch kein so gewaltiges Frauenbild gesehen, und er brauchte eine Weile, bis er sich mit ihr zurecht fand.

„Ach," sagte er, endlich begreifend, „Du bist am End' die Geier=Wally vom Stromminger?!"

„Ja, die bin J!" erwiderte das Mädchen athemlos.

„Ah so! ja, da sollt' J eigentlich nix mit Dir z'schaffen hab'n!"

„Warum nit!" frug Wally erbleichend, und ein Blitz zuckte gerade auf sie nieder, daß ihr kupferner Helm roth aufleuchtete.

Joseph mußte innehalten, so schmetternd war der Schlag, der ihm folgte, und mit neuer Wuth prasselte ein Hagelschauer herab. Joseph schaute verlegen auf das Mädchen, sie stand unbeweglich, indeß die Eisstücke Beulen in das leichte Kesselchen auf ihrem Kopf schlugen. Joseph beugte sich über die leblose Gestalt, die er trug.

„Weißt, J bin halt seit der G'schicht in Sölden mit Dei'm Vatern in Verschmach, und b' Leut' sagen, mit Dir sei's au nit zum Auskomme. Aber das arme Madel kann halt nimmer weiter, 's is a Blitz neben ihr eing'schlagen und hat's umg'worfe, und sie is ganz von sich! Geh', führ' uns in Dei Hütt'n, daß die Dirn ausruhen kann, bis 's Unwetter vorbei is — nachher geh'n wir glei' wieder — und 's soll au g'wiß nimmer vorkomme!"

Wally sah ihn auf diese Rede seltsam an — halb trotzig, halb schmerzlich. Ihre Lippen zuckten, als wolle sie heftig etwas erwidern, aber sie bezwang sich und nach einem kurzen stillen Kampfe sagte sie nur: „Komm!" und schritt ihm voran. Nach einer Weile blieb sie stehen und fragte: „Wer is die Dirn'?"

„'s is a Magd aus'm Vintschgau und kommt in's Lamm nach Zwieselstein. Mei Mutter is g'storben, und da hab' J 'nüber müssen in's Vintschgau, wo sie z'Haus war, wegen der Erbschaft, und weil wir g'rad e i n e n Weg g'habt haben — hab' J's Madel mit 'rüber g'nomme!" antwortete Joseph ausweichend.

„Dei' Mutter is g'storben? O Du armer Joseph —" rief Wally theilnehmend.

„Ja — das war a harter Schlag!" sagte Joseph tieftraurig: „das guate Müaterl!"

Wally sah, daß es ihm weh that, davon zu reden, und schwieg. Sie sprachen nichts mehr, bis sie die Hütte erreichten.

„Des is a bös's Loch!" sagte Joseph, als er sich beim Eintreten trotz des Bückens die Stirn anstieß: „Da g'hört scho was dazu, sei' Kind in so'n Hundsstall z'stecken! No Du hast's ihm freili darnach g'macht."

„So — weißt Du des? fuhr jetzt Wally bitter auf, während sie ihr Zicklein losband und in einer Ecke absetzte. Dann schüttelte sie ihr Lager zurecht und half Joseph die Fremde darauflegen. Ihre Hände zitterten dabei.

„No," fuhr Joseph harmlos fort: „Des weiß Jeder, daß D' so wild bist wi Dei' Vater und daß D' Gellner-Vincenz beinah tobtg'schlag'n hätt'st und Dei'm Vatern b' Scheuer an'zünb't im Zorn! J mein halt, wenn's D' jetzt schon so anfangst, kannst's noch weit bringen!"

„Weißt D' warum J den Vincenz g'schlagen hab' und b' Scheuer an'zünbt?" frug Wally mit bebender Stimme: „Weißt, warum J da heroben bin in dem Hundsstall, wie Du's g'heißen hast? Weißt'?" Und sie zerbrach mit den Händen einen starken Ast über dem Knie, daß das Holz krachend splitterte, und Joseph unwillkürlich ihre Kraft bewunderte.

„Nein," sagte er, „woher soll J's wissen?"

„No, wenn's Du's nit weißt, so reb' auch nit!" grollte sie leise und machte Feuer, um für die Kranke Milch zu wärmen.

„So sag' mir's, wenn's D' meinst, J thu' Dir Unrecht!"

Da schlug Wally plötzlich wieder jene gellende bittere Lache auf, die ihr eigen war, wenn ihr heimlich das Herz blutete. „Dir — Dir soll J's sagen?!" rief sie. „Ja — Du wär'st mir g'rad der Rechte, dem J's saget!" Und sie spülte mit fieberhaftem

Eifer ein Kesselchen, goß die Milch hinein und hing es über das prasselnde Feuer.

Joseph fühlte nicht den Schmerz heraus, der in diesem Hohn lag — er fühlte nur den Hohn und wandte sich verdrossen von ihr ab: „Mit Dir is nit z'reden, da hab'n die Leut' scho recht!" Von nun an beschäftigte er sich nur noch mit der Kranken.

Auch Wally schwieg und blickte nur dann und wann, während sie herumhantirte, verstohlen auf Joseph, der übergossen von dem rothen Feuerschein auf einem Schemel unweit des Lagers saß. Wie ein paar Kohlen glühten seine Augen im Widerschein der Flammen, die bald schwächer, bald heller auf= leuchteten und das schöne, strenge Gesicht des Jägers wunderbar wechselnd verklärten, daß es bald düster, bald freundlich erschien.

Da fiel Wally plötzlich ihr Traum der ersten Nacht hier oben ein. „Wenn ihn die seligen Fräu= lein so sehen könnten, sie müßten an ihm vergehen wie Schnee am Feuer!" so etwas mochte sie wohl denken und ihr war, als könnte sie, wie man vom Herzen sagt, auch den Blick nur blutend von ihm losreißen, und es fielen ihr wirklich ein paar heiße Tropfen vom Auge, als sie sich abwandte, zwar keine Blutstropfen, aber sie thaten nicht minder weh.

Die Fremde kam jetzt zur Besinnung und frug erstaunt: „Was is denn?"

„Sei nur ruhig, Afra," sagte Joseph, „weißt,

der Blitz hat Di' fast berschlagen, und da hat uns
die Stromminger Wally in ihr Hütt'n g'führt."

„Jesus Maria! bei der Geier-Wally sind wir?"
sagte das Mädchen erschrocken.

„Sei staad," tröstete sie Joseph, „sobald D'
Dich erholt hast, geh'n wir wieder!"

„Also bis in's Vintschgau 'nüber hast scho von
mir g'hört? Da trink' Eins auf den Schreck," sagte
Wally ruhig mit einem Anflug gutmüthigen Spottes
und reichte ihr die warme Milch mit etwas Brannt=
wein gemischt. Joseph war aufgestanden, um Wally
mit dem Getränk an das Bett zu lassen. Afra ver=
suchte sich aufzusetzen, aber es ging nicht, und Wally
griff rasch zu und richtete sie auf, sie hielt sie im
Arme wie ein Kind und gab ihr mit der andern
Hand zu trinken. Afra that einen durstigen Zug
aus der Holzschale, aber sie war so schwach, daß ihr
Kopf auf Wally's Schulter sank, nachdem sie ge=
trunken. Wally winkte Joseph, ihr die Schale ab=
zunehmen, und blieb so geduldig sitzen, um die Kranke
nicht zu stören.

Joseph betrachtete sie nachdenklich, wie sie so
auf dem Bettrand saß, das Mädchen im Arm: „A
schön's Dirnd'l bist" — sagte er ehrlich — „nur
schad', daß D' so schiech bist!"

Eine leise Röthe überflog Wally's Gesicht bei
diesen Worten.

„Aber Dir schlagt amol Dei Herz!" sagte Afra,

„J spür's an Deiner Achsel." Und sie hob jetzt etwas kräftiger den Kopf und sah ihr in das düstere, luftgebräunte Gesicht und die großen Augen. Wally betrachtete jetzt auch die Fremde aufmerksamer. Sie mochte wohl schon fünf= bis sechsundzwanzig Jahr alt sein, aber sie hatte liebliche Züge, seelenvolle blaue Augen und blondes Haar, wie von Seide ge= sponnen. Wally fand, daß sie schön sei, und ein eigenthümlich banges, widerwilliges Gefühl beschlich sie dabei. Sie sah auf Joseph, stand auf und fing wieder an herumzuhantiren.

„Ist denn des auch g'wiß die Geier=Wally?" fragte jetzt Afra ihren Führer, als könne sie es nicht begreifen, daß die verschrieene Geier=Wally so gut sein sollte.

„Ma sollt's nit meine, aber sie sagt ja selber, sie sei's!" erwiederte Joseph halblaut.

„Und J will Dir's glei beweisen, daß J's bin," rief Wally mit aufwallendem Stolz, öffnete die Thür und rief hinaus: „Hansl — Hansl, wo bist?" Ein greller Schrei antwortete ihr und sogleich kam Hansl vom Dach herabgebraust und zur Thür herein.

„Jesus, was is des?" schrie Afra, sich be= kreuzend, aber Joseph stellte sich vor sie, um sie zu schützen.

„Des ist der Geier, den J als Kind aus'm Nest g'nommen hab' — drüben an der Burgstein= wand. Von dem hab' J ja mein' Namen — die

Geier=Wally!" Und ihr Auge hing so stolz an dem
Vogel, wie das eines Soldaten an der eroberten
Fahne: „Da schaust, so hab' I mir'n zähmt, daß
I 'n frei 'rumfliegen lassen kann und er fliegt mir
doch nit davon!" Sie setzte ihn sich auf die Schulter
und entfaltete seine Schwingen, damit Joseph sähe,
daß sie nicht beschnitten waren.

„Das is a Staatskerl," sagte Joseph, und sein
Jägerauge hing feindlich lüstern an der stattlichen
Beute, die kein Jäger dem andern, geschweige denn
einem Mädel gönnt! Es mußte etwas in diesem
Blick liegen, das den Geier reizte, denn er stieß ein
eigenthümliches Pfeifen aus, bog den Hals vor und
sträubte die Federn gegen Joseph.

Wally fühlte die ungewohnte Bewegung auf
ihrer Schulter und suchte den Geier mit Streicheln
zu beschwichtigen. „No Hansl, was fallt dir denn
ein, bist doch sonst nit so!"

„Aha, Kerl — gelt, merkst 'n Jaga," lachte
Joseph herausfordernd und griff übermüthig nach
dem Vogel, als wolle er ihn von Wally's Schulter
reißen. Da entfaltete das gereizte Thier plötzlich
seine Kraft, breitete die Schwingen aus, rauschte zur
Decke auf und stieß mit seiner ganzen Macht auf
den Feind nieder. Ein Schrei des Entsetzens ent=
rang sich Wally's Lippen, Afra flüchtete sich in eine
Ecke, die enge Hütte war fast ausgefüllt von dem
brausenden Ungethüm, das auf keinen Ruf seiner

Herrin mehr hörte, mit dem furchtbaren Schnabel immer wieder auf Joseph eindrang und ihm die Fänge in die Hüfte zu schlagen versuchte. Es war nichts mehr als ein Knäuel von kämpfenden Fäusten und Fittigen, daß die Federn stoben und die Wände roth wurden, wo Joseph's blutige Hände sie berührten. „Mei Messer, wann I nur mei Messer 'rausbringe könnt'," schrie Joseph.

Wally riß die Thür auf: „'naus, Joseph, in's Freie — in dem engen Loch kannst ihm ja nit auskomme."

Aber der „Bären=Joseph" lief nicht vor einem Geier davon. „Der Deifel soll mich holen, wann I vom Fleck geh'!" stöhnte er. Noch einen Augenblick schwankte der Kampf. Da bekam Joseph, das Gesicht an die Wand gedrückt, mit den eisernen Fäusten den Geier bei den Fängen zu packen und zwang nun das sträubende Thier mit Riesenkraft wie in einer Falle nieder, während es ihm mit dem Schnabel Hände und Arme zerhackte. „Jetzt mei Messer, zieg' mir's Messer 'raus — I hab' ja kei Hand frei," rief er Wally zu.

Aber Wally nützte den Augenblick anders, sprang bei und warf dem Geier ein dickes Tuch über den Kopf. Nun war es ihr auch ein Leichtes, ihm mit einem Strick die Füße zusammen zu binden und so war er unschädlich gemacht. Joseph warf ihn zur Erde. Ohnmächtig zuckend zerarbeitete sich das stolze

Thier in dem Tuche am Boden und Joseph ging
hin und lud seine Flinte.

„Was machst D' da?" frug Wally erstaunt.

„J lad' mei Biren," sagte er und biß die Zähne
zusammen vor Schmerz an seinen zerhackten Händen.
Als er geladen, nahm er den gefesselten Vogel vom
Boden auf und warf ihn vor die Hütte, hinaus in's
Freie, dann stellte er sich unweit davon auf, legte
an und sagte leise, gebieterisch zu Wally: „Jetzt bind'
ihn los."

„Was soll J?" fragte Wally, die nicht recht zu
hören glaubte.

„Fliegen sollst D' 'n lassen!"

„Zu was?"

„Daß J 'n schießen kann — weißt nit, daß a
rechter Jaga kei Wild anders als im Sprung oder
im Flug schießt?"

„Ja, um Gotteswillen!" schrie Wally, „Du
wirst mir doch mein' Hansl nit berschießen woll'n!"

Joseph sah sie nun seinerseits verwundert an:
„Soll J den bissigen Ruach etwa leben lassen?"

„Joseph —" rief Wally und trat entschlossen
vor ihn hin: „Laß' mir mein' Hansl ung'schoren!
J hab' den Vogel seine Alten ab'kämpft mit Lebens=
g'fahr, hab'n vom Nest auf'zogen, kei Mensch mag
mich als das Viech — 's is mei Einzig's, was J
hab' auf der Welt — dem Hansl darfst nix thun!"

„So," sagte Joseph scharf und bitter, „der

Satan hat mir beinah b' Augen ausg'hackt und J
soll'm nix thun?"

„Er hat Dich halt nit kennt! Was kann denn
der Vogel derfür, daß er nit g'scheidter is — Du
wirst Dich doch nit rächen woll'n an so 'n unver-
nünftigen Thier."

Joseph stampfte mit dem Fuß. „Jetzt bind'n
auf, daß er fliegen kann, oder J schieß'n so z'sammen." Er legte die Büchse an.

Da stieg Wally das heiße Blut zu Kopf und
sie vergaß Alles um ihren Schützling. „Des woll'n
wir doch sehn," rief sie in flammendem Zorn, „ob
Du Dich vergreifen wirst an mein' Eigenthum. Thu'
die Bix'n weg! Der Vogel g'hört mir! Hörst's?
Mir g'hört er! Und J laß ihm nix g'schehen, 's
mag kommen, was will. Weg mit der Bix'n —
oder D' sollst mich kenne lerne!" Und sie schlug ihm
mit einem raschen Griff die Flinte aus der Hand,
daß der Schuß sich krachend gegen die Felswand
entlud.

Es lag etwas in ihrer Haltung, was den gewaltigen Burschen, den Bärenjäger, bezwang, daß
er scheinbar ruhig den Stutzen aufnahm und mit
bitterem Hohn sagte: „Meintswegen! J will Dir
Dein' krummschnableten Schatz lassen — 's is vielleicht doch der Einzige, den D' kriegst in Dei'm Leben
—! Du — D' bist halt die Geier=Wally!"

Und ohne sie weiter eines Blickes zu würdigen,

riß er sein Taschentuch in Streifen und versuchte, sich die zerfleischten Hände damit zu verbinden. Wally sprang herbei und wollte ihm helfen, jetzt erst sah sie, wie schlimm die Wunden waren, und ihr war, als blute ihr eigenes Herz bei dem Anblick: „O Jesus, Bua, was hast für Händ'," schrie sie auf, „komm, I will Dir's abwaschen und richten."

Aber Joseph schob sie bei Seite: „Laß —! die Afra kann's machen!"

Er trat in die Hütte. Wally überkam eine tödtliche Angst. Sie fühlte plötzlich, daß sie sich ihn zu Feind gemacht, vielleicht für immer, und ihr war, als müsse sie sterben bei diesem Gedanken. Wie gebrochen ging sie ihm nach und ihre Augen verfolgten mit einer Art von eifersüchtigem Haß die Fremde, während diese Joseph sorgfältig verband.

„Joseph," sagte Wally mit erstickter Stimme, „Du mußt nit meinen, I machet mir nix aus Deine Wunden, weil I Dich den Hansl nit hab' derschießen lass'n. Schau, wär'n s' da dervon heil word'n — so hätt'st wegen meiner 'n Hansel und mich dazu derschießen könne — aber so hätt's ja doch nix g'holfen."

„'s is scho gut, D' brauchst Dich nit z' entschuldige," sagte Joseph abwehrend. „Afra," frug er das Mädchen, „kannst jetzt weiter?"

„Ja," sagte diese.

„So mach' Dich fertig, wir woll'n geh'n!"

Wally entfärbte sich. „Joseph — magst nit
noch a wenig ausruhen — J hab' Dir ja noch kein'
Imbiß 'geb'n! J will Dir noch g'schwind was koch'n
— oder magst 'n Schluck Milli?"

„J dank Dir für Alles — J will jetzt mach'n,
daß J z'Haus kumm vor Nacht. 's regnet ja nimmer
und die Afra kann wieder lauf'n."

Damit half er der Dirn sich fertig machen, hing
die Büchse über die Schulter und nahm den Alp=
stock zur Hand.

Da hob Wally eine der Federn auf, die Hansel
im Kampfe verloren und steckte sie Joseph auf den
Hut: „Die Feder mußt tragen, Joseph; Du darfst sie
tragen, denn Du hast ja den Geier 'zwunge und er
wär' ja Dei Jagdbeut', wenn's D'n mir nit g'schenkt
hätt'st."

Aber Joseph nahm die Feder vom Hut: „D'
magst's gut meine — aber die Feder trag J nit
— J bin nit g'wohnt, mei Beut mit Madeln
z'theilen!"

„So nimm den Geier ganz mit, J schenk' ihn
Dir, aber J bitt' Dich nur, laß'n leben!" stieß Wally
athemlos heraus.

Joseph sah sie verwundert an. „Was fallt Dir
denn ein! J werd' Dir nix nehme, wodran Dir Dei
Herz so hangt. Vielleicht fang' J amal 'n lebendigen
Bären, den bring J Dir noch dazu, daß die G'sell=
schaft vollständig wird! Aber bis dahin siechst mi

nimmer, 's könnt' mir doch amal paffiren, daß I
den Vogel derschießet, wann J'n wo treffet — da
will J's Revier lieber meiden! B'hüat Gott und
Dank für's Obdach!"

Damit schritt er stolz und ruhig aus der Hütte.

Da bückte sich Afra und hob die von Joseph
weggeworfene Feder auf. „Schenk' mir die Feder,"
sagte sie, „I will's in mei Betbüchel legen und so
oft J's sieh, a Vaterunser für Dich beten!"

„Wegen meiner!" sagte Wally dumpf, sie hatte
kaum gehört, was Afra sprach. Es pochte und
hämmerte in ihrer Brust und sauste in ihren Ohren,
als tose noch das Unwetter um sie her. Sie ging
den Dahinschreitenden nach vor die Hütte. Das
Unwetter hatte sich verzogen, die schwarzen Wolken=
schleier hingen zerfetzt herab und durch die Risse
schimmerte die feucht verschwommene Ferne. Nur
dumpf grollte der abziehende Donnergott nach und
verrauschend stürzte das Wasser in den Runsen zur
Tiefe, sonst aber war Alles still und ruhig rings
umher und ein weißes Leichentuch von Schnee und
Eiskörnern hatte sich über den Berg gebreitet.

Wally stand regungslos, die Hände auf die
Brust gepreßt. „Er kann sich's ja nit denken, wie
arm Eins sein muß, wenn's sei Herz an so'n Vogel
hängt!" sagte sie zu sich selbst. Dann kniete sie
nieder und band das halb erstarrte Thier los, das
schwankend auf ihren Arm klomm und sie verständig

anschaute, als wolle es sie um Verzeihung bitten. „Ja, schau mich nur an," schluchzte sie, „o Hansl, Hansl — was hast mir g'than!"

Sie setzte sich auf die Stufen ihrer Hütte, ließ Hansl zur Erde und weinte so recht aus Herzensgrund, bis sie's satt bekam, sich selbst schluchzen zu hören. Sie blickte hinauf, wo eine hohe Schneewand senkrecht hinter ihr emporstieg, hinunter, wo rechts und links in den überschneiten Mulden der Tod sein kaltes Nest bereitet hatte, hinaus in die graue Ferne, wo lange Regenstreifen vom Himmel zur Erde niederhingen, und plötzlich fühlte sie es wieder, ganz und schwer, wie am ersten Tag, daß sie in der Einöde war — und blieb!

X.

Die Höchstbäuerin.

Wieder war ein Jahr vergangen, ein schweres Jahr für Wally, denn als der einsame Sommer in der Wildniß vorüber war und Stromminger die Heerde holen ließ, stieg Wally auf der andern Seite des Ferners hinab in das Schnalserthal, wo sie ganz fremd war, und suchte sich da einen Dienst. Zu den Rofenern wollte sie nicht wieder zurück, da sie

ihr Werben abweisen mußte. Es wurde ihr hier
ebenso schwer mit dem Geier ein Unterkommen zu
finden, wie drüben im Oetzthal, und sie verzichtete
endlich auf jeden Lohn, nur damit Hansel mit auf=
genommen wurde. Natürlich war ihr Loos ein
trauriges, sie wurde um dieser „Narrheit" — wie
sie's nannten — willen herumgestoßen und veräht=
lich behandelt von den Frauen und mußte sich oft
mit Gewalt gegen die gemeine Zudringlichkeit der
Männer wehren, die hier wie überall Gefallen an
der schönen Dirn fanden. Dennoch ertrug sie das
Alles standhaft, denn sie war zu stolz, um unter
einer Last zu ächzen und zu wehklagen, die sie frei=
willig auf sich genommen.

Aber sie wurde hart und immer härter dabei,
gerade das, wovor der gute Caplan sie gewarnt.
Die Geister aller gemordeten Freuden ihres jungen
Lebens gingen in ihr um und schrien nach Rache.
In dem kurzen Mai des Lebens sind drei verlorene
Jahre viel. Andere junge Mädchen weinen und
klagen um einen verlorenen Tanz! Wally trauerte
nicht um all die versäumten Tänze, um all die
tausenderlei Vergnügungen ihres Alters, sie trauerte
nur um die versäumte Liebe, und das Gemüth, das
kein Sonnenstrahl des Glücks beschienen, wurde herb
und hart, wie die Frucht, die nur im Schatten ge=
reift ist.

So stieg sie wieder zur Frühjahrszeit auf den

Ferner. Es war ein rauhes Frühjahr und ein stür=
mischer Sommer, wo Regen, Schnee und Hagel mit
einander abwechselten, daß Wally's Kleider oft Tage=
lang nicht mehr trocken wurden und sie ganze Wochen
hindurch in einem undurchbringlichen Chaos nasser
Wolken athmete, in dem es nimmer Licht werden
wollte, wie vor dem ersten Schöpfungstag.

In Wally's Brust malte sich das große Chaos
im Kleinen, Grau in Grau. Die ganze Welt war
nur noch ein trüber, finsterer Traum, wie dies Nebel=
treiben um sie her — und der Gott kam nicht, der
da sprach „es werde Licht!"

Eines Tages aber, nach endlosen Wochen der
Finsterniß, sprach er dennoch sein mächtiges Schöp=
fungswort und der erste Lichtstrahl schoß wieder
durch die Wolken und zertheilte sie, und allmälig
schied sich aus dem Chaos eine schöne geordnete
Welt aus, mit Bergen und Thälern, Feldern, Wäl=
dern und Seen, und das Alles lag plötzlich fertig
vor Wally da und ihr war, als wäre auch sie erst
neu zum Leben erweckt, wie einst die Stammmutter
der Menschheit, daß sie sich dieser Welt erfreue, die
Gott so schön geschaffen, daß er sie sich nicht allein
gönnte, sondern sich noch Wesen dazu schuf, sie mit=
zugenießen!

Sollte es denn wirklich auf dieser schönen Welt
kein Glück geben? Und warum hatte Gott sie, die
arme Eva, da heraufgesetzt in die Einöde, daß der,

für den sie geboren war, sie nicht finden mochte? „O hinunter, hinunter, 's is genug hier oben!“ schrie es plötzlich in ihr auf und wild brach mit einemmal die Luft zu leben, zu lieben, zu genießen in ihr hervor, daß sie die Arme sehnsüchtig aus= breitete nach der sonnigen, lachenden Welt da unten!

„Wally, Du sollst abi kumme glei — der Vater is g'storben!“ Der Hirtenbub stand vor ihr!

Wally starrte ihn wie träumend an.

War es ein Spuk ihres eigenen Herzens, das eben erst so aufrührerisch nach Glück geschrien? Sie faßte den Buben bei den Schultern, als wolle sie fühlen, ob es etwas Wirkliches, kein Trug sei!

Er wiederholt die Botschaft: „Das Uebel an sei'm Fuaß is immer schlimmer wor'n. Der Brand ist derzukomme und heut Morgen war er todt! Jetzt bist Du Herr auf'm Höchsthof und der Klettenmaier laßt Dich grüßen.“

So war es wahr, wirklich! Der Erlöser, der Friedens= und Freiheitsbringer stand leibhaftig vor ihr! Darum hatte Gott ihr die Welt so schön ge= zeigt, als wollte er ihr vorhersagen: „sieh, das ist jetzt Dein! Komm herab und nimm, was ich Dir bescheert!“

Und sie ging still nach ihrer Hütte und schloß sich ein. Dort kniete sie nieder, dankte und betete — betete seit langer Zeit zum erstenmal wieder in= brünstig aus tiefster Seele, und heiße Thränen um

ben Vater, der nun dahingegangen, ohne daß sie
ihn je kindlich lieben geburft und gekonnt, quollen
aus dem erlösten, versöhnten Herzen hervor!

Dann stieg sie nieder in die Heimath, die ihr
nun endlich wieder Heimath war, wo ihr Fuß wieder
auf eigenen Grund und Boden trat. Der Kletten=
maier stand vor dem Thor und schwenkte jauchzend
die Mütze, als sie ankam. Die Magd, die vor zwei
Jahren so grob gegen Wally gewesen, brachte ihr
heulend und unterwürfig die Schlüssel und unter der
Zimmerthür empfing sie Vincenz.

„Wally," begann er, „D' haft mich zwar schlecht
behandelt, aber —"

Wally unterbrach ihn ruhig, aber streng: „Vin=
cenz, hab''J Dir Unrecht 'than, so mag mich Gott
dafür strafen, wie's ihm g'fallt. J kann's nit be=
reuen und nit gut machen, und J verlang auch nit
von Dir, daß Du's mir verzeihst! Jetzt kennst mei
Meinung und jetzt bitt' J, laß mich allein!"

Und ohne ihn weiter eines Blickes zu würdigen,
ging sie zur Leiche ihres Vaters hinein und schloß
die Thür. Thränenlos stand sie da. Sie hatte
weinen gekonnt um den verklärten Vater, der die
irdische Hülle abgestreift hatte; aber vor der irdischen
Hülle, die mit plumper Faust sie selbst und ihr
Leben verpfuscht, die sie geschlagen und getreten hatte,
vergoß sie keine Thräne, da war sie wie von Stein!

Sie betete ruhig ein Vaterunser, sie kniete nicht

dabei nieder. Wie sie vor dem lebenden Vater ge=
standen, regungslos, in sich zusammengefaßt, so stand
sie auch vor dem todten, nur jetzt ohne Groll, ver=
söhnt durch den Tod.

Dann ging sie in die Küche, um Alles für den
Imbiß zu rüsten, wenn „z'Nacht" die Nachbarn zum
Beten und zur Todtenwacht kommen. Da gab es
alle Hände voll zu thun, und als es Mitternacht
war, füllte sich die Stube so mit Betern, daß Wally
kaum genug zu essen und zu trinken herschaffen konnte;
denn je reicher ein Bauer ist, desto mehr Nachbarn
finden sich zum Wachen ein.

Wally sah das Alles mit stillem Widerwillen
mit an. Da lag ein todter Mann — und sie aßen
und tranken wie die Fliegen dabei. Das dumpfe
Summen und Treiben um sie her war ihr so unge=
wohnt auf die erhabene Stille ihrer Berge und kam
ihr so klein und elend vor, daß sie sich unwillkürlich
wieder hinwegwünschte auf ihre Höhen.

Stumm und kalt schritt sie zwischen den heulen=
den, essenden und trinkenden Leuten hindurch und
man fand, sie sähe ihrem todten Vater recht ähnlich.
Am dritten Tage war das Begräbniß. Von allen
Ortschaften nah und fern kamen die Leute herbei,
theils um den gefürchteten und angesehenen Höchst=
bauern die letzte Ehre zu erweisen, theils um sich
bei der bösen Geier=Wally, die nun doch Herrin der
großen Stromminger'schen Besitzungen geworden,

„wohl dran zu machen". Denn war sie auch bisher
eine „Mordbrennerin" und ein „Thunitgut" gewesen
— jetzt war sie die reichste Bäuerin im Gebirg und
das änderte Alles!

Wally fühlte diesen Umschlag wohl und wußte
auch, woher er kam. Als nach dem Begräbniß die-
selben Leute, die sie vor einem Jahr, da sie hungernd
und frierend um einen Dienst bat, mit Schimpf und
Schande von der Thür gewiesen, jetzt mit krummem
Buckel und grinsend vor ihr standen — da wandte
sie sich mit Ekel ab — und von der Stunde an ver-
achtete sie die Menschen!

Auch der Caplan von Heiligkreuz und die Rofener
waren gekommen. Jetzt war der Augenblick da, wo
sie ihnen wenigstens äußerlich vergelten konnte, was
sie ihr Gutes gethan, da sie arm und verlassen gewesen, und sie zeichnete sie vor allen Andern aus
und hielt sich allein zu ihnen.

Als der Leichenschmaus vorüber war und die
Leute sich endlich zerstreut hatten, da blieb der Caplan
von Heiligkreuz noch ein wenig bei ihr und sprach
manches gute Wort: „Du bist jetzt eine Herrin über
vieles Gesind," sagte er, „aber bedenke, daß, wer
sich nicht selbst zu beherrschen weiß, auch niemand
Andern beherrschen wird! Es ist ein uralt Wort:
„Wer nicht gehorchen kann, der kann nicht befehlen."
Lerne gehorchen, mein Kind, damit Du befehlen
kannst!"

„Aber, Hochwürdiggnaden, wem soll I denn
g'horchen, 's is ja Niemand mehr da, der mir was
z'sagen hätt'?"

„Gott!"

Wally schwieg.

„Da," sagte der Caplan und zog etwas aus
der Tasche seines weiten Rockes, „schau, das hab'
ich schon lang für Dich bestimmt, seit Du damals
bei mir warst; aber auf Deinen Wanderungen hättest
Du's doch nicht mit Dir nehmen können." Er nahm
aus einer Schachtel ein sauber geschnitztes Heiligen-
figürchen mit einem Postamentchen von Holz.

„Schau, das ist Deine Schutzpatronin, die heilige
Walburga. Weißt Du noch, was ich Dir sagte vom
harten und weichen Holz, und vom lieben Gott,
der aus einem knorrigen Stock eine Heilige schnitzen
kann?"

„Ja, ja," sagte Wally.

„Nun siehst Du, damit Du's nicht vergissest,
hab' ich Dir von Sölden so ein Figürchen kommen
lassen, das häng' über Deinem Bette auf und bete
fleißig davor, das wird Dir gut thun."

„I dank' schön, Hochwürden," sagte Wally sichtlich erfreut und nahm das zerbrechliche Dingelchen
behutsam in die harten Hände. „I will g'wiß immer
dran denken, wenn I's anschau, was Sie ihm für
eine sinnreiche Auslegung 'geben hab'n! Also so hat
die heilige Walburga ausg'schaut: — O das muß

ein gar lieb's schön's Mensch g'wesen sein! Ja, wer
so fromm und brav wär, wie Die!"

Und als der Klettenmaier über den Hof auf sie
zukam, hielt sie ihm das Figürchen entgegen und
rief: „Schau, Klettenmaier, was I kriegt hab': die
heilige Walburga, mei Schutzpatronin! Dafür schick'n
wir aber 'm Herrn Caplan das erste schöne Lammpel,
das wir ziehen, zum G'schenk."

Der gute Caplan legte zwar lebhafte Verwah=
rung ein gegen diese Art von Gegengabe, aber Wally
ließ es sich in ihrer Freude nicht nehmen.

Als der Caplan fort war, ging Wally in ihre
Kammer und nagelte die Schnitzerei zu den Heiligen=
bildern über ihrem Bett auf und rings darumher
wie einen Kranz die Kartenblättchen der alten Luckard.
— Dann ging sie, zu sehen, was es in Haus und
Hof etwa zu thun gäbe.

„Hansel," rief sie im Vorbeigehen dem Geier
zu, der auf dem Holzschuppen saß, „jetzt sind wir
da Meister!" Und das Gefühl der Herrschaft durch=
drang sie nach der langen Knechtung, wie berauschen=
der Wein, in durstigen Zügen getrunken, dem Ver=
schmachtenden die Adern schwellt!

Auf dem Hofe hatte sich das durch Vincenz ge=
dungene Gesind versammelt und Vincenz selbst war
mitten darunter. Er war hager und gelblich=blaß
geworden und am Hinterkopf hatte er in dem dichten
schwarzen Haar eine kahle Stelle wie eine Tonsur.

Die funkelnden Augen lagen tief in ihren Höhlen, wie Wolfsaugen, die aus einem Felsspalt heraus auf Beute lauern.

„Was giebt's?" frug Wally und blieb stehen.

Die einst so grobe Oberdirn näherte sich ihr in scheuer Unterwürfigkeit. „Wir hab'n Dich nur frag'n woll'n, ob D' uns jetzt fortschickst, — weil wir so bös gegen Dich war'n, wie der Stromminger noch g'lebt hat? Weißt, wir hab'n halt thun müß'n, wie er's g'wollt hat."

„Ös habt's Euer' Schuldigkeit 'than," sagte Wally ruhig. „I schick Kein' fort, ehvor I nit g'funden hab', daß er unehrlich oder im Dienst schlecht is, und wenn Ös kein' so krummen Buckel vor mir machtet's — thätet 's mir besser g'fallen! Geht's an Euer Arbeit, daß I siech, was Ös schafft's — des is g'scheidter, als die Faxen!"

Die Leute entfernten sich. Vincenz blieb stehen und seine Augen hafteten glühend an Wally. Sie drehte sich nach ihm um und streckte die Hand gegen ihn aus. — „Nur Ein'n verbann' I von mei'm Grund und Boden, Dich. Vincenz!" sagte sie.

„Wally!" schrie Vincenz auf, „des — des für Alles, was I für Dein' Vater 'than hab'?"

„Was Du mei'm Vater als Verwalter g'holfen hast, so lang er lahm war, sollst ersetzt kriegen — I schenk Dir die Matten, die an Dein'n Hof stoßen und Dei Gut rund machen, I denk, damit is Dei

Müh und Zeit bezahlt — und wann's nit is, so
sag's. J will Dir nix schuldig bleiben — verlang,
was D' magst — aber geh' mir aus die Augen!"

„J will nix, J mag nix als Dich, Wally, ohne
Dich is mir Alles Eins. Du hast mich beinah' um=
bracht, Du hast mich g'mißhandelt, so oft D' mich
g'sehen hast — und — der Deifel soll's holen —
J kann nit von Dir lassen! Schau, für Dich thät
J Alles. Für Dich könnt' J 'n Mord begehen —
für Dich verkaufet J meiner Seelen Seeligkeit —
und D' willst mich mit a paar Matten abspeisen!
Meinst, D' wirfst mich so los? Biet' mir Alles, was
D' hast, Dei ganzes Eigenthum und das ganze Oetz=
thal derzu — J spuck Dir drauf, wenn D' mir Dich
nit giebst — schau mich an: 's zehrt mir's Mark
aus — J weiß nit, was des is, aber für 'n einzigen
Kuß von Dir schenk' J Dir all mei Hab und Gut
und will mei Lebtag hungern! Jetzt schick mir den
Rechenmeister und laß mir noch a mal vorrechnen,
mit wieviel Batzen und Graseln D' mich abfinden
willst!" Und mit einem Blick wilden, bittersten
Hohnes ließ er die erstaunte Wally stehen und ver=
ließ den Hof. —

Ihr graute vor ihm. So hatte sie .ihn nie ge=
sehen — sie hatte einen Blick in die Tiefe einer
unberechenbaren Leidenschaft gethan und sie schwankte
zwischen Abscheu und Mitleid.

„Was hab' J denn an mir," dachte Wally,

„daß die Buben alle so närrisch mit mir sind?"
Ach, und nur der Eine kam nicht, der Einzige, den
sie haben wollte — verschmähte sie. Und wie —
wenn er sich gar am Ende verheirathete unter der
Zeit? Der Athem stockte ihr bei dem Gedanken. Sie
dachte wieder an jene Fremde, die er damals mit
über das Hochjoch gebracht. Doch nein — das war
ja eine Magd!

Aber es mußte bald etwas geschehen! Sie war
jetzt reich und angesehen, sie durfte ihm jetzt schon
eher einen Schritt entgegen thun! Dennoch sträubte
sich ihr jungfräulicher Stolz gegen den Gedanken und
„Zuwarten — immer Zuwarten!" war Alles, was
ihr übrig blieb. —

Ruhelos trieb es sie in Haus und Feld um.
Woche um Woche verstrich und sie konnte sich nicht
eingewöhnen. Es zeigte sich bald, daß sie für das
Dorfleben verdorben war. Sie war und blieb das
Kind Murzoll's, die wilde Wally. Sie verhöhnte
unbarmherzig, was ihr kleinlich und albern erschien,
sie band sich an keine Tagesordnung, an keinen
Brauch, kein Herkommen. Sie scheute Niemanden.
Was Furcht sei, das hatte sie verlernt droben auf
dem Ferner; die eiserne Stirn, die sie dort oben den
Schrecken der Elemente geboten, trug sie auch dem
kleinen Leben hier unten entgegen. Gewaltig an
Leib und Seele stand sie da mitten unter den Dörf-
lern, wie eine Gestalt aus einer andern Welt. Ein

Frembling geworden in dem bäuerlichen Treiben, **wie
alles** Frembartige feindselig angestaunt von **den**
Bauern, die es aber doch nicht wagten, der großen
Höchstbäuerin zu nahe zu treten. Aber das Mäd=
chen fühlte die Feindseligkeit wohl heraus und **auch**
die Feigheit, die sie hinterrücks anfeindete und **ihr**
in's Gesicht freundlich that. „Z hab' nach Niemand
nix z' fragen," wurde ihr trotziger Wahlspruch, und
so that sie, wozu das wilde Herz sie trieb. War es
ihr drum, so arbeitete sie tagelang wie ein Knecht,
um das lässige Gesind anzufeuern, kam Einer mit
etwas nicht zu Streich, so riß sie es ihm ungeduldig
aus der Hand und machte es selbst. — Dann träumte
sie tagelang melancholisch hin, oder sie streifte in den
Bergen umher, daß die Leute meinten, es sei nicht
recht geheuer mit ihr. Während dessen thaten die
Knechte und Mägde, was sie wollten, und die Bauern
raunten sich schon schadenfroh zu, sie werde auf
diese Art das ganze Anwesen zu Grunde gehen
lassen.

Und während sie so gegen Brauch und Ordnung
verstieß, war sie auf der andern Seite streng bis zur
Härte in Dingen, mit denen es die Bauern gar nicht
so genau nahmen. Erwischte sie einen Knecht auf
Unehrlichkeit oder falschem Spielen, so zeigte sie ihn
beim Landgericht in Imst an. Mißhandelte Einer
ein Thier, so packte sie ihn, außer sich vor Wuth,
am Kragen und schüttelte ihn. Kam Einer Abends

betrunken nach Haus, so ließ sie ihn zu Schimpf
und Schande vor die Thür sperren und die Nacht
draußen zubringen, es mochte regnen oder schneien.
Erwischte sie eine Dirn auf Liederlichkeit, so jagte
sie sie noch in derselben Stunde aus dem Haus.
Denn ihr Sinn war rein und keusch geblieben, wie
der Gletscher, auf dem sie so lange einsam gehaust.
All das Geliebel und Geflüster und Einandernach=
schleichen und „Fensterln“ um sie her erfüllte sie mit
Abscheu.

Das Alles brachte sie in den Ruf schonungs=
loser Härte und machte sie so gefürchtet, wie es einst
ihr Vater war.

Trotzdem war's, als habe gerade sie's den
Buben angethan. Nicht nur ihren Reichthum, nein
sie, sie selbst in ihrer ganzen Seltsamkeit begehrten
die Bursche. Wenn sie so vor ihnen stand, so groß,
als stünde sie auf einer Erhöhung, so schlank und
doch so fest und stolz gebaut, daß die hochgewölbte
Brust fast das knappe Mieder zersprengte, wenn sie
den nervigen Arm, so nervig wie der Arm eines
Jünglings, drohend gegen sie aufhob und ein Blitz
des Spottes herausfordernd aus den mächtigen
schwarzen Augen flammte, dann ergriff die Burschen
eine Liebes= und Kampfeswuth, daß sie auf Leben
und Tod mit ihr rangen, um einen einzigen Kuß
zu erlangen. Dann aber, weh' ihnen! Denn sie
waren nicht stark genug, dies Weib zu zwingen, mit

Spott und Schande zogen sie ab und der mußte erst kommen, der es mit ihr aufnehmen konnte — ob er je kam? Genug, sie wartete auf ihn!

„Wer mir nachsagen kann, daß J ihm a Buß'l 'geben hab, den heirath J, — wer aber nit amol so stark is, daß er mir das Buß'l mit G'walt abnimmt, für den is die Höchstbäuerin nit g'wachsen" — sagte sie eines Tages im Uebermuth und bald war das Wort in der ganzen Gegend herum und die Burschen von Nah und Fern zogen herbei, ihr Glück zu ver=suchen und sie beim Wort zu nehmen. Es wurde förmlich zur Ehrensache, um die wilde Wally zu werben, wie jedes Wagestück eine Ehrensache für den wehrhaften Mann ist.

Bald war kein heirathsfähiger Sohn im ganzen Oetz= und Gurgler= und Schnalserthal, der nicht ver=sucht hätte, Wally zu erobern und ihr den Kuß ab=zuringen, den noch Keiner gewonnen. Und sie freute sich des wilden Spiels und ihrer gewaltigen Kraft, sie wußte, daß von ihr gesprochen wurde weit und breit und daß der Joseph immer von ihr hören würde, und sie meinte, nun müsse er es doch endlich der Mühe werth finden, zu kommen und den Preis davon zu tragen, und wär's auch nur, um seine Macht zu erproben. Wenn er nur da war, dachte sie — warum sollte er sie nicht lieb gewinnen, wie alle Andern, wenn sie noch dazu recht gut und „g'schmach" mit ihm war? Aber er kam nicht. Statt seiner kam eines Tages der Sölbener Bot herüber in den „Hirsch", der dicht an den Stromminger'schen Gemüsgarten stieß. Wally, die eben darin jätete, hörte Joseph's Namen nennen und horchte hinter dem Zaun auf des Boten Erzählung.

Der Joseph Hagenbacher kehre, seit seine Mutter gestorben sei, öfters im Lamm in Zwieselstein ein, berichtete der Bote, und man munkle etwas von einer Liebschaft mit der hübschen Afra, der Schenkdirn im Lamm. Gestern sei er denn auch wieder dort gewesen und habe mit der Afra allein am Wirthstisch gesessen, während die Wirthin in der Küche war. Da sei plötzlich der Stier ausgebrochen und wie eine Windsbraut durch's Dorf gerannt. Es habe sich ihm eine Horniß in's Ohr gesetzt gehabt. Alles flüchtet in die Häuser und schließt die Thüren, auch der Lammwirth will eben zumachen, da sieht er, daß sein Jüngstes, ein fünfjähriges Dirnl, auf der Gasse liegt. Es kam nicht auf, denn die Kinder haben Post gespielt und das Kleine war an einen schweren Schubkarren angespannt, als der Schreckensschrei vor dem Stier her ertönt; die andern Kinder laufen fort, aber das Lieserl kann nicht mit dem schweren Karren so schnell vom Fleck, es fällt und verwickelt sich in die Stricke — so liegt's mitten auf dem Weg und das Unthier schnaubt mit gesenkten Hörnern heran. Da ist keine Zeit mehr, das Kind loszumachen oder mitsammt dem Karren wegzuschleppen, der Stier ist

da, — der Lammwirth und die Afra schreien, daß
man's durch's ganze Dorf hört — aber da — da
ist auch schon der Joseph und stößt der Bestie eine
Heugabel in die Seite. Der Stier brüllt auf und
wirft sich auf den Joseph — jetzt schreit Alles zu
den Fenstern heraus um Hilfe — aber Keiner hilft
ihm. Joseph packt den Stier bei den Hörnern und
drängt ihn mit Riesenkraft ein, zwei Schritte zurück.
Der Stier ringt mit ihm. Indessen hat der Lamm=
wirth Zeit gehabt, das Kind zu holen, aber nun
handelt sich's um den Joseph, den Alle im Stich
lassen. Die Afra ringt die Hände und schreit um
Hilfe, der Stier drückt den Joseph mit den Hörnern
zu Boden und will ihn zermalmen, aber der stößt
ihm von unten das Messer in den Hals, daß das
Blut über ihn wegspritzt. Jetzt bäumt sich das
Thier und hebt ihn mit auf, denn Joseph hält mit
den Händen die Hörner fest, der Stier rast eine
Strecke mit ihm fort, ihn halb in der Luft, halb auf
der Erde mitschleifend. Joseph läßt nicht los, er
will ihn wieder zum Stehen bringen. Der Stier
blutet aus fünf Wunden, er wird allmälig schwächer,
Joseph faßt ein Paar Mal Fuß, aber immer ge=
winnt der Stier wieder die Uebermacht und reißt
ihn in verzweifelten Sätzen mit sich fort. Jetzt haben
sich auch die Bauern ermannt, Joseph zu helfen, und
kommen nach, der Lammwirth voran, mit Heugabeln
und Beilen. Aber wie der Stier den Lärm hinter

sich hört, senkt er die Hörner wieder und wirft sich
mit Joseph gegen ein geschlossenes Scheunenthor, daß
man meint, Joseph müsse zerquetscht sein; das Thor
weicht und springt auf unter dem Stoß, der Stier
stürzt in die Scheune und wühlt sich in der Todes=
angst zwischen Leitern, Wagen und Pflügen ein, daß
Alles übereinanderfällt. Aber Joseph hat sich am
Gebälk darüber weg in die Höhe geschwungen und
schlägt die Thür zu, damit das wüthende Thier nicht
noch einmal hinaus kommt, man hört ihn von Innen
die Thür verrammeln. Er ist mit dem Unthier ein=
geschlossen in dem engen Raum, und die draußen
stehen da und können nichts machen. Das ist ein
Stampfen und Stürzen, ein Stöhnen und Brüllen
da drin, daß es den Leuten graust beim Anhören.
Endlich wird's still. Nach einer bangen Weile wird
die Thür aufgemacht und der Joseph kommt taumelnd
heraus, ganz in Blut und Schweiß gebadet. Sie
meinen, der Stier sei todt, aber der Joseph meint,
es sei doch schad um das schöne Thier, die Wunden
könnten wieder heilen, sie gingen nicht in's Leben.

In der Scheuer sieht es wüst aus, Alles durch=
einander, zertreten und zertrümmert, aber der Stier
liegt an allen Vieren geschnürt und gefesselt am
Boden. Er liegt regungslos auf der Seite und
schnauft und lechzt, wie ein Kalb auf dem Metzger=
wagen. Der Joseph hatte das Thier lebend ge=

bändigt und noch dazu ganz allein! Das machte ihm
Keiner nach.

Als sie mit Joseph in's Lamm zurückkamen, da
fiel ihm die Afra vor allen Leuten heulend und
schreiend um den Hals und die Lammwirthin brachte
ihm das Lieserl auf dem Arm und sie wollten ihn
tractiren mit dem Besten, was das Haus vermag
— aber dem Joseph war's nicht mehr um's Lustig-
machen. Er trank einen Schoppen für den ärgsten
Durst und ging heim. Das ganze Dorf war voll
von dem Joseph und es war eine große Sauferei
ihm zu Ehren bis in die Nacht hinein.

So erzählte der Söldener Bot und es war
wieder ein Lebens und Aufhebens von dem Joseph
Hagenbacher und die Leute wunderten sich, daß er
nie auf hier komme. Die Höchstbäuerin habe doch
so viele Freier, nur der Joseph schiene Nichts von
ihr wissen zu wollen. —

Wally verließ den Zaun, die Worte trieben ihr
die Schamröthe in die Stirn: also sogar die Leute
sprachen schon davon, daß der Joseph sie verschmähe?!
Und der Afra ging er nach? Das war dieselbe, die
er voriges Jahr mit über den Ferner gebracht, für
die er damals schon so besorgt war!

Sie setzte sich auf einen Stein nieder und ver-
hüllte das Gesicht mit beiden Händen. Ein Sturm
tobte in ihrem Innern. Liebe, Bewunderung, Eifersucht! Ihr Herz war wie zerrissen. Sie liebte ihn

— liebte ihn wie noch nie, als habe der rasche Athem=
zug, mit dem sie die Erzählung seiner That begleitet,
den glimmenden Brand zur hellen Lohe angefacht. Das,
das hatte er wieder vollbracht — aber sie hatte kein
Theil daran — für den Brodherrn der Afra hatte
er's vollbracht — der Afra zu Liebe! War es denn
möglich? Mußte sie einer Magd weichen, sie die
Höchstbäuerin? War sie nicht die reichste und, wie
ihr alle Buben sagten, die schönste Dirn im Land?
War Einer weit und breit, der's mit ihr an Kraft
und Rüstigkeit aufnehmen konnte, war sie nicht die
Einzige Seinesgleichen — und sie sollten nicht zu=
sammenkommen? Es gab nur den Einen Joseph auf
der Welt und er sollte nicht ihr gehören? An die
Afra, an so eine armselige hergelaufene Dirn sollte
er sich wegwerfen? Nein, das konnte nicht sein, das
war unmöglich! Warum sollt' er auch nicht manch=
mal im Lamm einkehren, ohne daß es um der Afra
willen sein mußte? Er streifte ja so viel auf der
Jagd herum und das Lamm liegt gerade am Zwiesel=
stein, wo alle Wege sich kreuzen! „O Joseph, Joseph
— komm!" stöhnte sie laut und warf sich mit dem
Gesicht zur Erde, als wolle sie die Gluth in den
thauigen Krautblättern kühlen. Dann fiel ihr wieder
ein, daß der Bot gesagt, die Afra sei Joseph um
den Hals gefallen nach seiner Rückkehr. Es schüttelte
sie bei dem Gedanken. Und da kam es ihr plötzlich
in den Sinn, wie das wäre, wenn sie sein Weib

wäre und ihn, wenn er müde, zerschunden und blutend
von solch einer That nach Haus käme, in ihren Armen
empfangen und erquicken dürfte mit jeder Labung.
Wie sie ihm die heiße Stirn waschen und die Wunden verbinden und ihn an ihrem Herzen ausruhen
lassen wollte, bis er einschliefe unter ihren Liebkosungen!
Noch nie hatte sie so etwas gedacht, aber wie ihr
das Alles jetzt so einfiel, da erbebte sie unter einem
nie gekannten Gefühl, wie die aufgebrochene Blume
erzittert, wenn sie die Knospenhülle sprengt.

In diesem Augenblicke war sie zum Weibe gereift, aber wild und ungestüm, wie Alles in ihr war,
so regte das, was sie zum Weibe machte, alle verborgen schlummernden feindlichen Kräfte in ihr zum
Kampf gegen sich auf und es erhob sich ein furchtbarer Aufruhr in ihrem Innern.

Der Abendwind strich kalt über sie hin, sie fühlte
es nicht, es wurde Nacht und die ewig ruhigen
Sterne schauten mit verwunderten Blicken auf die
zuckende Gestalt herab, die da im Nachtthau auf dem
Boden lag und sich das Haar zerwühlte. —

„Die Bäuerin is heut Nacht wieder amol nit
z'Haus g'west," raunte am andern Morgen die Oberdirn dem übrigen Gesinde zu. „Was die nur treibt
in der Nacht?" Und sie steckten Alle die Köpfe zusammen und flüsterten untereinander.

Aber wie Spreu im Wind stoben sie auseinander, denn Wally kam vom Gemüsegarten her auf den Hof zu. Sie war blaß und sah so stolz und herrisch drein, wie noch nie. Und so blieb es auch. Von dem Tag an war sie wie verwandelt, ungerecht, launenhaft, reizbar, daß Keiner sich mehr mit ihr zu reden traute als der Klettenmaier, der noch immer mehr bei ihr galt, als die Andern. Und dabei schlug ihr die Hoffahrt überall zum Dach hinaus, denn ihr drittes Wort war: „die Höchstbäuerin!" Für die „Höchstbäuerin" war nichts gut genug — „die Höchst=bäuerin" brauchte sich Das und Jenes nicht gefallen zu lassen, „die Höchstbäuerin" durfte sich erlauben, was kein Anderer durfte — und dergleichen Aerger= niß mehr! Es war, als räche sie sich dafür, daß der Joseph ihr solch eine hergelaufene Dirn vorzog, in= dem sie sich so recht als die große vornehme Bäuerin zeigte. Wenn er sie so sah in ihrer ganzen Pracht und Herrlichkeit — mußte ihm dann nicht die Afra recht armselig und gering dagegen vorkommen? Alle Tage zog sie sich an, als wär's Sonntag, und ließ sich neue Kleider machen, ja sogar ein ganzes silbernes „G'schnür" ließ sie sich von Imst kommen mit allerlei Gehäng in Filigranarbeit, so schwer und kostbar, wie noch keins im Oetzthal gesehen worden. Und zu der Frohnleichnamsprocession in Sölden legte sie die Trauer um den Vater ab und strotzte so von Silber und Sammt und Seide, daß die Leute gar nicht beten konnten, sondern sie immer anschauen mußten. Es war das erste Mal, daß sie eine Procession mit=

machte, denn was sie eigentlich für eine Christin sei, wußte überhaupt kein Mensch, und es war klar, daß sie nur mitging, um ihre neuen Kleider und ihr G'schnür zu zeigen, weil da die meisten Leute von den Ortschaften hinauf und hinunter zusammen kamen.

Das rauschte und klingelte, wenn sie niederknieete, vor lauter Steifigkeit und Falten und silbernem Gebimmel und prahlte: „seht, das kann nur die Höchstbäuerin!"

Da, als das letzte Evangelium gelesen wurde, kam eine kleine Unordnung in den Zug und es traf sich, daß Leute, die hinter ihr gewesen, nun vor ihr gingen. Es war die Lammwirthin von Zwieselstein und neben ihr die hübsche, schlanke Afra. Sie sah sich nach Wally um und nickte ihr zu. Dann blickte sie nach Joseph, der weiter hinten bei den Mannsen ging, so schien es wenigstens Wally. Die Afra sah so lieblich aus in dem Augenblick, daß Wally vor Eifersucht ganz vergaß, ihren Gruß zu erwidern. Jetzt hörte sie, wie die Afra zu ihrer Nachbarin sagte: „Seht, Lammwirthin, die da hinter uns, das ist die Geier-Wally, die den Joseph von ihrem Geier so zerhacken lassen hat. Jetzt nimmt die mir nit amol b' Zeit ab — und I hab' doch so viel Vaterunser für sie bet't!"

„Die Müh' hätt'st Dir sparen könne," fiel jetzt Wally in das Gespräch ein, „für mich braucht Niemand z'beten — des kann I scho selber!"

„Aber mir scheint — Du thust's nit!" gab Afra
zurück.

„J hab's au nit so nöthig, wie andre Leut'!
J hab' mei Sach' und brauch'n lieben Gott nit um
so viel z'bitten wie a arme Magd, die um jeden
Schuhbändel, den sie braucht, a Vaterunser beten
muß."

Jetzt stieg auch der Afra die Zornesröthe in's
Gesicht. „O, a Schuhbändel, um den ma bet't hat,
kann Ei'm mehr Glück bringe — als a silbern's
G'schnür, das ma gottlos tragt!"

„Ja, ja," mischte sich die Lammwirthin in's
Gespräch, — „da hat die Afra ganz Recht!"

„Sticht Euch mei silbern's G'schnür in b' Augen,
so geht's hinter mir, nachher braucht Ihr's nit zu
sehen — 's schickt sich eh' nit, daß die Höchstbäuerin
hinter einer Magd herlauft."

„'s könnt' Dir gar nix schaden, wenn Du in
der Afra ihre Fußtapfen treten thätst, daß Du's nur
weißt!" warf die Lammwirthin zurück.

„Schämt Euch, Lammwirthin, daß Ihr Euch so
g'mein macht mit Eurer Magd!" rief Wally mit
blitzenden Augen, „wer nit auf sich halt't — auf den
halten Andere au nix!"

„O, o — a Magd ist doch au noch a Mensch!"
sagte Afra, am ganzen Leibe zitternd. „Der seidene
Rock wird's wohl vor'm lieben Gott nit ausmachen,

12*

der ſieht doch, was b'runter iſt — a guat's ober a ſchlecht's Herz!"

„Ja freili!" rief Wally mit ausbrechendem Haß; „ſo a guat's Herz, wie Dü, kann nit Jeder hab'n — b'ſonders für die Buaben. Pfui Teufel!"

„Wally!" ſchrie Afra auf, und Thränen ſtürzten ihr aus den Augen. Aber ſie mußte ſchweigen, denn in dem Augenblick war die Kirche wieder erreicht, der letzte Segen wurde ertheilt und der Zug löſte ſich auf. Da ſchoß Wally an der Afra vorbei wie eine Königin, daß ſie ſich an der Lammwirthin halten mußte, ſie hätte ſie faſt umgerannt, und Alle ſahen ihr nach. Die Mannſen meinten, ein ſchöneres Menſch geb's in Tirol nicht, aber die Weibſen vergingen vor Neid.

„Die ſchaut jetzt anders aus, als droben auf'm Hochjoch, wo ſie in 'ner Hundshütten g'hauſt hat, nit 'kammbelt und nit zöpft wie a Wilde!" ſagte der Joſeph, der nicht weit davon ſtand, und ſah ihr mit großen Augen nach. Dann winkte er der Afra Adjes zu und trat aus dem Zug aus; er mußte noch vor Mittag mit einem Fremden fort und ging heim, ſich zu rüſten.

Die Afra aber eilte Wally nach. Ihre hübſchen blauen Augen ſprühten unter Thränen, wie wenn man Waſſer in's Feuer ſchüttet, ſie war ganz außer ſich und die Lammwirthin mit ihr. Sie erreichten Wally am Wirthshaus. Auch Wally war in der

furchtbarſten Aufregung. Sie hatte den liebevollen,
vertraulichen Gruß geſehen, den Joſeph der Afra
zugenickt, und ihr — ihr hatte er, wie ſie glaubte,
keinen Blick gegönnt — und jetzt war er fort und
alle ihre Hoffnungen, die ſie auf den heutigen Tag
geſetzt, betrogen. Dieſe Afra! auf ſie hatte ſich ihr
ganzer Zorn geworfen, ſie hätte ſie zertreten mögen!
Und nun ſtand die Afra vor ihr und hemmte ihren
Schritt und redete ſie zornig herausfordernd an —
ſie — die niedere Dirn!

„Höchſtbäuerin,“ ſtieß Afra athemlos heraus,
„Du haſt da was g'ſagt, des kann J nit auf mir
ſitzen laſſen, denn des geht mir an die Ehr' — was
ſoll des heißen von den guaten Herzen für die
Buaben? Des will J wiſſen, was da dahinter ſteckt!“

„Willſt mit der Höchſtbäuerin anbinden?“ rief
Wally laut und ihr funkelnder Blick traf das Mäd=
chen ſo recht von oben herunter. „Meinſt, J laß
mich mit ſo Einer auf Streit ein, wie Du biſt?“

„Mit ſo Einer?“ ſchrie das Mädchen, „was
für Eine bin J denn? J bin a arm's Madel und
hab' Niemand g'habt, der für mich g'ſorgt hat —
aber J hab' doch Niemand nix z' Leid 'than und
Niemand kei Haus anzünd't — J brauch mir von
D ir nix g'fallen z'laſſen, weißt!“

Wally bäumte ſich auf, wie von einer Schlange
geſtochen. „A Dirn biſt — a ſchamloſe Dirn, die
ſich die Buaben vor alle Leut' an'n Hals wirft!“

schrie sie, sich und Alles vergessend, daß die Leute
sich um sie versammelten.

„Was — wem — hätt' I mich an'n Hals
g'worfen?" stammelte das Mädchen erbleichend.

„Soll I Dir's sagen? Soll I?"

„Ja, sag's nur, I hab' mei guat's G'wissen
und die Lammwirthin kann bezeugen, daß's nit
wahr is!"

„So! Is's nit wahr, daß Du Dich dem Joseph
vor zwei Jahr, wo D' ihn kaum 'kennt hast, an
Hals g'hängt hast, daß er Dich hat über's Hochjoch
mitschleppen und Dich 'n halben Weg hat tragen
g'müßt, weil D' Dich g'stellt hast, als könnt'st nit
weiter? Is's nit wahr, daß D' seitdem den Joseph
nimmer loslaßt, daß er scho gar in's G'schrei mit
Dir kommen is? Is's nit wahr, daß Du den Jo=
seph andere Dirne willst wegnehme, die a besser's
Recht auf ihn hätten und bessere Frauen für ihn
wären, als so a herg'laufene Magd? Is's nit wahr,
daß D' neulich bei der G'schicht mit dem Stier dem
Joseph vor'm ganzen Dorf um'n Hals g'fallen bist,
als wärst sei' verlobte Braut? Is's etwa nit wahr?"

Afra schlug die Hände vor's Gesicht und weinte
laut auf: „O Joseph, Joseph, daß I mir des
g'fallen lassen muß!"

„Sei ruhig, Afra," tröstete sie die gutmüthige
Lammwirthin; „sie hat sich selber verrathen, des is
nur die Wuth, daß der Joseph ihr nit nachlauft

unb fich nit b'Finger bei ihr verbrenne will, wie
alle andern Mannsleut. O wäre nur der Joseph
da — der thät's ihr anders fagen!"

„Ja, des glaub' J fcho, daß der fein' liebe
Schatz nit im Stich ließ" — und Wally lachte auf,
fo fchneidend, fo furchtbar grell, daß es von den
Bergen wiederhallte wie Wehegefchrei: „So a Schatz,
der fich Eim' glei an 'n Hals wirft, is freili be=
quemer, als einer, den ma fich erft erobern muß
und bei dem's Eim' paffiren könnt, daß ma mit
Schand' und Spott abziehen müßt! Mit fo Einer
bind't fogar der ftolze Bärenjofeph lieber an, als
mit der Geier=Wally!"

Jetzt trat der Lammwirth heran: „Hör Du!"
fagte er, „jetzt hab' J's g'nug! Das Madel da is
a brav's Madel, — mei Frau und J wir ftehen für
fie ein — und wir laffen ihr nix g'fchehn. Du
nimmft z'ruck, was D' da g'fagt haft, J befehl'
Dir's, verftehft mich?"

Wieder lachte Wally auf. „Lammwirth — haft
Du fcho in Dei'm Leben g'hört, daß der Geier fich
vom Lamm commandiren laßt?"

Alles lachte über das Wortfpiel, denn der Lamm=
wirth war fprüchwörtlich ein „Lamperl", weil er ein
fchwacher gutmüthiger Mann war, der fich Alles ge=
fallen ließ.

„Ja, Du verdienft Dein' Namen, Du Geier=
Wally — Du!"

„Platz da," rief jetzt Wally — „I hab's g'nug, mit Euch das leere Stroh z'dreschen. Laßt mich 'nein!" Und sie wollte Afra unter der Thür zur Seite schieben.

Aber die Lammwirthin hielt Afra am Arm.

„Nein, Du brauchst der da kein' Platz z'machen, geh' Du nur voran, Du bist nit schlechter wie Die!" und sie wollte sich mit Afra vor Wally zur Thür hineindrängen.

Da faßte Wally das Mädchen beim Mieder, hob es auf und warf es vor die Thür den Nächst= stehenden in die Arme: „Z'erst kommen die Bäuerinnen, nacher die Mägd'!" Dann trat sie Allen voran in's Zimmer und setzte sich zu oberst an den Tisch.

Alles wieherte und klatschte in die Hände vor Vergnügen über den prächtigen Spaß. Die Afra weinte und schämte sich so, daß sie nicht mehr hin= einwollte und Lammwirths gingen mit ihr nach Hause.

„Wart nur, Afra — I schick ihr den Joseph, der soll ihr derfür thun!" tröstete sie die Lamm= wirthin auf dem Heimweg; aber Afra schüttelte den Kopf und meinte, das könne ihr Alles nichts helfen, beschimpft sei und bleibe sie doch.

„Ja, warum hast aber auch mit der bösen Stromingerin anbunden, der geht ja Jeder aus'm Weg, wann er kann," schalt gutmüthig der Lamm= wirth.

Indessen saß Wally drinnen und schaute durch das Fenster zu, wie die Afra mit Lammwirths fortging. Das Herz schlug ihr so, daß das silberne Behäng an ihrem Busen leise klirrte.

Wally wurde aufgefordert zu essen, die Nudelsuppe werde kalt; aber sie fand die Suppe schlecht und die Hammelsrippen so zäh wie Leder, warf einen Gulden auf den Tisch, ließ sich nicht herausgeben und rauschte an den erstaunten Bauern vorüber zur Thür hinaus.

Wie vor fünf Jahren nach der Firmelung riß sie sich, als sie heimkam, in ihrer Kammer die schönen Kleider vom Leibe und warf sie in die Truhe. Das silberne G'schnür mit der Filigranarbeit zertrat sie zu einem Klumpen. Was hatte ihr der Staat geholfen?! Dem hatte sie ja doch nicht darin gefallen, dem sie gefallen wollte! Dann warf sie sich wie damals auf ihr Bett und haderte mit allen Heiligen. Ein schneidendes Weh wühlte wie mit Messern in ihrem Innern. Da fiel ihr Auge auf die geschnitzte Walburga über ihr und da dachte sie, daß der Schmerz, den sie empfand, wohl das Messer des lieben Gottes sein könne, der nun an ihr herumschnitze, um die Heilige aus ihr zu machen, von der der Caplan gesagt. Aber warum sollte sie denn eine Heilige werden? — Sie wäre lieber eine glückliche Frau gewesen! Und das wäre so leicht gegangen und dazu hätte der liebe Gott auch gar nichts an ihr zu schnitzeln gebraucht — dazu wäre sie schon recht gewesen, wie sie war!

So grollte sie und bäumte sich auf gegen das Messer Gottes.

XI.

Endlich.

Seit jenem Tage war es gar nicht mehr mit Wally auszuhalten. Ganze Nächte trieb sie sich im Freien herum. Bei Tage war sie dann von einer Heftigkeit ohne Maß und Grenzen, arbeitete ruhelos von früh bis spät und verlangte, daß alle Andern es ihr nachthaten, was für die Meisten eine Unmöglichkeit war. Der Gellner=Vincenz durfte jetzt öfter einmal vorsprechen, er wußte immer, was es Neues gab im Thal — und Wally war auf einmal so auf Neuigkeiten erpicht. Wie das der Vincenz merkte, machte er es sich förmlich zur Aufgabe, landauf und =ab Alles auszukundschaften, um immer neuen Stoff für Wally zu haben. So gewöhnte sie sich allmälig dran, ihn wieder täglich zu sehen. Und der merkte bald, daß ihre Neugier immer mehr nach Sölden und Zwieselstein zuging, als wo anders, und klug wie er war, begriff er leicht den Zusammenhang.

Er brachte allerhand Nachrichten von dem fortdauern=
den Verkehr zwischen Joseph und der Afra, die
Wally sichtlich in die furchtbarste Aufregung ver=
setzten. Aber er that, als merke er nichts, und redete
jetzt auch vorsichtigerweise nichts mehr von Liebe —
das machte sie sicher und zutraulich. Aber ihn ver=
zehrte die Eifersucht auf Joseph. Dieser Hagenbach
war der Fluch seines Lebens. Da war kein Ruhm,
den er nicht vorweg nahm, kein Heldenstück, in dem
er ihm nicht zuvorkam, kein Preiskegeln oder Schießen,
in dem er nicht den Preis gewann — und nun nahm
er ihm auch noch das Herz Wally's weg, das sich
seinem hartnäckigen Werben doch vielleicht zugewendet
hätte, wenn der Joseph nicht wäre! Warum schüttet
unser Herrgott Alles auf Einen aus, während er
Andere so karg hält? murrte Vincenz und quälte sich
innerlich ab, wie die Wally. Hätten Beide ihren
Schmerz und Groll zusammen gethan — man hätte
das ganze Oetzthal damit verheeren können! —

Eines Abends, es war Heuernte, half Wally
einen großen Heuwagen aufladen. Die Fuhre war
fertig und nun sollte der schwere Querbaum hinauf=
gezogen werden, aber das Heu war so hoch gepackt,
daß ihn die Knechte nicht hinaufbrachten. Wenn sie
ihn halb oben hatten, ließen sie ihn wieder rutschen
und lachten und machten dummes Zeug. Da riß
der Wally die Geduld. „'Nunter, Ihr Tröpf!" be=
fahl sie, stieg auf den Wagen und stieß die Knechte

rechts und links zur Seite. Dann zog sie den Strick
an, wand den Baum auf, faßte ihn mit ihren beiden
runden Armen beim Kopf und lüpfte ihn mit einem
Ruck auf den Wagen. Ein Schrei der Verwunderung
brach aus Aller Mund. Die Mägde lachten die
Knechte aus, daß sie nicht gekonnt hatten, was ein
Weibsbild konnte, und die Knechte kratzten sich hinter
den Ohren und meinten, das gehe doch nicht mit
rechten zu bei der Höchstbäuerin, und da müsse irgend=
wo der Teufel seine Hand mit drin haben!

Wally stand auf dem Wagen und schaute in
die roth untergehende Sonne. Ein stolz = gesättigter
Ausdruck lag in ihren Mienen. Sie ward es sich
wieder in dem Augenblick so recht bewußt, daß sie
ihres Gleichen nicht habe, und im Gefühl ihrer Kraft
hätte sie die ganze Welt herausfordern mögen.

Da kam Vincenz und rief ihr zu: „Wally, Du
schaust aus wie die Königin Potiphar auf'm Ele=
phanten. Wenn der Joseph die Potiphar so g'sehen
hätt', wär' er g'wiß nit so spröd g'wesen!"

Wally wurde dunkelroth bei diesen anzüglichen
Worten und sprang vom Wagen: „Solche Späß'
verbitt' J mir," sagte sie, als sie unten war.

„No, no," entschuldigte sich Vincenz, „'s war
nit bös g'meint — Du bist so schön da droben
g'standen — da is mir des so 'rausg'fahren; 's soll
aber nimmer g'schehen!"

Sie gingen still neben einander her.

„Was giebt's Neues in der Welt?" fragte end=
lich Wally ihrer Gewohnheit gemäß.

„Nit viel!" sagte Vincenz, „als daß es heißt,
der Hagenbacher woll' am Peter und Paul mit der
Magd, der Afra, zum Tanz gehen in Sölden. I
weiß es vom Bot, der hat der Afra a paar neue
Schuh aus Imst bringen müssen und a seidens Hals=
tüchel und der Joseph hat's 'zahlt!" Wally biß die
Lippen zusammen und sprach kein Wort, aber Vin=
cenz sah wohl, was in ihr vorging.

„Weißt was?" sagte Vincenz. „Bei uns geht's
ja auch hoch her am Peter und Paul und wenn die
Höchstbäuerin dazu käm, das gäb a Fest, daß ma
weit und breit davon hören sollt — geh amal mit
mir zum Tanz."

Wally warf bitter den Kopf in den Nacken:
„Mir wär's g'rad um's Tanzen!"

„Geh, Wally," drang Vincenz in sie, „thu's doch
amal und wär's nur wegen die Leut'!"

„Nach dene frag' I viel!" lachte Wally ver=
ächtlich.

„Aber bedenk', die Leut' munkeln" — er stockte.
— Wally blieb stehen und schaute Vincenz durch=
bohrend an: „Was munkeln's?"

Vincenz erschrak über den Ausdruck in ihrem
Gesicht. „I mein' nur, sie munkeln, Du hätt'st 'n
g'heim'n Kummer. Die Oberdirn behauptet, Du
wärst ganze Nächt' nit b'heim und gingst 'rum wie

a kranks Hähndel. Und da meinen die Leut', Du
hätt'st ja, was's Herz begehrt, und Freier wie Sand
am Meer — wenn's D' also noch nit z'frieden wärst,
so müßt's a Liebeskummer sein — und seit der
G'schicht bei der Frohnleichnamsprocession" —

„No? Weiter?!" sprach Wally tonlos. —

„Seit der G'schicht reimen sich's halt die Leut'
z'sammen, daß der Joseph der einzige Bua im Oetz=
thal is, den D' möchtst — und der nit anbeiß'n
will!"

Ein Blitz fuhr aus seinen Augen über Wally
hin, als er das Wort aussprach; Wally war ge=
troffen bis in's Mark. Sie mußte stehen bleiben
und die Stirn an einen Baumstamm lehnen, so pochte
ihr das Blut in den Schläfen. „Wenn des wahr
is, — wenn ma mir des nachsagt —" stöhnte sie,
aber sie vollendete nicht, wie mit Nebelschleiern um=
wölkte sich ihr Denken.

Vincenz ließ ihr Zeit, zu Athem zu kommen;
er wußte wohl, was das für sie war, denn er kannte
ihren Stolz. Nach einer Weile sagte er: „Schau,
deswegen mein I halt, Du sollst mit mir zum Tanz
gehen, das wär's beste Mittel, die Leut' die Mäuler
z'stopfen."

Wally richtete sich auf. „I geh' mit kei'm
Buaben zum Tanz, den I nit heirathen will — des
weißt!"

„I mein' halt, wenn I Du wär', I thät doch

lieber den Gellner-Vincenz heirathen, als dem Hagenbacher z'Lieb an'n alte Jungfer werden!" stachelte
Vincenz weiter.

Wally sah ihn mit neu erwachtem Widerwillen
an. „Daß Du's nit müd' wirst, wo Du doch weißt,
's hilft Dir nix!"

„Wally, I frag' Dich jetzt zum letztenmal —
kannst Dich gar nit an den Gedanken g'wöhne, daß
D' mich zum Mann nimmst?"

„Nie — nie — eher sterben!" sagte Wally.

Vincenz' gelbes Gesicht bekam weiße Flecken auf
den scharf hervortretenden Backenknochen, er sah fast
dem Geier ähnlich, als er so seitlings auf Wally
blickte wie auf eine wehrlose Beute: „'s thut mir
leid, Wally — aber I muß Dir was sagen, was
I Dir lieber erspart hätt'. Du zwingst mich derzu!
I hab' Dir a Jahr Zeit g'lassen — jetzt muß es
sein!" Er zog ein beschriebenes Blatt aus der Tasche:
„Es wird in diese Tag a Jahr, daß Dei Vater
g'storben is — und wenn D' mich nit heirath'st, so
is mit dem Jahr Dei Recht auf'm Höchsthof ab-
g'laufen.

Wally sah ihn groß an.

Er entfaltete das Papier. „Da is das Testament von Dei'm Vater, dabrin bestimmt er, daß,
wenn D' mich a Jahr nach seinem Tod nit nimmst,
so g'hört der Höchsthof mit Allem, was drum und
dran is, mein, und Du bist auf's Pflichttheil g'setzt.

Mit der stolzen Höchstbäuerin hat's dann a End!
Bis jetzt weiß noch Niemand drum. Du kannst's
Dir jetzt noch einmal überlegen — und I denk, Du
giebst am End' doch lieber nach, als daß D' mich
auf's Landg'richt gehen und das Testament voll=
strecken laßt!"

Wally blieb stehen und maß Vincenz von oben
herab mit einem einzigen kalten, verächtlichen Blick,
dann sagte sie vollkommen ruhig: „O du armseliger
Tropf — also in dem Netz, hast g'meint, fangst die
Geier=Wally? 's sieht Euch scho ähnlich, Dir und
'm Vater, aber Ihr habt mich alle zwei nit kennt!
Was liegt mir an Geld und Gut — des, was I
möcht, kann I mir doch nit dafür kaufen und so
frag I nix danach. Am Montag pack I mei Sach
z'samm' und geh wieder fort, denn Dei Gast will I
nit sein — kei Stund. — Wenn mir's auch weh
thut um 'n Höchsthof, wo I auf d'Welt kommen bin
— I war als Höchstbäuerin au nit glücklicher, als
wo I's Vieh g'hütet hab — und fremd war I doch
hier wie dort. So is's das Beste, I zieh· fort aus
der Gegend, so weit I kann!"

Sie wandte sich ruhig dem Haus zu. Da faßte
den Vincenz ein wilder Schmerz. Er stürzte vor ihr
nieder und umschlang ihre Knie: So hab I's nit
g'meint — fortgehen sollst nit, um Gotteswillen thu
mir des nit an, was will I denn den Höchsthof —
I hab' ja nur g'meint — ach, mei Gott — ma

probirt halt Alles! Er hielt mit der einen Hand
Wally fest, mit der andern führte er das Papier zum
Mund und zerriß es mit den Zähnen: „Da, da,
schau, da hast den Wisch — I will den Höchsthof
nit, wenn Du nit drauf bleibst — da — da," er
streute die Fetzen in den Wind. „I will nix, gar
nix — nur thu mir des nit an, daß D' fortgehst!"

Wally sah ihn erstaunt an. „Du dauerst mich,
Vincenz — aber I kann Dir doch nit helfen — so
wenig — wie mir g'holfen wird! B'halt Du den
Höchsthof und Alles, was dazu g'hört, der Vater
hat ihn Dir vermacht — des bleibt so, wenn Du
auch 's Testament zerrissen hast — I will von Dir
nix g'schenkt! — Mir is's so scho verleidet hier —
auf was soll I noch warten. Die Menschen taugen
nit für mich und I nit für die Menschen. I pack
mein Hansel auf und geh wieder auf die Berg' —
da g'hör I hin. Aber wenn I Dich um was bitten
darf — verschweig's bis I fort bin, daß der Höchst=
hof nimmer mir g'hört — denn schau — nix kann
I weniger vertragen, als wenn sich b'Leut über mich
lustig machen! Des — des macht mich rasend! Denk'
an die Schadenfreud' und das G'spött, wenn die
stolze Stromminger=Wally von ihrem Erb und Eigen=
thum abziehen müßt', wie a Magd — des könnt' I
nit überleben. I will wenigstens noch als Höchst=
bäuerin fortgehen!"

„Wally," schrie Vincenz, „wenn Du mir des

wirklich anthuft — so zieh' J mit! Des kannst mir nit
wehren, daß J hingeh, wo Du hingehst — die Land=
straßen sind frei — da kann drauf laufen, wer will!"

Wally sah ihn entsetzt an, wie er so vor ihr
stand und fieberte, und ihr graute, als habe sich ein
böser Geist an ihre Fersen geheftet: „Was soll da
draus werden?" murmelte sie rathlos vor sich hin.

In dem Augenblick kam der Sölbener Bot vom
Haus her über die Matten gerade auf die Wally zu
mit einem großen Buschen am Hütel und im Sonn=
tagsrock wie ein Hochzeitbitter.

„Der lad't Dich zur Hochzeit vom Joseph und
der Afra" — lachte Vincenz wild auf.

Wally's Fuß strauchelte über irgend etwas, sie
griff nach Vincenz und der faßte sie rasch um den
Leib und hielt sie.

Indeß kam der Bot heran und schwenkte den
Hut vor Wally: „Grüß Gott, Höchstbäuerin! Der
Joseph Hagenbach schickt mich und laßt Dich freund=
lich zum Tanz aufbieten am Peter= und Paulstag.
Wenn's Dir recht wär', wollt er um Mittag kommen
und Dich abholen 'nüber in'n Hirschen. Du sollst
mir Antwort sagen!"

Wenn sich in dem Augenblick für Wally der
Himmel — für Vincenz die Hölle aufgethan hätte,
— es wäre nicht anders gewesen!

Also war das Alles mit der Afra nicht wahr,
er kam zu Wally — er kam nach fünf Jahren des

Leids und der Qual — endlich, endlich! Das Wort
war gesprochen — die Winde trugen es jauchzend
weiter, die Lüfte hallten es wieder, die weißen Firnen
lächelten dazu im Abendsonnenschein: der Bären=
Joseph bot die Geier=Wally zum Tanz auf! — Die
Leute auf dem Feld jauchzten, die Heuwagen schwank=
ten, der Geier auf dem Dach schlug mit den Flügeln
vor Freude, daß endlich zusammenkam, was zu=
sammengehörte!

Freude über alle Menschen: Das Geschlecht der
Riesen erstehet wieder in dem Einen Paar!

Und gnadenreich lächelnd wie eine Königin unter
der Myrthenkrone neigte Wally das schöne Haupt und
sagte dem Boten fast schüchtern, daß sie Joseph erwarte!

Und Vincenz lehnte seitab an einem Baum, ver=
zerrt, verblichen, stumm — ein Gespenst der Ver=
gangenheit.

Wally streifte ihn mit einem mitleidigen Blick,
jetzt war er ihr nicht mehr furchtbar — sie war ge=
feit, Niemand konnte ihr mehr etwas anhaben! Sie
eilte nach Hause und die Leute schauten ihr ver=
wundert nach, so selig war ihr Ausdruck. Aber es
litt sie nicht zu Haus, sie nahm Geld mit und ging
durch's Dorf wie eine glückspendende Fee. Sie trat
in jede arme Hütte, sie theilte aus mit vollen Händen
von dem, was sie mit Fug und Recht als ihr Pflicht=
theil betrachten konnte, denn den Höchsthof hatte sie
unwiderruflich für Vincenz bestimmt — sie war doch

noch reich genug, um dem Joseph und Allen um sie
her ein herrliches Leben zu bereiten, ein Pflichttheil
vom Stromminger'schen Erbe war noch immer ein
Vermögen. Sie mußte Allen Gutes thun — sie
konnte es ja nicht allein tragen, das nie gekannte, un=
ermeßliche Glück.

Die zwei Tage bis zu Peter und Paul waren
ein Märchen für das ganze Dorf.

Wer kannte die Geier=Wally wieder, die finstere,
herbe, in der glückverklärten Jungfrau, die einher=
ging, wie getragen von unsichtbaren Flügeln. Dieses
Einen Sonnenstrahls nur hatte es beburft, und die
Blüthe, die hagelzerschlagene, frostgetödtete trieb wie=
der. Es war eine unerschöpfliche Kraft in dem unter=
drückten Herzen, — eine Kraft der Liebe wie des
Hasses, der Freude wie des Schmerzes, der Hin=
gebung wie des Trotzes. Ihre ganze Umgebung
athmete auf, es war, als sei ein Bann von ihnen
genommen, seit der finstere, grollende Geist von Wally
gewichen war, der Alle wie eine Wetterwolke be=
drückt hatte.

„Wo a Mensch so glücklich is, wie J's bin, da
soll sich Jeder mitfreuen könne," sagte sie, und es
war bald offenkundig, daß die Wally so verwandelt
war, weil sie der Joseph zum Tanz aufzog — was
ja so viel war, wie eine Werbung. Warum sollte
sie's auch leugnen, da es ja nun doch in wenig
Tagen soweit war! Warum sollte sie verleugnen,

daß sie ihn liebte, herzlich, über Alles, er ver=
diente es ja und er liebte sie ja wieder, sonst
käme er nicht, sie zum Tanz zu holen. Es war ihr
eine Wohlthat, daß sie zeigen durfte, wie ihr zu
Muthe war. Und wo ihr ein Kind begegnete, da
nahm sie's auf den Arm und erzählte ihm, am Peter
und Paul da komme der Bärenjoseph, der den großen
Bären umgebracht und Lammwirths Lieserl vom wil=
den Stier errettet habe, und da sollten sie einmal
die Augen aufthun, wie schön und groß der wäre
— so einen Menschen hätten sie noch gar nie ge=
sehen und so einen gäb es auch auf der weiten Welt
nicht mehr! Und die Kinder waren ganz aufgeregt
und spielten Bär= und Bärenjosephs den ganzen
Tag. Und dann scherzte sie mit Hansel und drohte
ihm: „Daß D' mir brav bist, wenn der Joseph
kommt, des sag' I Dir, sonst giebt's was!" Und
der Klettenmaier und die Besten vom Gesind be=
kamen neue Festanzüge, die Leute wußten wohl warum,
und Wally litt es, daß sie drauf herumredeten und
wurde nicht böse.

Und dann saß sie wieder still in ihrer Kammer
und that stundenlang nichts als darüber nachdenken,
wie das nur gekommen sei, daß der Joseph so plötz=
lich seinen Sinn geändert, und wie sie auch dachte
und dachte, sie konnte es nicht ausdenken, das un=
verhoffte Glück, das so plötzlich, so reich, so voll über
sie gekommen, und sie blickte jetzt nicht mehr feind=

selig, sondern freundlich zu ihren Heiligen auf und
dankte ihnen, daß sie es nun doch noch so gut mit
ihr gemacht hatten. Und wenn sie die Karten an=
sah, die über dem Bett aufgenagelt waren, dann
lachte sie wohl: „No, was sagt ihr denn jetzt? Gelt,
ihr habt halt doch nix g'wußt!" — und wie ge=
bannte Geister, die kein befreiender Zauberspruch
mehr an's Licht zieht, starrten die Geheimnisse der
Zukunft sie unverständlich aus den stummen Zeichen
an. Wäre die Luckard noch dagewesen, die hätte
sehen können, was die Karten Wally antworteten —
so aber waren sie ihr verstummt, wie eine Ziffern=
sprache, zu der sie den Schlüssel verloren. Wenn
das die Luckard noch erlebt hätte, wie hätte die sich
gefreut! Wally hätte sich hinlegen mögen und fort=
schlafen bis an Peter und Paul, damit ihr die Zeit
nicht so lang wurde. Aber davon war keine Rede,
sie konnte weder bei Tag noch bei Nacht ein Auge
schließen vor Ungeduld, sie mußte immer rechnen:
„Jetzt noch so viel Stunden, jetzt noch so viel!"

Endlich war der Tag da! Nach dem Essen ging
Wally auf ihre Kammer zum Anziehen und wusch
und kämmte sich ohne Ende. Wieder war sie Weib
— Mädchen! Wieder stand sie vor dem Spiegel und
schmückte sich und schaute, ob sie schön sei, ob sie dem
Joseph gefallen werde. Und wieder hatte sie sich
ein neues G'schnür kommen lassen, noch reicher als
das erste, und Kopfnadeln von Filigran dazu, und

die Schachtel stand vor ihr auf dem Tisch und sie
nahm das „G'schmuck" heraus und nestelte sich's
an's Mieder, und das feine Silber war so weiß wie
ihre blendend weißen, gefältelten Hembärmel und
klingelte wie lauter Hochzeitsglöckchen. Und durch
die rosenrothen Persvorhängchen fiel ein gedämpfter
rosiger Schimmer herein und übergoß die prangende
Gestalt mit einem zarten Hauch bräutlichen Er-
glühens. Und als sie fertig war, da nahm sie aus
der Schachtel eine schwer mit Silber beschlagene
Meerschaumpfeife, wie kein Bauer weit und breit
eine hatte — ein wahres Prachtstück, aber sie wog
es lange prüfend in der Hand, ob es wohl gut
genug für Joseph sei. Und noch etwas zog sie hervor, langsam, fast schüchtern, und sah nach der Thür,
ob sie auch gut verriegelt sei: es war ein kleines,
rundes Schächtelchen und darin lag — ein Ring!
Es durchschauerte sie, als sie ihn herausnahm und
eine Thräne unaussprechlicher Freude und Dankbarkeit trat ihr in's Auge. Sie schloß den Ring in die
gefalteten Hände und zum erstenmal seit langer Zeit
beugten sich ihre Knie und es zog sie nieder, über
den Ring zu beten, der den geliebten Mann an sie
ketten sollte für ewig. Und sie hörte nicht mehr das
stolze Rauschen des seidenen Rocks und das Ge-
klingel der silbernen Anhängsel, sie betete heiß, inbrünstig aufgelöst — sie drängte sich an das Herz
Gottes mit dem Ungestüm eines dankbaren Kindes,

dem der Vater eben seinen glühendsten Wunsch er=
füllt hat. —

„Die Bäuerin wird heut nit fertig mit Anputzen,“
sagten draußen die Mägde, als Wally gar nicht zum
Vorschein kam.

Schon zogen die Bauern dem Hirschen zu.
Was Füße hatte und einen Sonntagskittel, das lief
heute mit, denn das ganze Dorf war gespannt auf
das große Ereigniß, wenn die Höchstbäuerin mit
dem Hagenbacher zum Tanz ging. Die Straße
wimmelte von Menschen und der Hirschwirth hatte
diesmal was drangewendet und Musikanten von
Imst kommen lassen.

Die Großmagd stand oben am Gaupenfenster
und schaute aus auf den Weg, von wo der Joseph
kommen mußte.

Wally stand fertig angethan in der Kammer,
das Herz schlug ihr wie mit Hämmern, ihre Wangen
glühten, ihre Hände waren eiskalt, sie preßte das
weiße Sacktüchel, das sie säuberlich zusammengelegt
in der Hand hielt, auf's Herz, es war das Braut=
tuch ihrer Mutter.

In der Tasche verborgen hatte sie die Pfeife
und den Ring für Joseph. So wartete sie regungs=
los die Minuten ab und dies stille Warten, bei dem
ihr fast der Athem ausging vor Ungeduld, war wohl
die schwerste Aufgabe ihres Lebens.

„Sie kimme — sie kimme!“ schrie jetzt die Ober=

birn herunter; der Joseph und a Maff' andre Buaben, Zwieselsteiner und Sölbener gehen mit und der Lamm= wirth von Zwieselstein — 's is a ganzer Zug!"

Alles auf dem Hof lief zusammen, man hörte schon den Lärm der Nahenden in Wally's Kammer. Jetzt trat Wally heraus und Alles stieß ein Ah! der Bewunderung aus bei ihrem Anblick.

In demselben Moment erschien der Zug unter dem Hofthor, Joseph an der Spitze.

Sie ging ihm entgegen, sittig und doch mit der ganzen strahlenden Hoheit einer Braut, die stolz ist auf ihren Bräutigam — stolz, von einem solchen Mann erwählt zu sein.

„Joseph — bist da?!" sagte sie und ihre Stimme klang so weich und lieblich, wie sie nie gesprochen. — Und Joseph sah sie an mit einem seltsamen, fast scheuen Blick und schlug dann die Augen nieder. —

Wally stutzte — war es Absicht, oder Zufall? Joseph hatte den Spielhahn verkehrt aufgesetzt, wie es die Burschen machen, wenn sie Händel suchen. Heute war das aber gewiß nur aus Versehen ge= schehen!

Alles stand um sie her und beobachtete sie — ihr ward so beklommen, sie konnte nichts mehr sagen — und er schwieg auch. Sie schaute ihn an mit Augen voll feuchter Innigkeit, aber die seinen wichen ihr aus: „er war wohl in Verlegenheit, wie sie auch!"

„Komm," sagte er endlich und bot ihr die Hand.

Sie legte die ihre hinein und sie schritten still dem
„Hirschen" zu. Die Fremden und das ganze Gesind
schlossen sich im Zug mit an.

Wie es uns, wenn wir in die Sonne geschaut,
oft im vollen Tageslicht ganz dunkel vor den Augen
wird, so ward es jetzt plötzlich der Wally mitten in
allem Glück ganz dunkel in der Seele — sie wußte
gar nicht, was das war, sie war verwirrt und kannte
sich nicht mehr aus. Es war Alles so ganz anders,
als sie gedacht. —

Als sie in den Hirsch eintraten, empfing sie ein
schmetternder Ländler und Wally hörte, wo sie mit
Joseph durch die Reihen schritt, hinter sich sagen,
„kein schöneres Paar Menschen gäb's auf der ganzen
Welt nicht".

Sie sah erst jetzt, wie viel Fremde mit Joseph
gekommen waren, und alle abgewiesenen Freier aus
der Gegend waren dabei. Wally verglich sie im
Stillen noch einmal mit Joseph und sie konnte sich
mit Fug und Recht sagen, daß auch nicht Einer
darunter war, der sich an Gestalt und Schönheit mit
Joseph messen durfte — er war ein König unter den
Bauern, ein Mensch ganz andern Schlags, als die
Menschen natürlicher Größe, die da herumstanden.
Und sie ließ einen Blick stillen Entzückens an der
hohen Gestalt niedergleiten von der breiten Brust an
bis hinab zu den schlanken weißen Knieen und

Knöcheln. Wer ihn so sah, mußte doch begreifen, daß sie nur ihn und keinen Andern wollte.

Als sie aufschaute, begegnete ihr Blick zwei stechenden schwarzen Augen, die wie Dolche auf Joseph gerichtet waren, es war Vincenz, der unter der Menge eingekeilt stand — und nicht weit davon ein anderes trauriges Gesicht, — Benedict Klotz, der sie nachdenklich betrachtete. Als sie an ihm vorüberstrich, hielt sie Benedict ein wenig am Aermel zurück und flüsterte ihr zu: „Nimm Dich in Acht, Wally — sie führen was gegen Dich im Schild — I weiß nit was, aber mir schwant nix Gut's!"

Wally zuckte leichthin die Achseln. Wer konnte ihr was anhaben, wenn Joseph bei ihr war?

Die Reihen stellten sich zum Tanz auf, Wally und Joseph sollten vortanzen, man wollte sie mit einander tanzen sehen. Kein Paar war noch je mit so neidischen Augen betrachtet worden, wie diese zwei schmucken, auserlesenen Gestalten.

Da aber ließ Joseph Wally los und trat fast feierlich vor sie: „Wally" — hub er ganz laut an und die Musik schwieg auf einen Wink des Lammwirths, der hinter ihnen stand: „I hoff doch, daß Du mir, ehvor wir tanzen, den Kuß geben wirst, den noch Keiner von Deine Freier erobert hat?!"

Wally erröthete und sie sagte leise: „Aber doch nit da, Joseph, vor alle Leut!"

„G'rab da vor alle Leut!" sagte Joseph nach=
drücklich. —

Einen Augenblick kämpfte Wally zwischen Ver=
langen und holder Verlegenheit. Einen Mann zu
küssen vor allen Leuten, das war für ihren keusch=
gewöhnten, spröden Sinn eine schwere Ueberwindung.
Aber da stand er vor ihr, der herzliebe Mann, der
Augenblick — für den sie Jahre ihres Lebens, ja
ihr Leben selbst freudig hingegeben — war da —
und sie sollte ihn zurückweisen, um der paar Zu=
schauer willen, die ihr ja nichts anhaben konnten,
wenn sie ihren Bräutigam küßte. Sie hob das
schöne Antlitz zu ihm auf und seine Augen hafteten
eine Secunde auf den blühenden, schwellenden Lippen,
die sich den seinen näherten, dann schob er sie mit
einer unwillkürlichen Bewegung sanft von sich weg
und sagte leise: „Nein, so nit! 's schießt kei rechter
Jaga a Wild anders als im Sprung oder im Flug,
des hab' J Dir schon amal g'sagt! Abkämpfen
will J Dir den Kuß, g'schenkt will J ihn nit! Und
wenn J a Madel wär' wie Du — thät J mich au
nit so wohlfeil hergeben! Wehr' Dich, Wally, und
mach mir's nit leichter, als Du's die Andern g'macht
hast, sonst is für mich kei Ehr' dabei!"

Eine flammende Röthe der Scham hatte sich
über Wally's Gesicht ergossen. Sie hätte in die
Erde sinken mögen! Hatte sie denn so ganz vergessen,
was sie sich schuldig war, daß der Freier sie daran

erinnern mußte? Es wurde ihr förmlich roth vor den Augen — es war, als schlüge ihr eine Blut= welle über den Kopf zusammen. Und sich in ihrer ganzen Größe aufrichtend, maß sie sich mit ihm flammenden Blicks: „'s is recht," rief sie, „Du sollst's haben. — Du mußt au wissen, wer die Geier=Wally is. Jetzt schau, ob Du den Kuß kriegst!"

Ihr war zum Ersticken. Sie riß sich das Hals= tuch ab und stand da in ihrem silbergenestelten Sammtmieder und dem weißen Linnenhemd, daß Joseph's Augen mit Staunen auf dem wundervollen entblößten Hals hafteten: „Schön bist — so schön, als D' bös bist," murmelte er, und jetzt sprang er auf sie zu wie der Jäger auf ein Wild, dem er den G'nickfang geben will und schlang den starken Arm um ihren Nacken. Aber er kannte die Geier=Wally nicht. Mit einem gewaltigen Ruck war sie frei und ein schadenfrohes Gelächter von Allen, denen es einst auch nicht besser gegangen war, erscholl, das Joseph wüthend machte. Jetzt packte er das Mädchen mit Armen von Eisen um den Leib, aber sie gab ihm einen Stoß auf die Herzgrube, daß er aufschrie und zurückfuhr. Neues Gelächter! Mit diesem Stoß, dessen Wirkung sie kannte, hatte sie sich immer gegen Zudringlichkeiten gewehrt, denn diesen Stoß hielt Keiner aus. Joseph aber verbiß den Schmerz und mit verdoppeltem Grimm warf er sich nun auf das Mädchen, faßte sie mit beiden Händen bei den

Armen und suchte so seinen Mund dem ihren zu
nähern, aber im Nu bog sie sich seitwärts ab und
nun entstand ein athemloses Ringen hin und her,
auf und ab, eine schwüle Stille, nur zuweilen von
einem Fluch Joseph's unterbrochen. Wie eine Schlange
bog und wand sich das Mädchen in seinen Armen
herüber und hinüber, daß er nie den Mund erreichen
konnte. Es sah nicht mehr einem Liebeskampf —
es sah einem Kampf auf Leben und Tod ähnlich.
Dreimal hatte er sie zu Boden gedrückt, dreimal war
sie wieder aufgeschnellt, er hob sie in seinen Armen
empor, aber sie drehte sich immer so, daß er die
Lippen nicht erreichte. Das feine Linnenhemd hing
in Fetzen herab, das silberne G'schnür war in Stücke
zerrissen. Plötzlich kam sie los und floh dem Ausgang zu, er holte sie ein und riß sie wie im Sturm
an sich. Es war eine zornglühende Umarmung.
Wie heißer Dampf umwallte sie sein Athem. Sie
lag an seiner Brust, sie fühlte sein Herz gegen das
ihre schlagen, da verließ sie ihre Kraft, sie brach in
die Kniee vor ihm und sagte wie vergehend vor
Schmerz und Scham und Liebe: „Da hast D' mich!"

„Ah!" ein schwerer Seufzer brach aus Joseph's
Brust. „Ihr habt's Alle g'sehen?" fragte er laut
— bog sich nieder und drückte seinen Mund auf ihre
heißen, zitternden Lippen. Ein Hurrah erscholl jetzt
von allen Seiten. Dann hob er sie auf und fast
besinnungslos sank sie ihm an die Brust.

„Halt!" sagte er streng und trat einen Schritt zurück; „mehr braucht's nit, 's is g'nug an dem einen Kuß. D' hast's jetzt g'seh'n, daß I Dich zwingen kann — und weiter will I nix!"

Wally starrte ihn an, als begriffe sie ihn nicht — sie wurde ganz erdfahl: „Joseph" — stammelte sie, „warum bist denn kommen?"

„Hast D' Dir einbild't, I sei kommen, um Dich z'freien?" sagte er; „Du hast neulich auf der Pro=cession vor alle Leut g'sagt, die Afra wär' mei Schatz, weil sie so leicht z'haben wär' — und der Bären=Joseph hätt' nit's Kurasch, daß. er mit der Geier=Wally anbind't. Hast D' wirklich g'meint, daß a Kerl, der Ehr' im Leib' hat, so was auf sich und 'n braven Madel sitzen laßt? I hab' Dir nur zeigen wollen, daß I's so gut mit Dir aufnehm' wie mit 'n Bären, oder sonst 'n Unthier, und den Kuß, den I Dir abg'nommen hab', den bring' I der Afra als Sühnungskuß für das Unrecht, das D' ihr an'than hast! Jetzt merk Dir's für 'n andersmal, wann Dich der Uebermuth wieder sticht! I hoff', Du laßt Dir's jetzt vergehen, arme brave Madeln öffentlich Spott und Schand' anz'thun — denn D' haft's jetzt amal selber g'spürt, wie's thut, wenn ma ausg'lacht wird!"

Ein schallendes Gelächter beschloß von allen Seiten Joseph's Rede. Der aber wehrte mißmuthig den Beifall ab: „Ihr habt's g'sehen, daß I Wort g'halten hab', jetzt will J noch nach Zwieselstein, die Afra beruhigen, denn das gute G'schöpfl hat g'weint, daß J der Höchstbäuerin 'n Schabernack anthun will. B'hüt Gott mitsammen!"

Er ging, aber Alles lief mit ihm, denn der Spaß war zu schön gewesen. Der Bären=Joseph, das war Einer! Der hatte der stolzen Höchstbäuerin einmal den Meister gezeigt!

„Des war ihr g'sund, der Stolzen!"

„Des g'schieht ihr recht!"

„Joseph, des is Dei' best's Stück'l!"

„Wenn des 'rum kommt, will ·sie Keiner mehr."

So lachten die abgewiesenen Freier im Chor um Joseph her und Alles drängte lustig plaudernd nach.

Der Tanzboden war leer — nur Zwei waren bei Wally zurückgeblieben: Vincenz und Benedict. Wally stand noch immer an derselben Stelle und regte sich nicht. Es war, als lebe sie nicht.

Vincenz beobachtete sie mit unterschlagenen Ar=men. Benedict trat zu ihr hin und faßte sie leise am Arm: „Wally — nimm Dir's nit so zu Herzen, — wir sind auch noch da und wollen Dir G'nug=thuung verschaffen. Wally! red' doch — was soll'n wir thun — wir sind ja zu Allem bereit, sag' nur, was D' willst!"

Da regte sie sich und ihre großen Augen leuchte=ten geisterhaft in dem leichenfarbenen Gesicht auf.

Sie öffnete und schloß ein paarmal die Lippen, ein Wort wollte sich daraus hervorringen, aber es war, als fehle ihr der Athem dazu. Endlich, als stieße sie es aus ihrem tiefsten Leben heraus, mehr ein Schrei als ein Wort: „Todt will J'n haben!"

Benedict fuhr zurück: „Wally — Gott bewahr' Dich!"

Vincenz aber trat mit funkelnden Augen auf sie zu: „Wally, is des Dei Ernst?"

„Mei blutiger Ernst!" Sie hob die Hand zum Schwur auf, die Hand war ganz starr und die Nägel bläulich, wie abgestorben. „Wer Den seiner Afra todt vor die Füß' legt — den heirath' J, so war J die Walburga Strommingerin bin!"

XII.

In der Nacht.

Durch das stille schlafende Haus des Höchsthofs ging ein seltsames, gleichmäßiges Dröhnen unaufhörlich die ganze Nacht hindurch. Die Mägde fuhren wohl zuweilen aus dem Schlaf auf und wußten nicht, was sie hörten, schliefen aber wieder drüber ein. Die Dielen krachten und die Balken waren in einem beständigen leisen Schwanken.

Es war Wally, die ohne Unterbrechung mit schwerem Schritt auf- und niederging und mit sich, mit dem Schicksal, mit der Vorsehung rang im Todeskampf ihres sterbenden Herzens. Zerrissen — die Kleider um sie her, zerschmettert auf dem Boden die holzgeschnitzte heilige Walburga, der Christus mit dem Kreuz, die Heiligenbilder — Alles in Trümmer zerschlagen — in ohnmächtiger Wuth.

Sie war halb entkleidet und das aufgelöste Haar hing ihr zerrauft auf die nackten Schultern nieder.

In dem Lichtstock qualmte ein rothleuchtender Spahn und in dem zitternden Schatten verzerrten sich die Züge des zerbrochenen Christuskopfes am Boden und schienen sich zu beleben. Sie blieb im Vorbeischreiten bei den Trümmern stehen: „Ja grins' nur — Du haltst mich nimmer für Narren. Und Keiner von Euch! Götzenbilder seid's von Holz und Papier, die Kein'm helfen könne! Ös hört's kei Gebet und kei'n Fluch. Und die, die ös vorstellt's, stecken, Gott weiß wo, und lacheten uns aus, wenn sie's sehen könnten, wie wir vor'me Stück'l Holz knien!" Und sie stieß die Trümmer unter ihr Bett, um nicht im Gehen gehindert zu sein.

Da fiel in der Ferne ein Schuß. Wally blieb stehen und horchte — Alles war still. Sie hatte sich wohl getäuscht. Warum nahm ihr das Geräusch den Athem? Sie konnte doch nicht einmal sagen, ob

es nur wirklich ein Schuß war? Wie der Blitz fuhr
es ihr durch den Kopf: „Wenn in dem Augenblick
der Vincenz den Joseph erschossen hätt'!" Doch das
war ja Unsinn, der Joseph war ja ruhig daheim
— oder vielleicht gar in Zwieselstein bei seiner
Afra! —

Sie schlug den Kopf an die Wand in namen=
loser Qual bei dem Gedanken, und Bilder stiegen
vor ihrer Seele auf, die sie wahnsinnig machten!
O, wär' er nur todt, todt, daß sie das nicht mehr
zu denken brauchte! Sie riß das Fenster auf, um
Luft zu schöpfen.

Hansl, der auf einem Spalier vor dem Fenster
geschlafen, erwachte und kam schlaftrunken herbei=
geflattert. „O Du!" rief Wally, streckte ihm die
Arme entgegen und preßte ihn an die Brust — er
war ja ihr Alles, ihr Letztes auf der Welt.

Da — ein zweiter Schuß und diesmal deut=
licher von der Richtung nach Zwieselstein her. Sie
ließ den Geier los und fuhr sich mit der Hand nach
dem Herzen, als habe sie der Schuß selbst getroffen.
Warum nur dieses Erschrecken? Der unbedeutende
Zufall hatte ihr plötzlich die ganze entsetzliche That,
die sie gestern heraufbeschworen, vor die Seele ge=
führt. Sie mußte immer wieder denken, wie es wäre,
wenn der Schuß, den sie eben gehört, Joseph's Haupt
zerschmettert hätte, und eine wilde, wahnsinnige
Freude überkam sie. Nun gehörte er ihr, nun konnte

14*

er keine andere mehr küffen. Und wie sie so darüber
nachdachte, da war es ihr, als wäre es wirklich ge=
schehen, sie sah ihn in seinem Blut am Boden, sie
kniete bei ihm nieder, sie nahm sein Haupt auf ihren
Schoß und küßte das bleiche Gesicht — das bleiche,
schöne Gesicht — sie sah es ganz deutlich vor sich!
Aber da — da überkam sie plötzlich ein Mitleid mit
dem armen todten Mann — ein heißes, unausfprech=
liches Mitleid, — sie rief ihn an mit allen Namen
der Liebe, sie schüttelte, sie rieb ihn, — umsonst, er
wurde nicht mehr lebendig! Eine unnennbare Angst
erfaßte sie. Nein, nein, das durfte nicht geschehen
— er durfte nicht sterben — lieber sie selbst!

Es war, als habe ein Krampf ihr ganzes Herz
zusammengeschnürt gehabt, daß kein menschliches
warmes Blut mehr durch ihre Adern floß, und als
habe sich jetzt erst der Krampf gelöst und die warme
Welle strömte wieder dem Herzen zu. Sie mußte
hinaus, sie mußte sehen, ob Vincenz zu Hause
sei — sie mußte ihn sprechen, noch vor Tag —
mußte ihm sagen, daß das Gräßliche nicht geschehen
dürfe — sie war wie im Fieber, alle Pulse schlugen
ihr — sie hatte die That gewollt, begehrt — aber
schon der Gedanke, daß sie geschehen sei, löschte ihren
Zorn und sie verzieh!

Sie warf ein Tuch über und eilte hinaus über
den Hof, durch die Gärten dem Haus des Vincenz
zu. Was würde er, was würden die Leute von ihr

denken? Ach, das war ja ganz einerlei — was lag
jetzt noch daran!

Sie erreichte das Haus. In Vincenz' Kammer
zu ebener Erde brannte Licht — sie schlich sich her=
an, sie konnte durch das verschobene Vorhängchen
hineinschauen — es nahm ihr fast den Athem —
die Stube war leer, der Kienspahn tief herunter=
gebrannt. Sie ging um's Haus, die Thür war nicht
verschlossen. Sie öffnete leise und trat hinein, Alles
still — wie ausgestorben. Die Knechte und Mägde
schliefen noch fest, sie schlich durch's ganze Haus,
nichts rührte sich — Vincenz war fort! Eiseskälte
durchrieselte Wally's Glieder. Sie ging in seine
Schlafkammer, das Bett war verlegen, er mußte
darin gelegen haben, aber bald wieder aufgestanden
sein, — die Sonntagskleider hingen am Kleiderrechen,
aber die Werktagskleider fehlten. Auch kein Hut war
da. Sie suchte in der Wohnstube: der Nagel, wo
sonst die Büchse hing, war leer. —

Wally stand da wie gelähmt. Sie wußte nicht,
wie sie wieder zum Haus hinaus kam. Vor der
Thür mußte sie sich auf eine Bank setzen, ihre Füße
trugen sie nicht weiter. Sie versuchte sich Trost zu=
zusprechen; er war eben, unruhig wie er war, auf
irgend ein nächtliches Wild gegangen — was sollte
er denn dem Joseph thun, der schlief ruhig irgend=
wo — es schüttelte sie — auf einem weichen Pfühl

und am Tage, wo Alles auf war, konnte ihm ja
Niemand was thun.

Das war das böse Gewissen, das ihr solche
Schrecken einjagte, und sie begrub das Gesicht in
den Händen; „Wally, Wally, was ist aus Dir
'worden!" Beschimpft, verhöhnt, erniedrigt vor den
Menschen — und vor Gott eine Verbrecherin! Wo
war Wasser genug, sie zu reinigen? Da unten, da
brauste die Ache — die, ja die konnte Alles abwaschen — wenn sie sich in diese kalte Fluth hinab-
stürzte, — dann war Alles weggespült, — ihr Weh
— und ihre Schuld, das ganze unselige Ding, das
nur zu Schreck und Kampf geschaffen war — mit
Eins vernichtet — vorbei! Ja, das war Erlösung —
wozu sparte sie sich noch auf? In Stücke das unnütze
Gehäus, das die Seele gefangen hielt in Banden der
Schuld und des Schmerzes! Sie sprang auf —
aber sie konnte nicht weiter, sie sank wieder auf die
Bank zurück. Hing denn dies zertretene, gestorbene
Herz immer noch mit einem unsichtbaren Faden am
Leben? Da — Gott sei gelobt — ein Schritt über
den Rasen — da kam Vincenz! Jetzt konnte sie
ja mit ihm reden — jetzt konnte noch Alles gut
werden.

„Alle Heiligen!" schrie Vincenz auf, als sie ihm
entgegentrat, — „da bist Du?" Er schaute sie an
wie ein Gespenst. Wally sah in der Morgendämme-

rung, daß er bleich und verstört war; den Stutzen
hatte er über der Schulter.

„Vincenz," sagte sie leise, „hast was g'schossen?"

„Ja!"

„Was denn?" sie schaute nach seiner Jagdtasche,
sie war leer.

„Hochwild!" flüsterte er.

Wally erbebte. „Wo hast's?"

„In der Ach' liegt er!"

Wally faßte ihn am Arm, ihre Augen stierten
ihn an wie im Irrsinn. „Wer?"

„Fragst noch?"

„Der Joseph?" schrie Wally auf und schlug
taumelnd an die Wand. —

„'s war harte Arbeit!" sagte Vincenz und wischte
sich die Stirn; „hab' selber nit g'meint, daß er mir
so bald vor'n Schuß kommt. Weiß der Deifel, was
Den in der Nacht noch umetrieben hat. Hab' denkt,
I wollt' mich früh aufmachen, daß I am Morgen
glei in Sölden wär', eh' er aufstünd — da lauft er
mir scho beim ersten Schritt in b' Händ'. Aber 's
war noch z'finster, die erste Kugel hat'n g'fehlt und
die zweit' hat'n nur g'streift. Schwindlich muß's
'm aber doch wor'n sein, denn auf'm Steg hat er
g'strauchelt und sich am G'länder g'hoben. Den
Augenblick hab' I g'nutzt, bin von hint' auf'n g'sprun-
gen und hab'n über's G'länder 'nunter g'stoßen!"

Aus Wally's Brust drang ein Stöhnen wie das

Röcheln einer Sterbenden, und wie ein Geier, der sich auf seine Beute stürzt, warf sie sich plötzlich auf Vincenz und packte ihn mit beiden Händen am Hals: „Du lügst — Vincenz, Du lügst, 's is nit wahr, 's kann nit sein — sag', daß's nit wahr is — oder J bring' Dich um."

„Bei meiner armen Seel'n, 's is wahr! Haft g'meint, der Vincenz b'sinnt sich lang, wenn's was für Dich z'thun giebt?"

„O Du Mörder, Du feiger boshafter Meuchel= mörder," schluchzte Wally auf und ihr ganzer Körper bebte: „So hinterrücks, so heimtückisch, so nieder= trächtig hab' J's nit g'wollt! Im ehrlichen Kampf, hab' J g'meint, sollt er sterben. Verflucht seist in Zeit und Ewigkeit — verflucht und verworfen dies= seits und jenseits! Was thu' J Dir nur? Mit Nägel und Zähn' will J Dich zerreißen!"

„Also des is mei Dank," knirschte Vincenz; „haft Du's mich nit g'heißen?"

„Und wenn J's Dich so g'heißen hätt' — so! — haft Du's deswegen thun müssen?" fieberte Wally. „Ma sagt manchmal was im Zorn, was Ein' nacher reut, — hätt'st nit warten könne, bis J zur B'sinnung komme wär' nach dem furchtbaren Schlag? O hätt'st nur a paar Stund g'wartet! Aber die Bosheit hat Dich trieben und Du haft's nit derwarten könne, bis D' sie haft auslassen dürft!"

„So recht, schieb jetzt nur Alles auf mich!"

grollte Vincenz, „und haſt doch Dei Theil Schuld
ſo gut wie J!“

„Ja,“ ſagte Wally, „J hab's und J werd's
mit Dir büßen. Für uns zwei giebt's kei Erbarmen.
Da heißt's Blut um Blut“ — knirſchte ſie, faßte
Vincenz am Kragen und riß ihn mit ſich fort.

„Wally — laß ab von mir — was willſt denn?
Herrgott, is des mei Lohn? Erbarmen. Wally, Du
erwürgſt mich — wohin ſchleppſt mich denn?“

„Wo wir zwei hin g'hören“ — war die dumpfe
Antwort und fort ging es, wie wenn ihn ein Sturm=
wind gefaßt hätte, die Anhöhe hinan bis zum Steg,
wo's jäh in die Ache hinabgeht — wo die That ge=
ſchehen war. „Da 'nunter,“ war das einzige furcht=
bare Wort, das ſie ihm in's Ohr donnerte, „wir
Zwei — mit 'nander!“

„Jeſus Maria!“ ſchrie Vincenz entſetzt auf;
„Du haſt mir g'ſchworen, daß Du mei Weib wirſt,
wenn J die That thu', und jetzt willſt mich um=
bringe?!“

Wally ſchlug wieder ihre ſchreckliche Hohnlache
auf: „Du Narr, wenn J mich mit Dir da 'runter
ſtürz' — ſind wir zwei dann nit vereint auf ewig?
Was? Willſt Dich noch wehren um Dei Wolfsleben?“
Und mit Rieſenkraft umklammerte ſie ihn und drängte
ihn an das niedere Geländer, ihn mit ſich hinabzu=
reißen in die dämmergraue Tiefe.

„Hülfe!“ ſchrie Vincenz unwillkürlich auf und

— „Hülfe!" tönte es schwach — geisterhaft, wie ein Echo, aus der Tiefe!

Wally stand wie versteinert und ließ von Vincenz ab. Was war das? War es ein Spuk? „Hast Du des g'hört?" frug sie den Vincenz.

„'s war das Echo!" stammelte der, und die Zähne schlugen ihm zusammen.

„Still! Noch einmal!"

„Hülfe!" klang es wieder 'wie ein Hauch aus dem Abgrund herauf!

„Alle guten Geister, das is er — er lebt — er hängt wo — er ruft! Ja — I komm', Joseph, wart' Joseph — I komm'!" schmetterte sie mit Posaunenton in die Tiefe hinab und mit Posaunenstimme schrie sie die Schläfer heraus und flog durch's Dorf und schlug an alle Thüren. „Zu Hülf'! Zu Hülf'! — 's is Einer verunglückt, rettet — helft, um Gottes Barmherzigkeit willen — 's geht um Leben und Tod!"

Und der Schreckensruf jagte die Leute aus den Betten, die Fenster wurden aufgerissen. „Was is's, was soll's?"

„Der Joseph — der Hagenbach is in 'n Abgrund g'stürzt" — schrie Wally — „Seil' — schafft Seil' her — schnell, nur schnell, 's kann schon z'spät sein — vielleicht is's z'spät, bis wir dort sind!" —

Und wie der Wind flog sie Allen voran nach Hause und in die Scheuer und raffte zusammen, was

da war an Stricken und knüpfte die Stücke zusam=
men mit zitternden Händen, aber wie sie auch knüpfte,
Schnüre und Stränge und Seile, es war ja immer
nicht genug, in die Tiefe hinab zu reichen, in der
er lag — Gott weiß wo!

Indessen kamen die Männer gerannt, halb noch
ungläubig, halb entsetzt ob der schrecklichen Kunde,
und brachten Stricke und Haken geschleppt und La=
ternen, denn es war, als wolle es heute nicht Tag
werden, und es war ein Fragen und Rufen, eine
Rathlosigkeit, denn seit Menschengedenken war hier
oben Niemand verunglückt und sie waren hier auf
der breiten Hochebene nicht vorgesehen mit Rettungs=
werkzeugen wie an andern Orten, wo schwindelnde
Felspfade und tückische Klüfte und Spalten alljähr=
lich ihr Opfer fordern. So kamen sie zu der Un=
glücksstelle und banges Grausen ergriff die Kalt=
blütigsten, als sie sich über das Geländer bogen und
hinabschauten in die grauverschwommene Tiefe, in
der nichts zu sehen war als wallende Nebel, die über
dem Wasser brauten. Vincenz war verschwunden,
— es war öde und tobtenstill weit und breit in
Höhe und Tiefe. Wally schickte einen Juchschrei
hinab, daß die Lüfte zitterten — Alles lauschte mit
gespanntem Athem — keine Antwort.

„Joseph — wo bist?" rief sie nochmals mit
einer Stimme, als habe der Angstschrei der ganzen

gequälten, verzagenden Menschheit sich zusammen=
geballt in dem einen Ton, — Alles blieb still.

„Er antwortet nimmer — er is todt,“ schluchzte
Wally auf und warf sich verzweifelnd zu Boden,
„jetzt is Alles vorbei!“

„Vielleicht is er nur von sich oder so schwach,
daß er nimmer rufen kann,“ tröstete der alte Kletten=
maier und raunte Wally in's Ohr: „Bäuerin, —
denkt an die Leut'!“

Sie erhob sich und wischte sich das zerraufte
Haar aus der Stirn. „Bindet die Strick z'sammen,
steht's nit so unschlüssig da — auf was wartet Ihr
denn?“ Die Männer sahen sich zweifelhaft an.
„Probirt muß es werden, ob er nit z'finden wär',“
sagte Klettenmaier.

Die Männer begannen kopfschüttelnd an den
Seilen zu nesteln. „Wer soll sich an dem Geknüpf
'nunterlassen?“

„Wer?“ sagte Wally und ihre dunkeln Augen
leuchteten geisterhaft aus dem bleichen Gesicht: „I
werd's thun!“

„Du, Wally — Du bist nit g'scheidt — das
tragt kaum Ein'n, noch weniger Zwei,“ — meinten
die Männer und ließen rathlos die Arme sinken;
„da bleibt nix übrig, als ma schickt in die Dörfer
und laßt Seil' z'samm'holen —“

„Und derweil stürzt er vollends in die Tiefe,
wenn ihn's Bewußtsein verlaßt und 's is zu spät!“

schrie Wally in Verzweiflung. „I wart's nit ab, bis die kommen — gebt her — wickelt das Geknüpf auf und zeigt, wie lang 's is! Auseinander! Vorwärts! —" Sie schüttelte das Gewirr von Strängen auseinander und prüfte seine Länge und Stärke und unwillkürlich griffen die Männer wieder zu, sie wickelten den mächtigen Knäuel auf und die Anstalten fingen an, zweckvoll und planmäßig zu werden. Die Männer traten an, die Kette zu bilden. „Langen könnt's am End' scho — aber 's tragt keine Zwei!" „'S braucht keine Zwei z' tragen, I laß 'n allein 'nauf ziehen. Wo er Platz zum Liegen hat, hab' I au Platz zum Stehen. So wie I festen Fuß g'faßt hab', bind' I mir den Strick los und bind' ihn dran. Dann ziegt Ihr ihn 'nauf und I wart' so lang unten, bis 's Seil wieder kommt —"

„Das geht nit, allein kann man ihn nit 'raufbringen, denn wenn er schwach und von sich wär, thät er ja zerschlagen und zerschunden werden, wenn Niemand bei ihm ist, der'm hilft und ihn von der Felswand abhaltet!"

Wally stand wie vom Donner gerührt — daran hatte sie nicht gedacht. So sollte es dennoch scheitern — sie sollte ihn nicht erreichen, als vielleicht dort unten im kalten Bett der Ache! Zwei trug das Seil nicht, das sah sie selbst ein. „In Gottes Namen," sagte sie endlich und trotz des Fiebers, das sie schüttelte, stand sie jetzt da, würdevoll gefaßt und gebietend in ihrem festen Entschluß, gürtete sich das Seil um den Leib und nahm den Alpstock in die Hand. „So laßt mich 'nunter, daß I'n wenigstens such'! Wenn I'n find', so bleib' I so lang bei ihm und halt ihn, bis Ihr noch Strick z'samm' bracht habt und sie uns 'runter laßt. I wart's geduldig ab da brunten und wann I Stunden lang zwischen Erd und Himmel hängen müßt' bis das Seil käm'!"

Da hielt sie der alte Klettenmaier zitternd am Arm: „Wally — Wally — thu's nit, sie sagen ja Alle, daß das Geknüpf nit sicher sei! Wenn's dann sein muß, so laß mich 'nunter, was liegt an mei'm alten Leben — wann I au nix helfen kann, man sieht wenigstens, ob die Strick fest sind, und reißen's, so bin's nur I, der abistürzt und nit Du!"

„Ja, Wally, hör' auf ihn," sagte ein Anderer, „er hat Recht, thu's nit! Wart' noch, b'sinn' Dich noch, bis Hülf von die Ortschaften kommt!"

Da hob Wally die Arme auf, daß Alles um sie auseinanderwich: „Wie I noch a Kind war, hab' I mich nit b'sonne, den Geier au'm Nest z'holen über'm Abgrund — und I sollt mich jetzt b'sinne, den Joseph z'holen? Sag mir Keiner mehr was, — I will — I muß zu ihm! Macht — tretet an — wickelt ab — haltet fest!" Und da war sie über das Geländer gesprungen und die Männer, welche die Kette bildeten, mußten sich mit allen Kräften stemmen, so jäh war der Ruck an dem Seil.

„Gott steh' uns bei!" bekreuzigte sich Klettenmaier und rannte fort, als wäre ihm bei Wally's letzten Worten etwas eingefallen. Alles starrte mit Entsetzen ihr nach, wie sie langsam tiefer sank in das Wolkenmeer hinein, bis es sie verschlungen hatte und sich über ihr schloß, vielleicht auf Nimmerwieder= sehen. Lautlos wie um ein Grab standen die Leute um die Stelle herum, wo sie verschwand. Das straff gespannte Seil allein gab noch Kunde von den Be= wegungen der todesmuthigen Taucherin in dem Wolkenmeer — und alle Augen hafteten auf ihm, ob es reißt, ob es sie trägt. Und so oft wieder einer der rasch geschürzten Knoten abgewickelt ward, schlug jedes Herz banger: „Wird er halten?"

Und auf den Stirnen der die Kette bildenden Männer perlte der Schweiß und unwillkürlich prüften die Hände beim Abwickeln noch einmal den Knoten, an dem ein Menschenleben hing. — So schlich bleiern schwer Minute um Minute hin, als wäre auch die Zeit an ein Seil gebunden, das dunkle Mächte nicht los ließen. — Immer noch zieht und wuchtet das Seil, noch immer muß sie hängen, hat noch nicht festen Fuß gefaßt.

„Es geht zu End'," ruft der Letzte von der Kette, „'s wird nit langen."

„Jesus Maria, steh' uns bei!" — riefen Alle durcheinander, „'s langt nit!"

Nur noch wenige Ellen sind übrig und immer

noch kein Zeichen von unten, daß Wally am Ziel.
Die Männer drängen sich zusammen, so dicht sie
können, an den Abgrund, sie lassen nach von dem
Seil, so viel noch möglich. — Wenn's nicht reichte,
wenn Alles umsonst wäre und sie müßten die arme
Wally wieder heraufziehen, um noch einmal den
Todesweg anzutreten! —

Da — da läßt das Seil plötzlich nach, es wird
schlaff, — ein furchtbarer Augenblick! Ist es gerissen
oder hat seine Last Boden gefunden?

Die Weiber beteten laut — die Kinder schreien.
Die Männer fangen an, langsam aufzuwickeln, aber
nur ein paar Hände — da widersteht das Seil! Es
ist nicht gerissen, es hält, — Wally hat Fuß gefaßt!
Und jetzt — horch! ein verhallender Ruf aus der
Tiefe, — und aus allen Kehlen bricht noch angst=
zitternd die Antwort. Wieder wird das Seil schlaff,
sie wickeln nach, das wiederholt sich ein paarmal,
es scheint, Wally klimmt an der Felswand empor.
Mittlerweile ist es Tag geworden, aber ein feiner,
kalter Regen rieselt herab und immer dichter wird
das Nebelgemeng dort unten. Jetzt nimmt das Seil
plötzlich eine schräge Richtung, es zerrt stark nach
rechts, die Männer geben ihm nach und ziehen sich
von der linken auf die rechte Seite des Stegs, Wally
scheint immer höher zu steigen, sie müssen immer
mehr aufwickeln. „Gott sei Dank," sagten Einige,
„er muß nit so tief g'fallen sein — wenn er noch

so weit oben liegt, kann er leben!" „Vielleicht sucht's
'n nur!" meinten Andere. Jetzt ein Ruck am Seil,
dann ein plötzliches Nachlassen und ein markerschüttern=
der Schrei.

„'s is g'rissen!" kreischen die Leute.

Nein, es spannt sich wieder an — vielleicht
war's ein Freudenschrei — vielleicht hat sie ihn ge=
funden! Die Weiber liegen auf den Knien, selbst
die Männer beten, denn wenn sie auch alle die über=
müthige „Höchstbäuerin" gehaßt hatten — für die
opfermuthige Dirn, die da drunten im Chaos in
Todesnoth schwebt, bangt Jeder, der ein Menschen=
herz in der Brust trägt. Wenn nur ein Sonnen=
strahl durch den Nebel dringen wollte, nur einen
Augenblick! Da stehen sie Alle und schauen, und
können nichts entdecken und müssen es der Zeit, der
langsam schleichenden, überlassen, was sich enthüllen
wird.

Das Seil steht, aber kein Ton bringt mehr von
unten herauf. Ist es gerissen und hängt nur an
einer Felszacke, während Wally schon zerschmettert
in der Ache liegt? Warum kein Zeichen, kein Juchzer?
Und noch Stunden können vergehen, ehe Hülfe von
den Ortschaften kommt.

Niemand wagt ein Wort zu sprechen — Alles
horcht mit gespanntem Athem. Da rennt der Kletten=
maier herbei, rufend und winkend.

„Da schaut's, was I bring!" Er trägt ein voll=

ständiges Rettungsseil über der Schulter. „Unserm
Herr Gott sei Dank! I hab' g'hört, daß sie was
vom Geier g'sprochen hat, da is mir eing'fallen, daß
die Luckard selig das Seil aufg'hoben hat g'habt,
wobran damals der Stromminger die Wally zum
Geier 'nunterg'laßt hat — und da — da hab' I's
richtig g'funden auf'm Speicher unter allem altem
G'rümpel 'raus.“

„Des is a Fund!“ „Klettenmaier, Dich schickt
unser Herrgott!“ riefen die Leute durcheinander.
„Gott geb's, daß wir's noch brauchen,“ sagte der
Dorfälteste und sah muthlos auf das Rettungswerk=
zeug; „sie giebt kei Zeichen mehr!“

„'s zupft am Seil,“ schrie der Vorderste von
der Kette und zugleich tönte ein Ruf herauf, so nahe,
daß man es verstehen konnte, wenn Alles still war:
„Noch kei Hülf da?“

„Ja, ja!“ schallt es jubelnd aus Aller Mund.
Ein eiserner Widerhaken wird als Anker an das Tau
geknüpft, eine zweite Kette wird gebildet und nun
wird es hinabgesenkt in die undurchdringlich ver=
schleierte Tiefe. Der Dorfälteste commandirt, —
denn das Aufziehen der beiden Seile muß streng zu=
sammengehen, damit Wally bei dem Verunglückten
bleiben und ihn unterstützen kann. Nicht halb so
tief, wie Wally zuerst gesunken war, geht das Seil
nieder, da wird es schon von unten gefaßt und an=
gehalten.

„Nachlaſſen," befiehlt der Aelteſte, denn Wally muß ein paar Ellen frei haben, dem Joſeph das Seil umzugürten. „Genug!" ſchallt das Commando und wie Soldaten auf dem Anſtand ſtehen die Mannen und harren des Weiteren. Wieder ein paar Minuten Pauſe, ſie muß die Schlinge ſicher und be= dacht machen, damit der vielleicht lebloſe Körper nicht ſo nah am Ziel wieder in den Abgrund ſtürzt.

„Knüpf's feſt, Wally," keucht der Klettenmaier vor ſich hin.

„Ja, Jeſus, wenn ſie'n nur gut anbind't," wiederholen die Leute.

Ein dreimaliger Ruck an beiden Seilen zugleich. „Aufziehen!" befiehlt der Aelteſte und es iſt, als zittre ihm die Stimme dabei.

Die Mannen beider Ketten ſtemmen die Füße feſt in die Erde, weit hinenübergebogen, an Schen= keln, Armen und Stirnen ſchwellen die Adern auf, die nervigen Fäuſte ziehen auf und das Aufwinden der wuchtigen Laſten beginnt — eine furchtbare, ver= antwortungsvolle Arbeit — ein Nachlaſſen, und Alles iſt verloren.

„Langſam!" mahnt der Aelteſte: „Aufanand' ſchauen!"

Es iſt ein feierlicher Augenblick. Selbſt die Kinder wagen nicht, ſich zu rühren. Man hört nichts weit und breit, als das Stöhnen der ſchwer arbeiten= den Männer.

Jetzt — jetzt kommt es durch den Nebel — deut=
licher, immer deutlicher, — Wally taucht auf, mit
einem Arm den leblosen Körper unterstützend, der
in dem Rettungsseil hängt, mit dem andern Arm
den Alpstock kraftvoll gegen die Felswand stemmend,
um sich und ihn vor dem Zerschellen zu schützen.
So gleichsam rudernd steigt sie aufwärts durch das
Luftmeer. Und jetzt endlich sind sie da, nah am
Rand — noch einen Ruck, und sie können gefaßt
werden.

„Festhalten,“ — commandirt der Aelteste —
jeder Athem stockt — der letzte Augenblick ist der
schwerste, wenn noch in diesem Augenblicke das Seil
risse!

Aber nein, die Vorderften der Kette bücken sich,
sie packen sie mit sicherem Griff, die Hintermänner
halten fest an den Stricken.

„Auf!“ stöhnt's aus dem Munde der Vorderen,
sie werden herüber gehoben — da sind sie — auf
festem Boden — und ein heulendes Freudengeschrei
macht den gepreßten Herzen Luft. Wally ist stumm
über dem leblosen Körper Joseph's zusammengesunken.
Sie hört nicht, sie sieht nicht, wie Alles sich um sie
drängt und sie lobt und preißt, — sie liegt mit dem
Angesicht auf seiner Brust — ihre Kraft ist zu Ende.

———————

XIII.

Zum Vater zurück.

In Wally's Kammer auf Wally's Bett liegt
Joseph leblos ausgestreckt. Es ist ruhig und still
um ihr her. Wally hat Alles hinausgeschickt, sie
kniet vor dem Bett, hat das Gesicht in die gerungenen
Hände versteckt und betet: „Herr Gott, mei Gott,
erbarm' Dich, und laß 'n leben — nimm mir Alles
— Alles, aber laß'n leben! I will ja nix mehr von
ihm, I will ihn ja meiden, I will ihn ja der Afra
lassen — nur sterben soll er nit!" Und dann steht
sie wieder auf und macht ihm frische Umschläge auf
den Kopf, wo das Blut aus einer klaffenden Wunde
rinnt, und auf die Brust, die der Fels zerrissen hat,
und wirft sich über ihn hin, als wollte sie mit ihrem
Leib die Pforten schließen, aus denen sein Leben ent-
strömt. „O Du armer Bua, Du armer Bua, so
zerschlagen, zerbrochen — o die Sünd, die Sünd!
Wally, Wally, was hast da g'macht — hätt'st dir
nit lieber selber's Messer in's Herz g'stoßen, —
hätt'st'n nit lieber mit der Afra Hochzeit halten sehen,
und wärst still hing'gangen und g'storben, als daß
d'n jetzt da liegen hast, und mußt'n verenden sehen,
wie a Vieh, was der Metzger schlecht 'troffen hat?"
So klagte sie laut hinaus, während sie ihn verband, und wühlte in ihrem Innern mit derselben

Härte gegen sich selbst, mit der sie sich sonst an
Andern gerächt. Hätte sie gekonnt, sie hätte mit
ihren eigenen Händen ihr Herz zerfleischt in der
wilden wahnsinnigen Reue, die sie erfaßte. Da ging
leise die Thür auf. Wally sah sich erstaunt um,
denn sie hatte verboten, daß man sie störe. Es war
der Pfarrer von Heiligkreuz. Wally stand da wie
vor ihrem Richter, bleich, bis in's Innerste erbebend.

„Gott sei gelobt!" rief der alte Herr, — „da
ist er ja!" Er ging auf das Bett zu und betrachtete
und befühlte Joseph. „Du armer Tropf! Du bist
übel zugerichtet!"

Wally biß die Zähne zusammen bei diesen
Worten, um nicht laut aufzuschreien.

„Wie habt Ihr ihn wieder herauf gebracht?"
frug der Pfarrer, aber Wally konnte nicht antworten.

„Nun, dem Herrn sei Dank, daß Er das Aergste
verhütete in seiner Gnade," fuhr der alte Herr fort.
Vielleicht kommt er wieder auf und Du hast dann
wenigstens keinen Mord auf dem Gewissen, wenn=
gleich die Absicht vor dem ewigen Richter so schwer
wiegt, wie die That!"

Wally wollte sprechen.

„Ich weiß Alles", sagte er streng: „der Vincenz
war auf seiner Flucht bei mir und hat mir Alles
gebeichtet, von Deiner Lieb und seiner Eifersucht.
Ich habe ihm die Absolution verweigert und ihn in
die päpstliche Armee geschickt, dort mag er sich durch

gute Dienste für den heiligen Vater die göttliche
Verzeihung erwerben, oder sein Verbrechen mit dem
Tode büßen. Was aber soll ich mit Dir anfangen,
Wally?" Er sah sie mit seinen klugen Augen durch=
dringend und traurig an.

Da schlug Wally beide Hände vor's Gesicht
und schrie laut auf: „O Hochwürden — I bin so
furchtbar g'straft, daß mich kei Mensch mehr ärger
strafen kann. Da liegt, was mir 's Liebste war auf
der ganzen Welt, und stirbt — und I muß mir
sagen, daß I selber Schuld dran bin! Kann's denn
noch a größer's Elend geben? Braucht's noch mehr?"

Der Geistliche nickte mit dem Kopfe: „So weit
hast Du's also richtig gebracht — ein rohes Scheit
Holz bist geworden, mit dem man die Leute todt=
schlägt! — Wie ich Dir's gesagt habe, so ist es ge=
kommen, Du hast dem Messer Gottes nicht Macht
über Dich gelassen, und nun verwirft Dich der Herr
und läßt das harte Holz im Fegfeuer der Reue
brennen!"

„Ja, Hochwürden, so is's — aber I weiß a
Wasser, was das Feuer löscht! Wann der Joseph
stirbt, dann spring I in die Ach' 'nunter. Dann ist
Alles vorbei."

„O über die Thörin! Meinst, das sei ein Brand,
den irdisches Wasser löschen könne? Meinst wirklich,
Du kannst mit dem irdischen Leib auch die unsterb=
liche Seele ersäufen? Die würde in Flammenqual

ewiger Reue lodern, und wenn alle Meere sich über
Dich ergössen!"

„Was soll I denn thun?" sagte Wally dumpf;
„was kann I denn thun, als sterben?"

„Leben kannst und leiden, das ist mehr als
sterben!"

Wally schüttelte den Kopf, ihre dunkeln Augen
starrten ohne Richtung vor sich hin. „I kann nit,
— I spür's — I kann nit leben, die seligen Fräulein stoßen mich 'nunter — 's is ja Alles kommen,
wie s' mir's im Traum an'droht haben: da liegt
der Joseph zerschmettert und zerschlagen, und I muß
ihm nach, das is so b'schlossen, und des muß sich
so begeben, dagegen kann kei Mensch!"

„Wally, Wally!" rief der Pfarrer und schlug
entsetzt die Hände zusammen. „Was redest Du! Die
seligen Fräulein? Was, selige Fräulein! Um's Himmels Willen, leben wir denn in der grauen Heiden-
zeit, wo die Menschen noch glaubten, böse Geister
trieben ihr Spiel mit ihnen? Ich will Dir sagen,
was die seligen Fräulein sind: Deine eigenen wilden
Leidenschaften sind es! Hättest Du Dein maßloses,
gewaltthätiges Wesen bezähmen lernen, wäre der
Joseph nicht in den Abgrund gestürzt worden. Das
ist wohlfeil, die eigene Schuld auf den Einfluß feind-
licher Mächte zu schieben. Dafür ist der wahre Gott
zu uns gekommen, um uns erkennen zu lehren, daß
wir das Böse in uns selbst tragen und es in uns

bekämpfen müſſen. Bezwingen wir uns ſelbſt, ſo
bezwingen wir auch die geheimnißvollen Mächte,
welche ſelbſt die Rieſen der Vorzeit zum Untergang
trieben, weil dieſe ihnen bei all ihrer Stärke keine
ſittliche Kraft entgegenzuſetzen hatten. — Und mit
ſammt Deiner Stärke, Deiner Härte und Deinem
Trotz biſt Du doch nur ein armſeliges, ſchwaches
Ding, ſo lange Du nicht kannſt, was jede ſchlichte,
einfältige Magd des Herrn vollbringt, die in ſtrenger
Kloſterzucht tagtäglich ihres Herzens liebſte Wünſche
auf Gottes Altar opfert und ſich ſelig preiſt! Hätteſt
Du nur einen Schimmer von ſolcher Größe in Dir,
Du brauchteſt Dich vor keinem „ſeligen Fräulein"
mehr zu fürchten, und nicht Deine dummen Träume
ſchrieben Dir Dein Schickſal vor, ſondern Dein eigner
klarer, bewußter Wille! Denk einmal drüber nach,
ob das nicht fürnehmer wäre und größer?"

Wally lehnte am Bettpfoſten, es war als ſei
ſie gehoben von einer neuerwachenden großen Er-
kenntniß. „Ja!" ſprach ſie kurz und beſtimmt und
kreuzte die Arme über der hochwogenden Bruſt, —
„Ihr habt Recht, Hochwürden — J verſteh's, wie
Jhr's meint, und will's probiren."

„Ich will's probiren" — wiederholte der alte
Herr, „das haſt Du mir ſchon einmal geſagt, aber
nicht gehalten."

„Dasmal halt' J's, Hochwürden!" ſagte Wally,

und der Geistliche bewunderte im Stillen den Aus=
druck, mit dem sie die wenigen Worte sprach.

„Welche Bürgschaft giebst Du mir dafür?"
fragte er.

Da legte Wally die Hand auf Joseph's wunde
Brust und aus ihren Augen quollen zwei große
Thränen. — Kein gesprochenes Gelübde konnte mehr
sagen. Der weise Priester schwieg jetzt, er wußte,
mehr bedurfte es nicht! —

Der Verwundete drehte sich im Bett um und
murmelte einige unverständliche Worte.

Wally machte ihm einen frischen Umschlag auf
den Kopf, er öffnete die Augen halb, schloß sie aber
gleich wieder und fiel in seinen todesähnlichen Schlum=
mer zurück. „Wenn doch nur endlich der Physikus
käm'!" sagte Wally und setzte sich auf einen Schemel
neben dem Bett. „Wie viel Uhr mag's denn sein?".
Der Pfarrer sah nach der Uhr: „Wann hast Du
denn nach ihm geschickt?"

„Früh um Fünf."

„Dann kann er noch nicht da sein. Es ist erst
zehn Uhr, und bis Sölden sind's doch drei Stunden."

„Erst zehn Uhr!" wiederholte Wally leise und
den Geistlichen erbarmte es, wie sie so still dasaß,
die Hände im Schooß gefaltet, während ihr vor
Angst das Herz schlug, daß man es hören konnte.

Er beugte sich über den Kranken und befühlte
ihm Kopf und Hände. „Ich meine, Du könntest

Dich beruhigen, Wally, der kommt mir nicht vor wie ein Sterbender."

Wally saß unbeweglich und starrte vor sich hin: „Wann der Physikus kommt und sagt, er könn' am Leben bleiben, dann wünsch' J mir auf dera Welt nix weiter."

„Das ist gut gedacht, Wally, das hör' ich gern!" lobte der Pfarrer. „Und nun erzähl' mir auch, wie es mit Joseph's Rettung gegangen ist — das kürzt uns die Zeit ab, bis der Arzt kommt."

„Da is nit viel z' erzählen!" erwiderte Wally kurz.

„Nun, es ist immer eine schöne That, die den Männern von der Sonnenplatte alle Ehre macht!" meinte der Geistliche; „warst Du denn nicht dabei?"

„Freili!"

„Nun, so sei doch nicht so einsilbig. Ich habe auf dem Herwege mit Niemandem gesprochen und weiß ja noch gar nichts. Wer hat ihn denn herauf geholt?"

„J!"

„Gott sei mir gnädig! Du Wally, Du selbst?" rief der alte Herr und schaute Wally starr vor Staunen an.

„Ja — J!"

„Aber wie hast Du das angefangen?"

„Sie haben mich am Seil 'nunter g'laßt und da hab' J'n g'funden zwischen 'n Felsen und 'n

Zirbenstamm einklemmt. Wär' das Bäumel nit
g'wesen, wär' er in die Ach' 'nunter g'stürzt und kei
Mensch hätt'n mehr lebendig 'rauf bracht."

„Kind, das ist ja eine große That!" rief der alte
Herr ganz außer sich.

„No ja," sagte sie ruhig, fast hart. „Wann J'n
hab' 'nunterschmeißen lassen, muß J'n doch au wieder
'rauf holen."

„Du hast Recht, das ist nicht mehr als billig,"
sagte der Pfarrer, mit Mühe seine Bewegung unter=
drückend. „Aber es ist nichts destoweniger eine That
der Sühne, die einen Theil der Schuld von Deiner
armen Seele nimmt."

„Des is Alles nix!" sagte Wally kopfschüttelnd.
„Wann er stirbt, so hab' J'n doch umbracht."

„Das ist wahr, aber Du hast Leben für Leben
hingegeben — hast das Deine eingesetzt, um das
seine zu retten — damit hast Du gut gemacht, was
Du verbrochen, soweit es in Deinen Kräften stand
— den Ausgang müssen wir Gott überlassen!"

Ein tiefer Seufzer drang aus Wally's Brust,
sie konnte den Trost nicht empfinden, der in den
Worten des Priesters lag. „Den Ausgang müss'n
wir Gott überlassen!" wiederholte sie aus gepreßtem
Herzen.

Das Auge des Geistlichen ruhte mit Wohl=
gefallen auf ihr. Diese Seele konnte Gott nicht ver=
werfen, trotz ihrer schweren Mängel und Fehler.

So alt er auch geworden — er hatte nicht ihres=
gleichen gefunden im Guten wie im Bösen. Er
schaute auf den Kranken, der in der Bewußtlosigkeit
trotzig die Faust ballte. Er zürnte ihm fast, daß er
das Herrlichste verschmähte, was die Erde einem
Manne bieten kann: solch eine Liebe, daß er durch
seine Sprödigkeit ein Herz verhärtete, das so edel
geschaffen, so großartiger Hingebung fähig war. „Du
dummer Bauernbub!" brummte er unmuthig zwischen
den Zähnen.

Wally sah ihn fragend an, sie hatte ihn nicht
verstanden.

Da klopfte es an die Thür und zugleich trat
auch der Physikus herein.

Wally zitterte so, daß sie sich am Bettpfosten
halten mußte. Das war der Mann, an dessen Lippen
für sie Erlösung und Verdammniß hing. Eine Menge
Leute drängte sich mit herein, um zu hören, was er
sagen würde, aber er wies sie kurz zurück. „Hier
ist kein Ort für Neugierige, der Kranke muß die
äußerste Ruhe haben!" sagte er streng und schloß
die Thür. Er sprach überhaupt nicht viel. Als er
dem Kranken die Kopfbinde abnahm, brummte er
nur zwischen den Zähnen: „Da ist wieder ein Ver=
brechen im Spiel!"

Wally stand dabei bleich und starr, wie eine
Bildsäule, der Pfarrer sah sie absichtlich nicht an,
er fürchtete sie aus der Fassung zu bringen. Die

Unterſuchung begann, banges Schweigen herrſchte in
dem kleinen Zimmer. Wally ſtand mit abgewandtem
Geſicht am Fenſter, während der Arzt den zer=
ſchundenen Körper unterſuchte und die Sonde ein=
führte. Sie hatte etwas vom Boden aufgehoben,
hielt es zwiſchen den krampfhaft verſchlungenen
Händen und drückte wie zum Kuß die Lippen darauf,
es war das dornumwundene Haupt des Erlöſers,
den ſie in der Nacht zertrümmerte. „Verzeih — ver=
zeih,“ betete ſie in bleicher zitternder Todesangſt.
„Erbarm’ Dich meiner — J verdien’s nit — aber
laß Dei Erbarmen größer ſei, als mei’ Schuld!“

„Keine der Wunden iſt tödtlich,“ ſagte jetzt der
Arzt in ſeiner trockenen Art; „der Kerl muß Knochen
haben wie ein Mammuth.“

Jetzt verließ Wally ihre Kraft, die zu lang an=
geſpannte Sehne riß und laut aufſchluchzend ſtürzte
ſie vor dem Bett auf die Knie und begrub das Ge=
ſicht in Joſeph’s Kiſſen. „O, Gott ſei Dank! —
Gott ſei Dank!“

„Was hat denn Die?“ frug der Arzt. Der
Pfarrer gab ihm ein Zeichen, das er verſtand.

„Nehmt Euch zuſammen, Höchſtbäuerin, und
helft mir die Verbände anlegen,“ ſagte er.

Sogleich ſprang Wally auf, wiſchte die Thränen
aus den Augen und griff hilfreich zu. Der Geiſt=
liche beobachtete ſie mit heimlicher Freude, wie ſie
dem Arzt an die Hand ging, ſo geſchickt und um=

sichtig, wie eine barmherzige Schwester. Sie zitterte nicht, weinte nicht mehr, es war ein ruhiges, stilles Walten, ein rechtes Walten der Liebe. Und eine Verklärung lag dabei auf ihrer Stirn, eine Verklärung im Schmerz, — daß der Pfarrer sie kaum wieder erkannte.

„Die wird noch — die wird!" sagte er glückselig zu sich selbst, wie der Gärtner, der eine aufgegebene Lieblingspflanze plötzlich neue Schößlinge treiben sieht. Als der Verband fertig war und der Arzt alles Weitere angeordnet, ging der Pfarrer mit ihm hinaus und Wally blieb allein bei Joseph. Sie setzte sich auf den Schemel neben dem Bett und stützte die Arme auf die Knie. Er athmete jetzt ruhig und gleichmäßig, seine Hand lag auf der Decke dicht neben ihr, sie hätte sie küssen können, ohne sich von der Stelle zu rühren. Aber sie that es nicht, ihr war, als dürfe sie nun keinen Finger mehr von ihm berühren. Wäre er sterbend oder todt dagelegen, sie hätte ihn mit Küssen bedeckt wie vorhin, wo sie ihn verloren glaubte — der Todte hätte ihr gehört — an den Lebenden aber hatte sie kein Recht! So war er ihr gestorben in dem Augenblick, wo der Arzt sagte, daß er leben würde, und sie begrub ihn mit Todesweh in ihrem Herzen, während sie die Botschaft seiner Auferstehung empfing wie eine Botschaft der Erlösung! So saß sie lange regungslos und ihr Auge haftete auf Joseph's schönem, bleichen Antlitz — sie litt, was ein Menschenherz leiden kann, aber fie litt gebulbig. Sie feufzte nicht und klagte nicht, fie ballte nicht, wie früher, die Fäufte im Grimm ihres Schmerzes — fie hatte das Schwerfte gelernt in diefer Stunde: fie hatte dulden gelernt. Was hätte fie denn noch für ein Recht gehabt, fie, die Schuldbeladene, fich zu beklagen — was verdiente fie denn Befferes? Wie hätte fie ihn denn noch für fich begehren dürfen — fie, die faft feine Mörderin geworden wäre — wie hätte fie noch das Auge zu ihm erheben gedurft? Nein, fie wollte fich nicht mehr beklagen: „Lieber Gott, laß mich's büßen, wie Du magft, — denn kei' Straf' ift zu groß für fo Eine, wie J bin!" betete fie und neigte das Antlitz demüthig auf die gerungenen Hände nieder.

Da ward die Thür aufgeriffen und mit dem Schrei: Joseph, mei Joseph!" ftürzte ein Mädchen herein, an Wally vorbei und warf fich weinend über Joseph hin. Es war Afra. Wally war aufge= fprungen, als hätte fie eine Schlange berührt — einen Augenblick dauerte der Kampf in ihr — der letzte, fchwerfte Kampf. Sie umfaßte fich gleichfam felbft mit den Armen, als wolle fie fich fefthalten, um fich nicht auf das Mädchen zu ftürzen und es von dem Bett — von Joseph wegzureißen. So ftand fie eine Weile, während Afra heftig auf Joseph's Bruft fchluchzte, dann fielen ihr die Arme wie ge= lähmt herab und auf ihrer Stirn perlte kalter Schweiß.

Was wollte sie denn? Die Afra war ja in ihrem
Recht!

„Afra," sagte sie leise, wenn Du den Joseph
lieb haft, so sei still und ruhig und mach kei so
G'schrei — der Doctor hat g'sagt, der Joseph müßt'
Ruh' haben!"

„Wer kann da still sein, der a Herz im Leib
hat und sieht den Buab'n so daliegen?" wehklagte
Afra. „Du hast gut reden, Du kannst scho ruhig
sein, Du hast'n nit so lieb, wie J'n hab'. Der Jo=
seph is mei Alles — wenn mir der stirbt, dann bin
J ganz alleinig auf der Welt: o Joseph, lieber Jo=
seph — wach' auf, schau mich an — nur einmal
— sag nur a Wört'l —" und sie schüttelte ihn in
ihren Armen.

Aus Joseph's Mund drang ein leises Stöhnen
und er lallte ein paar unverständliche Worte.

Da trat Wally hinzu und faßte Afra fest, aber
ruhig am Arm, in ihrem bleichen Gesicht zuckte keine
Muskel.

„Jetzt will J Dir was sagen, Afra! Der Jo=
seph ist da unter meiner Obhut und J bin ver=
antwortlich dafür, daß Alles so g'schieht, wie's der
Doctor g'sagt hat, und das is mei Haus, in dem
Du da bist, und wenn D' nit thust, was J Dir
sag', und dem Joseph Ruh laß't, wie's der Doctor
will, so brauch J mei Hausrecht und schick' Dich
vor die Thür, bis Du soweit zur Vernunft kommen

bift, daß Du die Pfleg' bei dem Joseph übernehmen
kannst — nacher", die Stimme zitterte ihr — „nacher
laß J'n Dir!"

„O Du bös Ding Du —" rief Afra leiden=
schaftlich, „zum Haus willst mich 'nauswerfen, weil
J um den Joseph wein'? Meinst, 's haben alle Leut'
so a hart's Herz wie Du, und könne bei so'me Elend
dastehen wie a Stock? Laß mein' Arm' los! J hab'
a besser's Recht an den Joseph, als Du, und wenn
D' mich nit schreien hören magst, so heb' J mein'
Joseph auf und laß mir'n heimtragen zu mir! Da
darf J wenigstens weine, so viel J mag! J bin nur
a arme Magd, — aber wenn J mei Lebtag dafür
umsonst diene müßt, so will J'n lieber selber ver=
pflegen, in mei'm Stübel, als daß J mir von Dir
die Thür weisen laß — Du stolze Höchstbäuerin
Du!"

Wally ließ Afra's Arm los, sie stand vor ihr
mit dem bleichen Gesicht und dem Zug von Todes=
weh um den stummen Mund, daß Afra beschämt
die Augen niederschlug, als ahne sie, daß sie ihr
Unrecht gethan.

„Afra," sagte Wally, „Du brauchst nit so g'hässig
gegen mich zu sein, J verdien's nit um Dich, denn
für Dich hab J'n aus'n Abgrund geholt — nit für
mich — und für Dich wird er leben, nit für mich!
Schau' Afra, noch vor einer Stund' hätt' J Dich
eher erwürgt, eh' J Dich an das Bett da gelassen

hätt' — aber jetzt is mei Trotz 'brochen und mei
Stolz und — mei hart's Herz!" hauchte sie vor sich
hin. „Und so mach' J Dir freiwillig Platz, denn
Dich hat er gern und von mir will er nix wissen.
Du brauchst den kranken Buaben nit forttragen
z'lassen. Bleib' Du ruhig mit ihm da — J geh
scho eh'! J wär' doch 'gange! Ös könnt's da auf'm
Höchsthof sein, so lang' ös möcht's — J werd' das
mit dem, dem er g'hört, seiner Zeit scho ausmachen.
Und J werd' für Euch sorgen in Allem, denn ös
seid's alle Zwei arm und könnt's nit heirathen, wenn
ös nix habt's. Vielleicht segnet der Joseph dann
später amal die Geier-Wally." —

„Wally, Wally!" rief Afra; „Jesus, was denkst
nur? J bitt' Dich — o Joseph — Joseph! wenn
J nur reden dürft'!"

„Laß's gut sein," wehrte Wally, — „sei still,
dem Joseph z'Lieb — sei still! Laß mich jetzt ruhig
gehen — und plag' mich nit. J muß fort — halt'
mich nit auf! Aber eins bitt' J Dich: pfleg' ihn
guat. Gelt, Du versprichst mir's, daß J ruhig gehen
kann?"

„Wally," bat Afra, „thu' mir das nit an, geh'
nit! Jesus was wird der Joseph sagen, wenn er er=
fahrt, daß wir Dich aus Dei'm eignen Haus ver=
trieben hab'n?!"

„Spar' alle Wort', Afra," sagte Wally streng;

16*

„wenn I amal was g'sagt hab', bleibt's dabei, da könnt' kommen, was wollt!"

Sie ging zur Truhe und nahm Kleider und Wäsche heraus, die schnürte sie zusammen in ein Bündel und warf es über die Schulter. Dann nahm sie aus einer Schachtel ein Päckchen Linnen: „Schau, Afra," sagte sie, „da is alte feine Leinwand, die brauchst zum Verband, und da is gröbere, die nimmst zur Charpie, die braucht der Doctor heut' Abend, wann er wieder kommt. Schau, da hast' die Scheer, da mußt' so fingerlange Fleckeln schneiden. Mach's pünktlich, hörst? Und alle Viertelstund' mußt ihm'n frischen Umschlag auf'n Kopf machen, daß's d' Hitzen 'rausziegt. Gelt, I kann mich drauf verlassen, daß D' nix versäumst? Denk', wenn I'n 'rauf g'holt hätt' aus'm Abgrund — und I müßt's erleben, daß Du — Du was versäumt hätt'st in der Pfleg'! — Und schaust, er soll alleweil hoch liegen mit'm Kopf, daß's Blut abi lauft — schütt'l ihm immer recht die Kissen auf. — Jetzt wird's wohl Alles sein — jetzt weiß I nix mehr. Ach Gott, Du wirst'n nit heben und nit legen können, wie I — Du hast die Kraft nit! Nimm Dir den Klettenmaier zu Hilf' — der meint's treu. Und so leg' I'n denn in Deine Händ'," — die Stimme versagte ihr, ihre Knie zitterten, sie vermochte kaum das Bündel zu halten, das sie trug, — einen letzten Blick warf sie nach dem Kranken

hinüber: „B'hüt Gott!" Dann war sie zur Thür
hinaus.

Draußen sprach der Pfarrer mit Klettenmaier.
Wally trat zu ihnen hin.

„Klettenmaier!" rief sie dem Knecht in's Ohr,
„geh hinein und hilf der Afra den Joseph pflegen.
Die Afra is jetzt da an meiner Statt. Der Joseph
bleibt auf'm Höchsthof und J geh fort. Ös sollt's
Alle den Joseph als Höchstbauern betrachten und
ihm folgen, als wenn J's wär', bis J wieder komm',
und weh Euch, wenn er was z'klagen hätt'! Künd's
dem G'sind' an!"

Der Klettenmaier hatte verstanden und schüttelte
den Kopf, aber zu fragen traute er sich nicht. „Abies
Bäuerin," sagte er, „kommt's bald wieder!"

„Nie!" sagte Wally leise.

Klettenmaier ging in's Haus. Wally stand vor
dem Pfarrer und hielt seinen prüfenden Blick aus.
„Jetzt g'hört nix mehr mir, wodran mir mei Herz
hangt, als der Geier," sagte sie erschöpft, — „aber
den gieb J nit her, — der muß mit mir. Komm
Hansel," lockte sie den Vogel, der aufgedunsen und
faul auf dem Spalier saß. Er kam schwerfällig zu
ihr herangeflogen.

„Jetzt mußt wieder fliegen lerne, Hansel, 's geht
wieder fort."

„Wally," sagte der Geistliche bekümmert, „was
haft Du vor?"

„Hochwürden — J muß fort — die Afra is
drin! Gelt, das seht's ein, daß J da nit bleiben
kann? J will ja Alles thun, J will zeitlebens nackt
und bloß auf der Landstraß' wandern und ihm Alles
lassen, Alles, — aber nur nit zusehn, wie er die
Afra herzt — nur des nit — des kann J nit!"
Sie biß die Zähne zusammen, um die neuaufquellen=
den Thränen zurück zu halten.

„Und Du willst ihm wirklich Haus und Hof
abtreten? Weißt Du auch, was Du da thust, mein
Kind?"

„Der Höchsthof g'hört nimmer mir, Hochwürden
— seit gestern weiß J, daß er 'm Vincenz g'hört,
wenn er 'n Anspruch darauf erhebt. Aber mei Ver=
mögen, was J sonst noch hab' — soll dem Joseph
g'hören. Wenn der Joseph wegen mir lahm wird
und kann sei Brod nit mehr verdienen — is's mei
verfluchte Schuldigkeit, daß J für'n sorg'."

„Ist's möglich, wie?" rief der Geistliche, „Dein
Vater hat Dich an Haus und Hof enterbt?"

„Was liegt mir noch an Haus und Hof? Das
Haus, in das J g'hör', is immer bereit!"

„Kind!" rief der Geistliche beunruhigt, „ich
hoffe nicht, daß Du Dir ein Leides thun wirst?!"

„Nein, Hochwürden — jetzt nimmer! J siech's
jetzt ein, wie Recht ös in Allem habt's, und daß
sich unser Herr Gott nix abtrotzen laßt. Vielleicht
— wann er siecht, daß J ehrlich büß', erbarmt's

ihn doch und er gönnt meiner armen Seel'n Frie=
den!" —

„Nun, die Stunde sei gesegnet, wie schwer sie
auch war, die Deinen harten Sinn gebrochen hat!
Jetzt, Wally, bist Du wahrhaft groß! Aber, wo
gehst Du hin, mein Kind? Willst Du in ein barm=
herziges Stift, soll ich Dich zu den Carmeliterinnen
bringen?"

„Nein, Hochwürden, des thut's der Geier=Wally
nit an. J kann mich nit in Mauern und Zellen
einsperren lassen — unter Gottes freiem Himmel,
wie J g'lebt hab', will J sterben. — J thät meinen,
durch so dicke Wänd' käm' unser Herrgott nit durch.
J will büßen und beten wie in der Kirch', aber
Felsen und Wolken muß J um mich hab'n und der
Wind muß mir um b'Ohren sausen, sonst halt J's
nit aus! Gelt, das seht's ein?"

„Ja, Wally, das seh' ich ein und es wäre Thor=
heit, wollte ich Dir Zwang anthun, aber wo ziehst
Du hin?"

„J geh' wieder zu mei'm Vater Murzoll z'ruck,
— da is doch mei einzige Heimath!"

„Thu, was Du nicht lassen kannst," sagte der
Pfarrer. „In Gottes Namen, mein Kind! Ich sehe
Dich ruhig scheiden, denn wohin Du jetzt auch gehst,
— Du gehst zum Vater zurück!"

XIV.

Gnadenbotschaft.

Hoch oben auf dem einsamen Ferner, bei dem
steinernen Vater, sitzt wieder das ausgestoßene, ein=
same Menschenkind, als wäre es hierher gebannt,
wie ein Theil des schwindelnden Felsens, von dem
es hinabschaut auf die kleine Welt da unten, die
keinen Raum hatte für das große, fremde, in Wild=
niß und Gletscherstürmen gereifte Herz. Die Men=
schen haben es verjagt und verstoßen, und es hat
sich erfüllt, was der Traum verheißen, daß der Berg
es annahm an Kindesstatt. — Den Bergen gehört
es; Stein und Eis sind seine Heimath — und den=
noch kann es nicht selbst versteinern und das arme,
heiße Menschenherz verblutet sich schweigend hier
oben zwischen Stein und Eis!

Zweimal hat die glänzende Mondesscheibe zu=
und wieder abgenommen seit dem Tag, da Wally
hier die letzte Zuflucht gesucht. Keines Thalbewohners
Antlitz hat sie gesehen. Nur der Pfarrer hatte den
alten, gebrechlichen Leib einmal zu ihr heraufgeschleppt
und ihr berichtet, daß Joseph in der Genesung sei.
Ferner, daß die Anzeige von Italien gekommen,
Vincenz habe sich bald nach seiner Einkleidung er=
schossen und ihr sein ganzes Besitzthum vermacht.

Da hatte sie die Hände über dem Knie gefaltet und leise gesagt: „Dem ist wohl, der hat's kurz g'macht" — als beneide sie ihn.

„Aber was thust Du nun mit dem vielen Geld?" hatte der Geistliche gefragt, — „wer soll denn Deine unermeßlichen Besitzthümer verwalten? Zu Grunde darfst Du sie doch nicht gehen lassen."

„Geld und Gut wie Heu — und was hilft's mir — nicht ein glückliches Stündel kann J mir damit kaufen. — Wenn nach a Zeit drüber hingange is, daß J wieder an was denken mag, dann geh' J 'nunter nach Imst und mach's g'richtlich, daß mei Sach' dem Joseph g'hören soll. J b'halt nur so viel, daß J mir weiter unten am Berg a klein's Haus für'n Winter bauen kann, aber jetzt muß J noch Ruh' haben — jetzt kann J für nix sorgen. Verwaltet's mei' Hab und Gut, Hochwürden, und sorgt's, daß das G'sind sei Sach' recht hat — und gebt die Armen, was sie brauchen; 's soll kei Armer mehr auf der Sonnenplatten sein von heut' an!"

So hatte sie kurz wie am Rande des Jenseits ihre zeitlichen Angelegenheiten geordnet; es blieb ihr nur noch zu harren, bis ihre Stunde komme — die Stunde der Erlösung.

Es war, als habe Gott ihr damals durch den Mund des Pfarrers gesagt: „Du darfst nicht zu mir kommen, als bis ich Dich selbst hole." Und nun wartete sie, bis er sie hole, aber wie lange — wie

furchtbar lange konnte das dauern? Sie blickte auf
ihren gewaltigen Körper — der war nicht angelegt
auf ein frühes Ende und doch gab es für sie ja
keine Hoffnung mehr, als den Tod! Sie sah es ein,
daß sie ein Leben nicht gewaltsam enden dürfe, das
der Buße geweiht sein sollte — aber sie dachte —
helfen dürfe sie doch dem lieben Gott, sie aufzu-
lösen, wann es ihm gefalle — und so that sie Alles,
was auch den festesten Körper zerstören kann. Das
war ja kein Selbstmord, wann sie nur so viel Nahrung zu sich nahm, als nöthig, um nicht zu verhungern — Fasten gehörte ja zum Büßen — und
wenn sie sich Tage und Nächte lang dem Sturm
und Regen Preis gab, wo selbst der Geier sich in
eine Felsspalte verkroch, daß allmälig Nässe, Frost
und Mangel die gesunde Natur unterwühlten. Es
war kein Selbstmord, wenn sie Felsen erklomm, die
wohl nie ein menschlicher Fuß bestiegen — nur um
dem lieben Gott die Gelegenheit zu geben, daß er
sie hinabstürzen könne — wenn er wolle! Und sie
sah mit einer Art grausamer Freude nach und nach
den schönen Leib zerfallen, sie fühlte ihre Kraft er-
schlaffen — sie sank oft müde zusammen, wenn sie
weit umher geirrt war, und wenn sie kletterte, zitterten ihr die Knie und das Athmen wurde ihr schwer.
So saß sie eines Tages müde da, auf einer der
höchsten Spitzen Murzolls. Um sie her ragten weiße
Zacken und Blöcke von Eis übereinander empor, es

fah aus wie ein Kirchhof im Winter, wo die be=
schneiten Grabsteine in Reihen nebeneinander stehen,
von keinem Reis, keiner Blume mehr umrankt. Un=
mittelbar ihr zu Füßen das grünschimmernde Eis=
meer mit seinen erstarrten Wogen, das sich hinabzog
bis zum Uebergang über das Joch. Tiefste Kirch=
hofsruhe lag über der regungslos erstarrten Welt
hier oben. Traumhaft von mittäglichen Dunst=
schleiern umwoben lag die Ferne mit ihren unermeß=
lichen Gebirgszügen. Similaun, das braune Riesen=
horn nebenan, ward umschmeichelt von einer kleinen,
lichten Wolke, die sich kosend an ihn schmiegte, auf=
stieg, sich wieder senkte, um endlich an den scharfen
Kanten des furchtbaren Felsens zu zerreißen, zu zer=
fließen.

Wally lag auf den Ellbogen gestützt und ihr
Auge folgte mechanisch dem Treiben der kleinen
Wolke. Die Mittagssonne stach herab auf ihren
Scheitel, der Geier saß nicht weit von ihr, putzte
sich gelangweilt das Gefieder und dehnte faul die
Schwingen. Plötzlich ward er unruhig, drehte wie
horchend den Kopf, machte einen langen Hals und
flog kreischend ein Stück höher hinauf.

Wally erhob sich ein wenig, um zu sehen, was
das Thier erschreckte. Da, mitten über das glatte,
rissige Eismeer kam eine menschliche Gestalt daher,
gerade auf den Felsen zu, wo Wally saß. — Wally
erkannte die dunkeln Augen, den schwarzen Schnurr=

bart — fah das freundliche Grüßen und Winken
und hörte den Jodler, den er heraufschickte, wie einft
vor Jahren, da fie ihn von der Sonnenplatte herab
mit dem Fremden durch die Schlucht ziehen fah —
fie felbft noch ein hoffendes, unfchuldvolles Kind,
noch nicht vom Vater verflucht und verftoßen, noch
keine Brandftifterin, noch keine Mörderin. — Wie
eine ganze Gegend, von einem Blitz erleuchtet, plötz=
lich mit Höhen und Tiefen aus dem Dunkel tritt —
fo ftand wie mit einem Schlage die Kette des Ver=
hängniffes vor ihrer Seele und fie überfah mit
Schaudern die ganze Tiefe ihres Falls.

Was war fie damals — und was war fie jetzt?
Was fuchte, der fie damals nicht gefucht, was fuchte
er jetzt bei der Gerichteten, bei der lebendig Todten?

Sie ftierte hinab mit unausfprechlichem Ent=
fetzen: „Herr Gott, er kommt!" — fchrie fie ganz
laut und klammerte fich in Todesangft an den Felfen
an, als wäre es die Hand ihres fteinernen Vaters.
„Jofeph, bleib unten, — nit darauf — um Gottes=
barmherzigkeit willen, kehr um — geh fort — J
kann Dich nit fehen!" aber Jofeph hatte im rafchen
Anlauf den Felfen genommen und ftieg herauf zu
ihr. Wally verbarg ihr Geficht in dem Geftein und
ftreckte abwehrend die Hände gegen den Anbringen=
den aus: „Kann ma denn nirgends allein fein auf
dera Welt?" fchrie fie, am ganzen Leibe zitternd. —
„Hörft denn nit? Du follft mich laffen. Mit mir

kannſt nix haben — J bin todt — ſo gut wie todt!
O, kann J denn nit amal ruhig ſterben?"

„Wally — Wally, biſt denn vom Verſtand?"
rief Joſeph und riß ſie mit ſtarken Armen vom
Felſen los wie ein daran feſtgewachſenes Moos.
„Schau mich an, Wally — um Gotteswillen, —
warum willſt mich denn nit ſehen? J bin's ja, der
Joſeph, dem Du's Leben g'rettet haſt, — ſo was
thut ma doch nit für 'n Menſchen, den ma nit ſehen
mag?!"

Er hielt ſie in den Armen, ſie war auf ein
Knie geſunken, ſie konnte weder vor noch zurück, ſie
konnte ſich nicht wehren — ſie war nicht mehr die
Wally von einſt, ſie war matt und entkräftet. Wie
ein Opferthier neigte ſie das Haupt gebrochenen
Blickes, als habe ſie der letzte Streich getroffen.

„Jeſus, Dirnl, wie ſiehſt aus — als wollſt
ſterben! Iſt das noch die ſtolze Höchſtbäuerin? Wally,
— Wally — redt doch was — b'ſinn Dich doch!
— Das kommt davon, wenn ma lebt wie a Wilde.
Da oben könnt ma ſcho gar 's Reden verlerne. —
Du biſt ja ganz hinfällig wor'n, komm, ſtütz Dich
auf mich, J führ' Dich 'runter in Dei Hütt'n. J
bin zwar g'rad au noch kei Held, aber a bißel mehr
Kräft' hab' J doch noch, wie Du. Komm — da
oben wird's eim' ja ſchwindlich, und J hab' gar
viel mit Dir z'reden, Wally — gar viel!" Wally
ließ ſich faſt willenlos Schritt für Schritt von ihm

hinabführen. Ohne zu sprechen, leitete er ihren un=
sichern Schritt über das Eismeer und hinab der
Hütte zu. Dort aber war gerade der Hirt, und so
hielt er an und ließ das Mädchen auf eine Matte
von Berggras niedergleiten. Sie saß da mit ge=
falteten Händen still und ergeben. Es war wohl so
Gottes Wille, daß er ihr auch diese Prüfung noch
schickte, und sie betete nur um Standhaftigkeit.

Joseph lagerte sich neben sie, stützte das Kinn
auf die Hand und schaute ihr mit den glühenden
Augen in das verhärmte Gesicht. „J hab' viel an
Dir gut z'machen, Wally," sagte er ernst — „und
J wär' scho lange komme, wenn mich der Doctor
und der Pfarrer g'lassen hätt', aber sie haben g'sagt,
's könnt mich's Leben kosten, wenn J z' früh auf'n
Berg aufi stieg, und da hab' J denkt, 's wär doch
schad — denn — jetzt möcht J g'rab erst recht leben,
Wally," — er faßte ihre Hand — „seit Du mir's
Leben g'rettet hast! — denn wie J das g'hört hab',
da hab' J g'wußt, wie's um Dich steht — und so
steht's um mich au, Wally!" er streichelte ihr sanft
die Hand.

Wally riß ihm im jähen Schreck die Hand weg,
es versetzte ihr fast den Athem.

„Joseph, jetzt weiß J, wo D' 'naus willst! Du
meinst jetzt, weil J Dir's Leben g'rettet hab', müßt
D' mich aus Dankbarkeit gern haben und am End'
gar die Afra im Stich lassen! Joseph, des laß Dir

nit beikommen, denn so wahr Gott im Himmel lebt
— elend bin I und schlecht, aber so schlecht doch
nit, daß I a Belohnung annehm', die I nit ver=
dien' und mir a Herz schenken ließ, wie a Trinkgeld
— a Herz, was I noch derzu aner Andern stehlen
müßt. Nein, des thut die Geier=Wally nit — Gott=
lob, daß es doch noch was Schlecht's giebt, zu dem
I nit fähig wär'!" fügte sie leise wie für sich selbst
hinzu. Und ihre ganze Kraft zusammennehmend,
stand sie auf und wollte der Hütte zugehen, wo der
Hirt saß und sich ein Liedel pfiff. Aber Joseph hielt
sie mit beiden Armen fest: „Wally — hör' mich doch
erst an!"

„Nein, Joseph," sagte sie mit bleichen Lippen,
„kei' Wort mehr! I dank Dir für Dein' guten
Willen — aber Du hast mich halt doch nit kennt!"

„Wally, I sag Dir, daß D' mich anhören
mußt — verstehst mich? Du mußt!" Er legte ihr
die Hand auf die Schulter und sein Blick haftete so
gebieterisch auf ihr, daß sie wie gebrochen in sich
zusammensank.

„So red'," sagte sie erschöpft und setzte sich un=
weit von ihm auf einen Stein.

„So is's recht — jetzt sieh I, daß Du auch
folgen kannst," sagte er gutmüthig lächelnd.

Er streckte die schönen Glieder auf dem Rasen
aus, den Tschopen, den er ausgezogen hatte, legte
er sich unter den Ellbogen und stützte sich darauf.

Sein warmer Athem streifte Wally beim Sprechen. Sie saß regungslos mit gesenktem Blick, allmälig trieb der innere Kampf ihr eine dunkle Röthe in das Gesicht, aber äußerlich blieb sie ruhig, fast starr.

„Schau Wally — J will Dir g'rad Alles sagen, wie's is," fuhr Joseph fort: „J hab Dich nie leiden mög'n, ob J Dich scho nit kennt hab. Sie haben so viel von Dir erzählt, wie herb und wild D' seist, und da hab J gar a schlechte Meinung von Dir g'habt und hab nie nix von Dir wissen g'möcht. Daß D' a schöne, g'schmache Dirn bist, des hab J alleweil g'seh'n, aber J hab's nit seh'n wollen! So bin J Dir alleweil aus'm Weg 'gange, bis die G'schicht mit der Afra passirt is, — aber des konnt' J Dir nit so hingehen lass'n! — Schau, was ma der Afra thut, das thut ma mir, und wenn der Afra a Leib's g'schieht, so schneidt's mir in's Herz, denn weißt — no — jetzt muß es halt doch 'raus, — mei' Mutter wird mir's im Grab verzeihen: Die Afra is mei' Schwester!"

Wally zuckte zusammen und schaute ihn an wie im Traum. Er schwieg einen Augenblick und trocknete sich mit dem Hembärmel die Stirn: „'s is nit recht, daß J's ausplausch, aber Du mußt's doch wissen und Du wirst's au nit weiter sag'n. Mei Mutter hat mir's im Sterben anvertraut, daß sie, eh sie mein'n Vater kennt hat, drüben im Vintschgau das Kind g'habt hat, und J hab's ihr in d'Hand 'nein

versprochen, daß J' für das Madel als Bruder sorgen
will, deswegen hab' J's drüben g'holt und in's
Lamm 'bracht, damit J's in der Näh' hab'. Aber
wir G'schwister hab'n uns Wort gegeben, daß wir's
g'heim halten und unser Mutter nit noch im Grab
verunglimpfen lassen. — Gelt, des siechst ein, daß
J mei' Schwester nit ung'straft kränken lassen kann
und für sie einsteh'n muß, wann ihr Eins z'nah
tritt?"

Wally saß da wie eine Bildsäule und rang nach
Athem. Ihr war, als drehten sich alle Ferner und
die ganze Welt um sie her. Jetzt war ihr Alles
klar — jetzt verstand sie auch, was Afra an Joseph's
Bett gesprochen! Sie hielt sich mit beiden Händen
den Kopf, als könne sie es nicht fassen. Wenn das
so war, wie riesengroß wurde dann erst ihre Schuld!
Nicht den herzlosen Mann, der sie um einer gemeinen
Dirn willen beschimpft — den Bruder hätte sie
tödten lassen, der nur seine Pflicht gegen die Schwester
erfüllte, — einer armen Waise hätte sie die letzte
Stütze im Leben genommen, um einer Wallung blin-
der Eifersucht willen? „Herr Gott, wenn des g'schehen
wär!" sagte sie zu sich selbst. Ihr schwindelte, sie
begrub das Gesicht in den Händen und ein dumpfes
Stöhnen drang aus ihrer Brust.

Joseph, der ihre Bewegung nicht beachtete, fuhr
fort: „So is's komme, daß J mich im Lamm vor
alle Leut' verschworen hab', J woll Dir Dein' Hoch=

muth austreiben und Dir'n Schimpf anthun wie Du
der Afra, und da hab'n wir den Streich mit anander
ausg'heckt, der Afra zum Trotz, die 's nit hat haben
woll'n. Und 's is au Alles ganz gut 'gange, aber
wie wir mit anander g'rungen haben und Du an
mein'm Herzen g'legen haft mit Deiner schönen, lieben
Bruft und J Dich küßt hab', da war mir's, als
hätt' J Feuer im Leib. J hab's nit Wort hab'n
woll'n, weil J Dir so lang Feind war — aber 's
is von Stund zu Stund ärger worden, und in der
Nacht hab' J mei Kopfkiffen im Schlaf an mich
'preßt und hab' g'meint, Du seift's, und wie J dann
aufg'wacht bin, da hab' J laut 'nausg'schrien nach
Dir und bin aus'm Bett g'sprunge vor Jaft und
Hitz."

„Hör' auf, Du bringft mich um," wehrte Wally
wie in Flammengluth getaucht. Aber er fuhr leiden=
schaftlich fort: „Deffentwegen hab' J mich noch in
der Nacht aufg'macht und auf d'Sonnenplatten
g'wandert. Daß J's nur grad' sag' — J hab' Dir
noch vor Tag woll'n an Dei Fenfterl klopfen, und
hab' mir's voller Freuden ausdenkt, wie des schön
wär', wann'ft Dei verschlafen's G'sichtl zum Fenfter
außi stecken thät'ft und J thät Dich bei'n Kopf
nehmen und abbußeln und Dich um Verzeihung
bitten tausend — tausend mal! — Und da — da
fahrt mir a Kugel am Kopf vorbei und glei d'rauf
eine in d'Schulter und wie J ftrauchel, springt Einer

von hint' auf mich und stürzt mich über's G'länder.
Und J hab' scho g'meint, jetzt sei's mit der Lieb' und
mit Allem vorbei. Aber da bist Du komme, Du
Engel von a Madel und hast Dich meiner erbarmt
und mich wieder aufi g'holt und für mich g'sorgt,
— o Wally!" Er warf sich vor Wally's Füße hin
und legte ihr die gefalteten Hände in den Schooß:
„Wally, J kann Dir nit so danken, wie J möcht,
— aber wenn ma alli Lieb von alle Menschen in
der ganzen Welt z'samm' nähm', so gäb's noch nit
so viel, als J Dich lieb hab!"

Jetzt brach Wally's mühsam behauptete Kraft
— mit einem herzzerreißenden Schrei stieß sie Joseph
von sich und warf sich in wilder Verzweiflung mit
dem Angesicht zur Erde: „O, so glücklich hätt' J
werden könne — und jetzt is Alles hin — Alles,
Alles!"

„Wally — um Gotteswillen — J glaub wirk=
lich Du bist irr! Was soll denn hin sein? wenn Du
und J ananb' gern hab'n, so is ja Alles guat!" —

„O Joseph, Joseph, Du weißt ja nit! — Mit
uns zwei kann's nie was werd'n, o Du weißt nit,
J bin verworfen und verurtheilt, J darf nie Dei
Weib sein — tritt mich, schlag mich todt — J war's
ja, die Dich hat da 'nunter werfen lassen!"

Joseph fuhr zurück vor dem furchtbaren Wort
— er wußte noch immer nicht, ob Wally nicht im

Irrsinn sprach). Er war aufgesprungen und blickte entsetzt auf Wally.

„Joseph," flüsterte Wally und umfaßte seine Knie: „I hab' Dich lieb g'habt, seit I Dich kenn und wegen Dir hat mich mei Vater auf's Hochjoch g'schickt, wegen Dir hab' I ihm's Haus anzünd't, wegen Dir hab' I drei Jahr in der Einöd' 'rumg'irrt und hab' g'hungert und g'froren und hab' lieber sterben wollen, als'n andern Mann heirathen. Und mit der Afra bin I blos so umgange aus Eifersucht, weil I g'meint hab', sie sei Dei Schatz und nehm' Dich mir weg! Und endlich kommst zu mir nach lange, lange Jahr, die I auf Dich g'wart hab', ziehst mich zum Tanz auf wie a Bräutigam und I laß mich von Dir küssen wie a Braut, und dann — dann verhöhnst mich vor alle Leut' — verhöhnst mich, für alle Lieb und Treu, für alle Trübsal, die I um Dich ausg'standen hab' und da hat sich's halt in's Gegentheil verkehrt und I hab' dem Vincenz g'sagt, er soll Dich umbringe."

Joseph schlug sich beide Hände vor's Gesicht: „Des is gräßlich," sagte er leise.

„In der Nacht hab' I's dann bereut," sprach Wally weiter: „Und bin hingange und hab's wollen verhindern — aber da war's schon g'scheh'n, und jetzt sag'st mir, daß D' mich lieb g'habt hätt'st, und Alles wär gut, wenn I mit reinem Gewissen vor Dir stehen könnt. Um des Alles hab' I mich bracht

mit meiner blinden Wuth! O, J hab' g'meint, 's
gäb' kei größer's Leid, als des, was Du mir an=
'than hätt'st, des is aber Alles nix gegen des, was
J mir selber an'than hab', aber 's g'schieht mir ganz
recht — 's g'schieht mir ganz recht!"

Es war lange still. Wally hatte die feuchte
Stirn an Joseph's Knie gedrückt, ihr ganzer Körper
wand sich in Todesqual. Eine bange Minute schlich
über sie hin. Da griff ihr eine Hand unter das
Kinn und hob ihr sanft das Gesicht in die Höhe,
Joseph's große Augen schauten sie mit einem wunder=
baren Ausdruck an: „Du arme Wally!" sagte er
leise. —

„Joseph, Joseph, sei nit so gut gegen mich!"
bebte Wally auf, „nimm Dein' Stutzen und schieß
mich z'samm' — J will Dir still halten und nit
zucken und Dir danken für die Guatthat!"

Da hob er sie vom Boden auf in seinen Armen,
legte ihren Kopf an seine Brust, streichelte ihr das
wirre Haar und küßte sie heiß, inbrünstig. „Und J
hab Dich doch lieb!" rief er laut hinaus, daß es
jubelnd von den öden Eiswänden wiederhallte.

Und Wally stand da, ihrer Stimme kaum mächtig,
still, fast zusammenbrechend unter der Fluth von
Glück, die über sie hinströmte.

„Joseph — is des möglich — kannst mir ver=
zeihen — kann mir der liebe Gott verzeihen?" flüsterte
sie athemlos.

„Wally! Wer das Alles anhören und Dei ver=
grämt's G'sichtel anschauen — und Dir noch bös
sein könnt — der hätt' 'n Stein statt 'me Herzen
dabrin! I bin a harter Kerl, aber I kann's nit!"

„O mei Herrgott," sagte Wally und Thränen
stürzten ihr aus den Augen: „Wenn I denk, daß I
das Herz hab' woll'n stillstehen mach'n —!" Sie
rang verzweiflungsvoll die Hände: „O Du guter
Bua — je besser und lieber D' mit mir bist, desto
furchtbarer packt mich die Reu! O, I find nimmer
Ruh auf Erden und im Himmel. Dei Magd will
I sein, nit Dei Weib, auf Deiner Schwell'n will I
schlafen, nit an Deiner Seit', — arbeiten will I für
Dich und Dir diene — und Dir thun, was I Dir
an die Augen abseh'n kann. — Und wannst D' mich
schlagst, will I Dir b'Hand küssen, und wannst D'
mich trittst, will I Deine Knie umfassen, — und
wann D' mir nix gönnst, als'n Hauch von Dei'm
Mund und 'n Blick und a Wort, so will I z'frieden
sein — so is's scho mehr, als I verbien'!"

„Und meinst, da dermit wär' I z'frieden?"
sagte Joseph glühend, „meinst, I hätt' g'nug an
'me Hauch und 'me Blick? Meinst, I hielt's aus,
daß Du draußen auf der Schwell'n lägst — und I
brinn? Meinst, I machet nit 's Thür'l auf und
holet Dich rein? Und meinst etwa — Du bliebst
draußen, wenn I Dich 'rein rufet?"

Wally wollte sich von ihm losmachen, sie ver=

barg das erglühende Gesicht in den gerungenen Händen.

„Sei ruhig, liebe Seel'" — fuhr Joseph mit seiner schönen tiefen Stimme fort und zog sie auf seine Knie: „Sei ruhig, und nimm's freudig hin, wie's unser Herrgott Dir schickt — Du darfst's, denn Du hast ehrlich büßt. Plag Dich nimmer mit Vorwürf', denn, bei Gott, I hab au schwer an Dir g'fehlt und Dich furchtbar g'reizt, hab' Dir Dei lange Lieb und Treu mit Spott und Verachtung g'lohnt, da is's kei Wunder, daß Dir die Geduld g'rissen is — was kannst denn derfür? Du bist halt die Geier=Wally! Aber 's hat Dich ja glei g'reut und Du hast mich wieder 'raufgeholt mit Todes= verachtung, wo kein Mann 's Kurasch derzu g'habt hätt', und hast mich in Dei Stüb'l tragen lassen und in Dei Bett'l g'legt und hast mich 'pflegt, bis die dumm' Afra kommen is und Dich forttrieben hat, weil D' glaubt hast, sie sei d' Meinigte. Nacher bist gange und hast Dei ganz's Vermögen uns schenken wollen, daß I d'Afra heirathen könnt, — hast g'meint! Und bist da 'rauf zog'n in die Einöd mit Dei'm schweren Kummer! O, Du arme Seel', seit D' mich kennst, hast nix als Herzeleid g'habt um mich, und I sollt' Dich nit lieb haben und wir sollten nit glücklich sein dürfen? Nein, Wally, und wenn Dir die ganz' Welt bös wär — I fraget nix danach, J nehm' Dich in 'n Arm und kei Mensch soll Dir was anhab'n!"

„So is's wirkli wahr, Du willst mich aus meiner Noth und Schand an Dei Herz nehmen? Du willst Dich nit scheuen vor der wilden Geier=Wally, die soviel Unheil ang'richtet hat?"

„J mich scheuen vor der Geier=Wally — J der Bären=Joseph? Nein, Du liebes Kind, und wann'st noch viel wilder wärst, als D' bist, J fürcht' Dich nit, J zwing Dich doch, das hab' J Dir schon amal g'sagt — damals im Haß — jetzt aber sag J's in der Lieb! Und wann J Dich auch nit zwäng und wann J wüßt, daß D' mi in die nächsten vier= zehn Täg umbrächt'st, J ließ doch nit von Dir — J könnt' nit von Dir lassen! J bin hundertmal aner Gams nachg'stieg'n, wo J g'wußt hab', daß mich jeder Schritt 's Leben kosten kann, und hab's doch nit g'lass'n und Du, Du wunderliche Dirn, solltest mir nit so viel werth sein, wie a Gams? Schau, Wally — für a einzige Stund, in der Du so bist, wie heut, und mich so anschaust und Dich so an mich schmiegst, will J gern sterben!" Er preßte sie an sich, daß ihr der Athem verging: „Heut über vierzehn Tag bist mei Weib und dann wirst mi nimmer umbringe, — J weiß es, denn jetzt kenn J Dei Herz!"

Da sprang Wally auf und erhob die Arme zum Himmel: „O, Du großer, grundgütiger Gott, des

is mehr als a irdisches Glück, des is die Gnaden=
botschaft, die Du mir schickst!"

Es war Abend geworden — ein mildes Antlitz
schaute von da oben freundlich auf sie nieder — der
volle Mond stand über dem Berg. Auf den Thälern
lagen die Abendschatten — heute war es zu spät,
noch hinabzusteigen. Sie gingen in die Hütte, zünde=
ten ein Feuer an und setzten sich an den Herd. Es
war ein seliges Geplauder nach jahrelangem Schwei=
gen. Auf dem Dach träumte der Geier, er baue sich
ein Nest, — der Nachtwind brauste um die Hütte,
daß es klang wie Hochzeitsharfen und durch das
kleine Fenster herein blinkte ein Stern.

Am andern Morgen standen Wally und Joseph
zur Heimkehr bereit vor der Thür der Hütte.

„B'hüt Gott, Vater Murzoll," sagte Wally und
der erste Morgenstrahl ließ eine Thräne auf ihrer
Wange erglänzen: „Jetzt komm J nimmer wieder
zu Dir, da unten is jetzt mei Glück, aber J dank
Dir doch, daß D' mir so lang a Heimath 'geben
hast, wo J heimathlos war. — Und Du alte Hütten,
Du bleibst jetzt leer stehen, aber wann J da drunt'
bei mei'm herzlieben Mann im warmen Stübel sitz',
so will J darauf denken an Dich, wie J da oben
die einsamen Nächt' unter Dei'm Dach g'froren und
g'weint hab' und will alle Zeit dankbar und demüthig
bleiben!"

Sie wandte sich und legte ihren Arm in den

Joseph's. „So komm, Joseph, daß wir noch vor
Mittag bei unserm lieben Pfarrer in Heiligkreuz
sind."

„Ja komm, I führ Dich heim, mei schön's
Bräutel! — Da schaut's, Ihr seligen Fräulein, —
da hab' I sie, und sie g'hört mir, — Euch und
alle bösen Geister zum Trotz!"

Und er schickte einen Jodler hinaus in die blaue
Ferne, der schmetterte wie eine Jubelhymne am Auf=
erstehungstag.

„St, still," sagte Wally und legte ihm erschrocken
die Hand auf den Mund: „Forder' sie nit 'raus!"
Dann aber lächelte sie mit klarem Blick: „Ach nein!
's giebt ja keine seligen Fräulein und keine bösen
Geister mehr — 's giebt nur Gott!" Sie drehte sich
noch einmal um. Die schneeigen Gipfel der Ferner
erglühten rings im Morgenschein. „Schön war's
doch da oben!" sagte sie zögernden Fußes.

„Thut's Dir leid, daß D' mit mir 'runter
mußt?" frug Joseph.

„Und wenn D' mit mir abi stiegst in 'n tiefsten
Schacht unter der Erden, wo kein Tagesschimmer
'neinschien, so ging I mit und thät nit fragen, noch
klagen!" sagte sie und ihre Stimme klang so wunder=
bar weich, daß Joseph die Augen feucht wurden.

Da rauschte es vom Dach der Hütte herab.
„O, mei Hansl — Dich hätt' I fast vergessen,"
rief Wally. „Du —!" sagte sie lächelnd zu Joseph

— „mit dem mußt Dich aber vertragen — ös seids jetzt Schicksalsbrüder: Ich hab' mir ja Dich vom Felsen g'holt wie ihn!"

So stiegen sie hinab. Es war ein kleiner Braut= zug, kein Gepräng, als die goldenen Brautkronen, die die Strahlen der Morgensonne um ihr Haupt woben — kein Gefolge als der Geier, der hoch in den Lüften über ihnen kreiste, aber ein schwer er= kauftes, bewußtes, unaussprechliches Glück in der Brust.

*   *   *

Dort oben auf der Sonnenplatte in schwindeln= der Höhe, wo einst „die hochlandwilde Maid ver= träumt herniedersah," wo sie sich später in den dämmernden Abgrund hinabließ, um den Geliebten zu retten, da ragt jetzt ein einsames Kreuz in das Blau des Himmels. Die Gemeinde hat es gestiftet zur Erinnerung an die Geier=Wally und den Bären= Joseph, die Wohlthäter der ganzen Gegend!

Wally und Joseph sind früh gestorben, die Stürme, die an ihnen gerüttelt, hatten die Wurzeln ihres Lebens gelockert, aber ihr Name lebt fort und wird gepriesen, so weit und so lang die Ache rauscht.

Der Wanderer, der Abends spät durch die Schlucht zieht, wenn es den Segen läutet und die silberne Mondessichel über den Bergen steht, sieht

wohl ein greises Paar dort oben knien. Es ist die
Afra und der Benedict Klotz, die oft von Rofen
herüber kommen, bei dem Kreuz zu beten. Wally
selbst hatte einst ihre Herzen zusammengeführt und
sie segnen heute noch am Rande des Grabes ihr
Andenken.

Unten in der Schlucht umwallen weiße Nebel-
gestalten den Wanderer und mahnen ihn an die
seligen Fräulein. Von dem Kreuz herab weht es
ihn an wie eine Klage aus längst verklungenen
Heldensagen, daß auch das Gewaltige wie das
Schwache dahinsinkt und vergehen muß, — doch
der Gedanke mag ihn trösten: das Gewaltige kann
sterben, aber nicht aussterben. Sei es im Strahlen-
panzer Siegfried's und Brunhild's oder im schlichten
Bauernkittel eines Bären-Joseph's und einer Geier-
Wally — immer finden wir es wieder!

Druck von G. Bernstein in Berlin.